BIBLIOTHEK DER ABENTEUER

Mark Twain

Huckleberry Finns Abenteuer

BIBLIOTHEK DER ABENTEUER

Mark Twain

Huckleberry Finns Abenteuer

Aus dem Amerikanischen
von Sybil Gräfin Schönfeldt

Arena

In neuer Rechtschreibung

1. Auflage als Arena-Taschenbuch 2001

Der vorliegende Titel erschien zuerst in der Bibliothek der Abenteuer,

Aus dem Amerikanischen übersetzt und bearbeitet von
Sybil Gräfin Schönfeldt.

Originaltitel: The Adventures of Huckleberry Finn
Umschlagillustration und Vignette: Klaus Steffens
Gesamtherstellung: Westermann Druck Zwickau GmbH
ISSN 0518-4002
ISBN 3-401-00263-5

Bekanntmachung

Personen, die versuchen in dieser Geschichte ein Motiv zu finden, werden gerichtlich verfolgt; Personen, die versuchen eine Moral darin zu entdecken, werden verbannt; Personen, die versuchen darin einen Plan zu sehen, werden erschossen.

Auf Befehl des Autors
gegeben von G. G.,
Kommandant der Artillerie

Zur Erklärung

In diesem Buch wird eine Anzahl von Dialekten benutzt, nämlich der Neger-Dialekt von Missouri, die extremste Form des südwestlichen Hinterwäldler-Dialekts, der normale Pike-County-Dialekt und vier gemilderte Abarten dieses letzten Dialektes. Die Spielarten sind nicht auf gut Glück und willkürlich entstanden, sondern sehr sorgfältig und mithilfe der verlässlichen Unterstützung persönlicher Vertrautheit mit diesen verschiedenen Sprachformen.

Ich gebe diese Erklärung, weil ohne sie sicher viele Leser annehmen könnten, dass alle Personen versuchten auf die gleiche Weise zu sprechen, ohne dass es ihnen gelänge.

Der Autor

1. Kapitel

Wenn ihr »Tom Sawyers Abenteuer« noch nicht gelesen habt, so kennt ihr mich nicht, aber das spielt keine Rolle. Dieses Buch hat Mr Mark Twain geschrieben, und was er erzählt hat, das hat meistens gestimmt. An ein paar Stellen hat er was dazuerfunden, aber meistens hat er sich an die Wahrheit gehalten. Das macht ja auch nichts. Ich hab noch keinen erlebt, der nicht von Zeit zu Zeit mal geflunkert hätte, außer vielleicht Tante Polly oder die Witwe und vielleicht auch Mary. Von Tante Polly – das ist die Tante Polly von Tom – und von Mary und von der Witwe Douglas erzählt er eben in dem Buch und es ist größtenteils eine ziemlich wahre Geschichte, bloß manchmal ein bisschen geschwindelt, aber das hab ich ja schon gesagt. Also diese Geschichte hat sich zum Schluss so entwickelt: Tom und ich, wir haben das Geld gefunden, das die Räuber in der Höhle versteckt hatten, und dadurch sind wir reich geworden. Jeder hat sechstausend Dollar bekommen, und zwar alles in Gold. Als das Ganze da so auf einem Haufen lag, da war es wirklich grässlich viel Geld und Richter Thatcher, also der hat es an sich genommen und hat es angelegt, gegen Zinsen, und davon haben wir pro Nase und Tag einen ganzen Dollar gekriegt, das ganze Jahr lang.

Das war wirklich so viel, dass man gar nicht wusste, was man damit anfangen sollte. Die Witwe Douglas, die hat mich als Sohn angenommen und wollte nen sifilisierten Menschen aus mir machen. Aber das war vielleicht ein hartes Leben, die ganze Zeit in einem Haus, und wenn man dann noch bedenkt, wie streng und wie pingelig die Witwe in allem war, und als ich es dann nicht länger aushalten konnte, da bin ich einfach ausgebüxt. Ich hab mir wieder meine alte Kledage angezogen, bin wieder in meine Zuckertonne gekrochen und war wieder frei und zufrieden. Aber dann, Tom Sawyer, der hat mich wieder aufgestöbert und hat gesagt, er wollte ne Räuberbande gründen, und wenn ich wieder zu der Witwe zurückginge und mich anständig benähme, dann könnt ich auch mitmachen. Da bin ich eben zurückgegangen.

Die Witwe hat meinetwegen lauter Tränen vergossen und hat gesagt, ich sei ihr armes verlorenes Lamm, und dann hat sie mir noch alle möglichen anderen Namen gegeben, aber sie hat das natürlich nicht böse gemeint. Sie hat mich wieder in neue Kleider gesteckt und dann blieb mir gar nichts anderes übrig, als zu schwitzen und zu schwitzen, und ich bin mir richtig eingezwängt vorgekommen. Na ja, und dann fing die alte Geschichte eben wieder von vorne an. Die Witwe hat zum Essen geläutet und dann musste man kommen und auch pünktlich sein. Wenn man sich an den Tisch gesetzt hatte, dann durfte man auch nicht gleich mit dem Essen anfangen, sondern man musste darauf warten, dass die Witwe ihren Kopf so nach unten beugte und irgendwas über das Futter brummelte, obgleich damit eigentlich gar nichts los war. Das heißt gar nichts, außer dass alles einzeln gekocht war. Bei einem richtigen Eintopf ist das was ganz anderes, da vermischt sich das alles so schön und es schwimmt und schwappt im Saft und das rutscht auch viel besser.

Nach dem Essen hat sie dann immer ihr Buch rausgeholt und ich musste was von Moses in den Binsen lernen und ich hab Blut und Wasser geschwitzt, um das alles richtig zu kapieren, aber zum Schluss ist sie damit herausgerückt, dass dieser Moses schon seit Ewigkeiten tot ist. Da hab ich mich dann nicht mehr um ihn gekümmert, denn für Leute, die tot sind, da interessier ich mich gar nicht.

Ich hab dann ziemlich bald Lust gekriegt zu rauchen und ich hab die Witwe gefragt, ob ich das dürfte. Aber das hat sie mir nicht erlauben wollen. Sie hat gesagt, das wäre ne ordinäre und dreckige Angewohnheit und ich sollte versuchen es überhaupt nicht mehr zu tun. Das ist eben typisch, wie's manche Leute machen. Sie regen sich über was auf, wovon sie gar nichts verstehen. Zuerst ödet sie mich mit diesem Moses an, mit dem sie gar nicht verwandt gewesen ist und der auch niemandem mehr was nützt, weil er ja schon tot ist, und dann findet sie wunder was Schlimmes dabei, wenn ich was machen will, was doch schließlich auch sein Gutes hat. Und dabei hat sie selber geschnupft, aber das fand sie natürlich richtig, weil sie's eben selber getan hat.

Miss Watson, ihre Schwester, ne spindeldürre alte Jungfer mit ner Brille, war gerade zu ihr gezogen und stürzte sich jetzt mit ner Fibel auf mich. Sie hat mich eine geschlagene

Stunde lang gehörig gezwiebelt, aber dann hat die Witwe dafür gesorgt, dass ich wieder Luft schnappen konnte. Ich hab das einfach nich mehr aushalten können. Dann war's ne Stunde lang stinklangweilig und ich bin ganz kribbelig geworden. Miss Watson hat dann immer gesagt: »Stell deine Füße hier nicht drauf, Huckleberry«, und: »Sitz nicht so krumm, Huckleberry, sitz gerade!« Und dann ging's gleich weiter: »Gähn nicht so rum und räkel dich nicht so, Huckleberry – versuch doch mal dich anständig zu benehmen!«

Dann hat sie mir alles Mögliche von der Hölle erzählt und ich hab gesagt, ich wollte, ich wäre da. Da ist sie ganz wild geworden, dabei hab ich das doch gar nich böse gemeint. Ich wollte wirklich nur gerne irgendwo anders hin, ich wollte n bisschen Abwechslung, ganz egal, was für eine. Sie hat gesagt, das, was ich gesagt hätte, das sei richtig verderbt gewesen, und sie brächte um alles in der Welt so was nicht über ihre Lippen, sie wollte auf jeden Fall so leben, dass sie in den Himmel käme. Na ja, ich hab einfach keinen Sinn darin gesehen, dass ich dahin komme, wo sie hinwill, und deshalb hab ich beschlossen, ich versuch's auch gar nicht erst. Das hab ich aber nicht verraten, denn das hätte bloß Ärger gegeben und das wäre ja auch nicht gut gewesen.

Jetzt hatte sie aber davon angefangen und deshalb hat sie auch weitergemacht und hat mir alles Mögliche vom Himmel erzählt. Sie hat gesagt, dort brauchte man nur den lieben langen Tag mit der Harfe herumzulaufen und zu singen, und zwar in alle Ewigkeit. Davon hab ich gar nich viel gehalten. Aber das hab ich ihr auch nich verraten. Ich hab sie nur gefragt, ob sie glaubte, dass Tom Sawyer auch dahin käme, und sie hat gesagt, bei Lichte betrachtet sicher nicht. Darüber war ich heilfroh, denn ich wollte doch immer mit ihm zusammenbleiben.

Miss Watson hat immer weiter auf mir herumgehackt, und das ist öde und langweilig geworden. Schließlich haben sie die Nigger-Sklaven hereingeholt und sie haben die Abendandacht gehalten und dann sind alle ins Bett gegangen. Ich bin mit einem Kerzenstumpf in mein Zimmer gegangen und hab ihn auf den Tisch geklebt. Dann hab ich mich in einen Stuhl am Fenster gesetzt und hab versucht an irgendwas Vergnügtes zu denken, aber das hat keinen Zweck gehabt. Ich hab mich so einsam gefühlt, ich wär am liebsten tot gewesen. Die Sterne haben geschienen und die Blätter im Wald haben so traurig geraschelt. Ich hab eine Eule gehört, ganz in der Ferne, und sie hat ihr Schuhuhu für jemanden gerufen, der tot war, und dann hab ich noch nen Ziegenmelker gehört und ein Hund hat über einen geheult, der im Sterben lag. Und der Wind hat versucht mir was zuzuwispern, aber ich kam nicht dahinter, was es war, und deshalb ist es mir immer kalt über den Rücken gelaufen. Dann ist ganz hinten aus dem Wald so ein Laut gekommen, wie ihn ein Gespenst macht, wenn es jemandem sagen will, was ihm auf der Seele liegt, und wenn es sich nicht verständlich machen kann und deshalb keine Ruhe im Grab findet, sondern jede Nacht herumgeistern und jammern muss. Ich bin so niedergeschlagen gewesen und ich hab solche Angst gehabt, dass ich wirklich wünschte, ich hätte Gesellschaft gehabt. Da krabbelte mir plötzlich ne Spinne über die Schulter und ich hab sie weggeschnickt und sie zischte in der Kerzenflamme auf. Eh ich mich rühren konnte, war sie schon ganz verschrumpelt. Mir brauchte niemand erst zu sagen, dass das ein schlimmes Vorzeichen war und mir ganz schön Unglück bringen würde. Ich hatte deshalb eine solche Angst und schlotterte so, dass mir fast die Kleider vom Leibe fielen. Ich bin aufgestanden und hab mich dreimal um mich selbst gedreht und mich dabei jedes Mal bekreuzigt und dann hab ich mir ein paar Haarsträhnen mit nem Faden zusammengebunden, um die Hexen abzuschrecken. Ich traute der Sache aber nich so recht. Man macht das nämlich, wenn man ein gefundenes Hufeisen wieder verliert, eh man's über die Tür hat nageln können. Aber dass man mit so was auch das Unglück abwendet, wenn man ne Spinne getötet hat, das hab ich eigentlich noch nich gehört.

Ich setzte mich also wieder hin und zitterte immer noch am ganzen Leibe. Dann holte ich meine Pfeife raus, um zu rauchen. Das ganze Haus war ja jetzt totenstill und deshalb würde die Witwe schon nichts merken. Na, nach ner ganzen Weile hörte ich die Turmuhr fern in der Stadt schlagen, bim, bam, bim, bam, zwölfmal, und dann war's wieder still, noch stiller als vorher.

Kurz darauf hörte ich einen Zweig knacken, unten in der Dunkelheit zwischen den Bäumen – irgendetwas bewegte sich da. Ich saß mucksmäuschenstill und spitzte die Ohren. Kurz darauf konnte ich da unten gerade ein »Miau! Miau!«, hören. Das war gut! Ich antwortete so leise, wie ich konnte, ebenfalls: »Miau! Miau!«, pustete das Licht aus und kletterte aus dem Fenster auf das Schuppendach. Dann ließ ich mich auf die Erde gleiten und krabbelte unter die Bäume, und richtig, da hat Tom Sawyer auf mich gewartet.

2. Kapitel

Wir schlichen auf den Zehenspitzen den Weg unter den Bäumen am hinteren Ende vom Garten von der Witwe entlang und haben uns immer gebückt, damit uns die Zweige nicht die Gesichter zerschrammten. Als wir an der Küche vorbeikamen, da bin ich über eine Wurzel gestolpert und hingefallen und das hat ein Geräusch gemacht. Wir kauerten uns hin und blieben ganz still liegen. Der große Nigger von Miss Watson, der Jim hieß, saß in der Küchentür. Wir konnten ihn genau erkennen, denn hinter ihm brannte das Licht. Er stand auf und hielt ungefähr eine Minute lang den Kopf vorgestreckt, um zu horchen. Dann hat er gefragt: »Wer da?«

Er horchte noch weiter, dann ist er auf Zehenspitzen runtergekommen und hat sich genau zwischen uns gestellt. Wir hätten ihn fast anfassen können. Na ja, das sind wahrscheinlich viele Minuten gewesen und es war kein Mucks zu hören und wir waren doch alle so dicht beieinander. Aber da hat eine Stelle in meinem Knöchel zu jucken angefangen. Ich hab mich aber nicht zu kratzen gewagt. Und dann hat mein Ohr gejuckt und dann mein Rücken, direkt zwischen den Schulterblättern. Ich hatte das Gefühl, ich müsste sterben, wenn ich mich nicht kratzen könnte. Na ja, das hab ich seitdem oft bemerkt: Wenn man mit besseren Leuten zusammen ist oder auf einer Beerdigung, oder wenn man schlafen möchte und noch gar nicht müde ist – wenn man also irgendwo ist, wo es sich nicht schickt, dass man sich kratzt, also, dann juckt's einen garantiert an mindestens tausend Stellen. Schließlich sagte Jim: »He da – wer bist'n du? Wo steckste denn? Verflixt un zugenäht, wenn ich da nich wen gehört hab. Na, ich weiß aber, was ich jetzt mache. Ich setz mich hier hin und pass auf, bis ich wieder was hör.«

Damit setzte er sich genau zwischen Tom und mich auf die Erde, lehnte sich mit dem Rücken gegen einen Baum und streckte die Beine so weit aus, dass er fast an eins von meinen stieß. Meine Nase begann zu jucken. Sie hat so gejuckt, dass mir die Tränen in die Augen schossen. Zu kratzen hab ich mich aber nicht gewagt. Dann hat sie angefangen innen zu jucken. Danach hat's mich unten gejuckt. Ich wusste schon gar nicht mehr, was ich machen sollte, um stillzuhalten. Dieser elende Zustand hielt im Ganzen nur sechs oder sieben Minuten an, mir schien es aber viel länger zu sein. Es juckte mich jetzt an elf verschiedenen Stellen. Ich hatte das Gefühl, dass ich es keine Minute länger aushalten könnte, aber weil ich es trotzdem versuchen wollte, biss ich die Zähne ganz fest zusammen. Gerade in dem Moment hat Jim angefangen schwer zu atmen und dann zu schnarchen und dann hab ich mich auch gleich wieder wohl gefühlt.

Tom hat mir ein Zeichen gemacht, so ein leises Schnalzen mit dem Mund, und dann sind wir auf allen vieren davongekrochen. Als wir drei oder vier Meter weit weg waren, hat mir

Tom zugezischelt, dass wir Jim mit den Füßen an den Baum binden sollten, nur aus Spaß. Aber ich hab Nee gesagt, er könnte dabei aufwachen und Lärm schlagen, und dann würden sie rauskriegen, dass ich gar nicht im Hause war. Dann hat Tom gesagt, dass er nicht genug Kerzen hätte, und er wollte in die Küche huschen und sich welche holen. Ich hab nicht gewollt, dass er das versucht. Ich hab gesagt, Jim wacht sicher auf und kommt dazu. Aber Tom wollte es riskieren. Deshalb sind wir also in die Küche geschlichen und haben uns drei Kerzen geholt und Tom hat fünf Cent auf den Tisch gelegt, als Bezahlung. Dann sind wir wieder rausgegangen und ich hab drauf gebrannt, dass wir endlich wegkommen, aber Tom war nicht davon abzubringen, der musste noch einmal auf allen vieren zu Jim hinkriechen und ihm nen Streich spielen. Ich hab gewartet und die Zeit ist mir wie ne Ewigkeit vorgekommen, alles war so still und einsam.

Sowie Tom wieder zurück war, sind wir auf den Weg hinunter und um den Zaun herumgelaufen und schließlich sind wir den steilen Hang von dem Hügel hinaufgeklettert, der auf der anderen Seite vom Haus liegt. Tom hat erzählt, er hätte Jim den Hut vom Kopf stibitzt und auf einen Ast über ihn gehängt. Jim hätte sich zwar ein bisschen gerührt, aber aufgewacht wär er nicht.

Später hat Jim dann erzählt, dass die Hexen ihn verzaubert hätten, er wär in einen Schlaf versetzt worden und dann wären sie auf ihm durch ganz Amerika geritten und hätten ihn dann wieder unter die Bäume gesetzt. Zum Beweis dafür hätten sie seinen Hut an einen Ast gehängt. Und als Jim die Geschichte das nächste Mal erzählte, da sagte er, dass sie ihn bis nach New Orleans geritten hätten, und jedes Mal danach hat er die Geschichte immer bunter und toller ausgesponnen.

Na, wie Tom und ich oben auf dem Hügel ankamen, da schauten wir auf die Ortschaft hinunter und konnten drei oder vier Lichter blinken sehen, wo wahrscheinlich jemand krank war. Und über uns funkelten die Sterne so wunderschön und unten beim Ort floss der Fluss, der sicher eine Meile breit war, ganz schrecklich ruhig und großartig dahin. Dann sind wir den Hügel runtergelaufen und haben Jo Harper getroffen und Ben Rogers und noch zwei oder drei andere Jungens, die sich in der alten Gerberei versteckt hatten. Wir machten ein Boot los und ruderten zwei und eine halbe Meile den Fluss runter, bis zu der Stelle mit dem großen Erdrutsch im Hang, und da sind wir an Land gegangen.

Wir sind in ein Gebüsch gegangen und Tom hat alle schwören lassen das Geheimnis zu hüten, und dann hat er uns eine Höhle im Hügel gezeigt, genau da, wo das Gebüsch am dichtesten war. Dann haben wir die Kerzen angezündet und sind auf allen vieren hineingekrabbelt. Als wir vielleicht zweihundert Meter vorwärts gerobbt waren, da wurde die Höhle breiter. Tom tastete die Gänge ab und duckte sich bald darauf unter einer Wand, wo man gar nicht gemerkt hätte, dass da ein Loch drunter war. Wir schoben uns durch einen engen Spalt und kamen in so etwas wie einen Raum, ganz feucht und nass und kalt, und da haben wir Halt gemacht.

Tom hat gesagt: »Jetzt wollen wir diese Räuberbande gründen und wir wollen sie die Tom-Sawyer-Bande nennen. Jeder, der Mitglied werden will, muss einen Eid schwören und seinen Namen mit Blut schreiben.«

Alle waren einverstanden. Deshalb zog Tom ein Stück Papier heraus, auf das er schon den Eid geschrieben hatte, und las ihn vor. Das besagte, dass jeder Junge zu der Bande halten sollte und niemals eins von den Geheimnissen verraten dürfte. Und wenn irgendwer irgendwem von der Bande was antun würde, dann müsste jeder von der Bande, dem das befohlen würde, diesen Betreffenden und seine ganze Familie umbringen und er dürfte nicht essen und er dürfte nicht schlafen, bis er sie alle getötet und ihnen ein Kreuz in die Brust geschlagen hätte, was das Wahrzeichen von der Bande wäre.

Alle haben gesagt, das sei ein wirklich wunderschöner Eid, und sie fragten Tom, ob er sich das ganz alleine ausgedacht hätte. Er sagte, das meiste schon, aber der Rest stammte aus Piratenbüchern und Räuberromanen, und jede Bande, die etwas auf sich hielte, hätte so einen Eid.

Einige schlugen vor, es sei vielleicht noch besser, wenn man die Familien von den Jungs tötete, wenn die die Geheimnisse verrieten. Tom hielt das auch für eine gute Idee und deshalb zog er einen Bleistift heraus und schrieb es gleich auf. Dann sagte Ben Rogers: »Huck Finn hier, der hat gar keine Familie – was willste denn mit ihm machen?«

»Na, hat er vielleicht keinen Vater?«, fragte Tom Sawyer.

»Ja, n Vater hat er schon, aber finden kann ihn keiner, nicht in der letzten Zeit. Früher hat er immer betrunken bei den Schweinen im Gerberhof gelegen, aber jetzt ist er schon über ein Jahr nicht mehr in dieser Gegend gesehen worden.«

Sie sprachen die Sache durch und sie waren schon dabei, mich auszuschließen, denn sie sagten, jeder Junge müsste ne Familie oder sonst wen haben, den man töten konnte, sonst wär's für die anderen nicht gerecht. Tja, niemand wusste, was sie machen sollten – alle waren aufgeschmissen und saßen ganz stumm und bestürzt da. Ich wollte schon anfangen zu heulen, aber da fiel mir plötzlich ein Ausweg ein und ich bot ihnen Miss Watson an – die konnten sie ja töten.

Alle sagten: »O ja, die reicht schon, die reicht. Das is also in Ordnung. Huck kann beitreten.«

Dann haben sie sich alle eine Nadel in die Finger gestochen, damit sie Blut zum Unterschreiben hatten, und ich hab mein Zeichen aufs Papier gedrückt.

»Also«, hat da Ben Rogers gesagt, »auf was für Geschäfte will sich denn diese Bande stürzen?«

»Nur auf Raub und Totschlag«, antwortete Tom.

»Aber was wollen wir denn rauben? Häuser – oder Vieh – oder . . .«

»Quatsch! Vieh stehlen und so was, das ist kein Raub, das ist Einbruch«, sagte Tom Sawyer, »und Einbrecher sind wir nicht. Das is nicht unser Stil. Wir sind Wegelagerer. Wir setzen uns ne Maske auf und dann halten wir Postkutschen und Wagen an, und dann murksen wir die Leute ab und nehmen ihnen die Uhren und das Geld.«

»Müssen wir denn immer die Leute abmurksen?«

»Na klar, das ist doch das Beste! Es gibt zwar n paar Fachleute, die denken anders, aber meistens wird's für das Beste gehalten, wenn man sie erschlägt. Außer ein paar, die ihr hierher in die Höhle schleppt und so lange festhaltet, bis sie ausgelöst werden.«

»Auslösen? Was is'n das?«

»Keine Ahnung. Aber so wird's gemacht. Ich hab das in den Büchern gesehen und wir müssen's natürlich genauso machen.«

»Aber wie können wir das denn machen, wenn wir gar nicht wissen, was das ist?«

»Himmelkruzitürken! Wir müssen aber! Hab ich dir nicht gesagt, dass das in den Büchern steht? Wollt ihr's etwa anders machen als in den Büchern und die ganze Geschichte vermurksen?«

Der kleine Tommy Barnes war unterdessen eingeschlafen, und als sie ihn weckten, da hat er Angst gekriegt und hat geheult und hat gesagt, er will nach Hause zu seiner Mama und er hat keine Lust mehr jemals wieder ein Räuber zu sein.

Da haben sie ihn alle ausgelacht und haben ihn ein Heulbaby genannt, und da ist er wütend geworden und hat gesagt, er ginge jetzt direkt nach Hause und verriete alle ihre Geheimnisse.

Aber Tom hat ihm fünf Cent gegeben, damit er den Mund hält, und dann hat er gesagt, wir wollten alle nach Hause gehen und uns nächste Woche wieder treffen und dann wollten wir jemanden ausrauben und ein paar Leute erschlagen.

Ben Rogers hat gesagt, er könnte nicht oft raus, eigentlich nur sonntags, und deshalb hat er gewollt, dass wir am nächsten Sonntag anfangen. Aber die anderen Jungens haben gesagt, grad an einem Sonntag, das wär verderbt und sündig, und das hat den Ausschlag gegeben. Sie haben sich darauf geeinigt, dass sie so bald wie möglich wieder zusammenkommen und einen Tag festlegen wollten, und dann haben sie Tom Sawyer zum Ersten Hauptmann und Jo Harper als Zweiten Hauptmann der Bande gewählt und dann haben sich alle auf den Heimweg gemacht.

Ich kletterte wieder auf das Schuppendach und kroch durch mein Fenster, gerade als der Tag anbrach. Meine neuen Anziehsachen waren ganz verschmiert und voll Erde und ich war hundemüde.

3. Kapitel

Tja, am Morgen hab ich dann von der alten Miss Watson eine gehörige Strafpredigt verpasst bekommen. Aber die Witwe, die hat nicht geschimpft, sie hat nur den Dreck und den Lehm aus meinen Kleidern gebürstet und hat ein so trauriges Gesicht gemacht, dass ich mir fest vorgenommen hab, ich wollt mich ne Weile anständig betragen, wenn ich das schaffte. Dann hat mich Miss Watson mit in die Kammer genommen und hat mit mir gebetet, aber das hat auch nichts genützt. Sie hat mir gesagt, ich müsste jeden Tag beten, dann würd ich alles kriegen, worum ich betete. Aber das hat gar nicht gestimmt. Ich hab's nämlich ausprobiert. Einmal hab ich nämlich ne Angelschnur gekriegt, aber keine Haken. Ich hab noch drei- oder viermal um die Haken gebetet, aber irgendwie wollte das bei mir nicht klappen. Schließlich hab ich dann Miss Watson eines Tages gebeten, sie sollte es doch mal für mich versuchen, aber sie hat mir nur gesagt, ich sei wohl verrückt geworden. Weshalb, das hat sie mir nicht verraten und ich hab's auch nie rausgekriegt.

Mal hab ich mich mitten im Wald hingesetzt und lange darüber nachgedacht. Ich hab mir gesagt, wenn jemand alles das kriegt, worum er betet, warum kriegt dann Deacon Winn nicht das Geld zurück, das er am Schweinefleisch verloren hat? Und warum bekommt die Witwe ihre gestohlene silberne Schnupftabaksdose nicht wieder? Warum wird Miss Watson dann nicht dicker? Nee, hab ich zu mir selbst gesagt, an der Geschichte stimmt was nicht. Dann bin ich zu der Witwe gegangen und hab ihr das gesagt und sie hat mir geantwortet, das, was man durch das Beten kriegte, das seien nur die »geistigen Gaben«. Das war zu hoch für mich, aber sie hat mir erklärt, was sie damit gemeint hat – ich sollte anderen Menschen helfen und für andere alles Erdenkliche tun und mich ununterbrochen um sie kümmern und überhaupt nicht an mich denken. So wie ich das verstanden hatte, bezog sich das auch auf Miss Watson. Ich bin also wieder in den Wald gegangen und hab's mir lange durch den Kopf gehen lassen, aber einen Vorteil für mich hab ich da nicht erkennen können – nur für die anderen Leute –, und deshalb hab ich schließlich gedacht, ich zerbrech mir nicht mehr den Kopf darüber und kümmere mich nicht mehr darum.

Manchmal hat mich die Witwe beiseite genommen und hat so über die Vorsehung geredet, dass einem das Wasser im Munde zusammenlaufen konnte, aber dann konnte es sein, dass mich am nächsten Tag Miss Watson vorgenommen und alles wieder umgeworfen hat. Ich kam zu dem Schluss, dass es zwei Vorsehungen geben müsste und dass ein armer Teufel bei der von der Witwe vielleicht ganz gute Aussichten haben konnte, aber wenn ihn dann die von Miss Watson erwischte, dann gab's keine Rettung mehr für ihn. Ich überlegte mir das ganz gründlich zu Ende und dann beschloss ich bei der Vorsehung von der Witwe zu bleiben, wenn sie mich haben wollte, obgleich ich nicht genau erkennen konnte, wieso sie dabei besser fahren würde als vorher, wo ich doch so dumm und ordinär und widerspenstig war.

Mein Alter hatte sich schon über ein Jahr nicht blicken lassen, das kam mir ganz zupass. Ich wollte ihn gar nicht wiedersehen. Er hat mich immer verdroschen, wenn er nüchtern war und wenn er mich zwischen die Finger kriegte. Deshalb, wenn er im Lande war, dann verdrückte ich mich immer in den Wald. Na, so ungefähr zu dieser Zeit haben die Leute erzählt, sie hätten ihn zwölf Meilen oberhalb der Stadt ertrunken aus dem Fluss gezogen. Sie haben jedenfalls gedacht, dass er es wäre, sie haben gesagt, die Leiche hätte genau seine Größe gehabt und wäre ganz zerlumpt gewesen und hätte auch so ungewöhnlich lange Haare wie er – das alles war ganz mein Alter –, aber das Gesicht, das hatten sie nicht mehr erkennen können, denn er war schon so lange im Wasser gewesen, da war nicht mehr viel übrig vom Gesicht. Sie haben gesagt, er hätte auf dem Rücken im Wasser getrieben. Sie haben ihn wenigstens rausgezogen und am Ufer begraben. Mir war das aber alles nicht geheuer, denn mir war etwas eingefallen. Ich wusste ganz genau, dass ein Ertrunkener nicht aufm Rücken schwimmt, sondern aufm Bauch. Deshalb wusste ich gleich, dass das gar nicht mein Alter war, sondern nur eine Frau, die in Männerkleidern gesteckt hatte. Ich hatte also wieder keine Ruhe. Ich dachte mir, eines Tages würde der Alte wieder auftauchen, obwohl ich das wahrhaftig nicht wünschte.

Ungefähr einen Monat lang haben wir ab und zu Räuber gespielt und dann bin ich ausgetreten. Die anderen Jungens haben das auch getan. Wir hatten niemanden ausgeraubt und wir hatten auch keine Leute erschlagen, wir hatten nur so getan, als ob. Wir sind immer nur aus dem Wald gehopst und haben uns auf die Schweinetreiber und die Frauen gestürzt, die mit dem Gemüsekarren zum Markt fuhren, aber eingelocht haben wir nie welche. Tom Sawyer hat die Schweine Barren genannt und die Rüben und das andere Grünzeug Juwelen, und dann sind wir immer in die Höhle gegangen und haben ein Palaver über unsere Heldentaten angefangen und wie viele Leute wir getötet und gezeichnet hatten. Ich hab da nicht viel Sinn drin gesehen.

Ich hab gesagt, na gut, na gut, dann müssten wir aber doch gegen die Zauberer zu Felde ziehen. Da hat Tom Sawyer geantwortet, ich sei ein Hornochse.

»Hör mal«, hat er gesagt, »ein Zauberer könnte doch eine ganze Schar von Geistern heraufbeschwören und dann würden sie aus dir Hackfleisch machen, eh du nur Piep sagen kannst. Sie sind so hoch wie Bäume und so groß wie die Kirchen.«

»Na gut«, sag ich, »aber was wäre denn, wenn die Geister uns helfen würden – ob wir dann nicht die anderen unterkriegen würden?«

»Wo willst du die denn herkriegen?«

»Weiß ich nich. Wo kriegen sie sie denn her?«

»Ach, die reiben an ner alten Blechlampe oder an nem Eisenring und dann kommen die Geister angekeucht, mit Blitz und

Donnerschlag, und der Rauch wallt nur so um sie rum und alles, was man ihnen befiehlt, müssen sie auf der Stelle tun. Es macht ihnen gar nichts aus, einen Pulverturm aus der Erde zu reißen und einem Prediger in der Sonntagsschule oder sonst wem über den Kopf zu stülpen.«

»Wer lässt sie denn so durch die Gegend wetzen?«

»Na, eben der, der an der Lampe oder an dem Ring reibt. Dem sind sie dann untertan und sie müssen machen, was er sagt. Wenn er ihnen befiehlt, dass sie einen Palast bauen sollen, der vierzig Meilen lang ist und ganz und gar aus Edelsteinen besteht und innen ganz mit Kaugummis voll gepackt oder was es auch sein soll, dass sie dann noch die Tochter vom Kaiser von China holen sollen, damit du sie heiraten kannst, dann müssen sie das eben tun und sie müssen's außerdem vollbracht haben, eh am nächsten Tag die Sonne aufgeht. Und das ist noch nicht alles: Sie müssen diesen Palast durchs ganze Land tanzen lassen, immer dahin, wo du ihn haben willst, verstehst du?«

»Na«, sag ich, »also meiner Meinung nach ist das eine Horde von Schwachköpfen, sich so in der Gegend herumhetzen zu lassen, statt den Palast selber zu behalten. Und außerdem – wenn ich einer von denen wäre, dann würd ich den Mann zum Teufel schicken, statt dass ich immer alles stehen und liegen lassen würde und zu ihm raste, bloß weil er an ner alten Blechlampe gerieben hat.«

»Was du immer so redest, Huck Finn. Hör mal, du musst einfach kommen, wenn der reibt, ob du nun willst oder nicht!«

»Aber hör mal, wenn ich so hoch wie ein Baum und so groß

wie eine Kirche bin? Na gut, na gut, dann würd ich eben kommen, aber da kannst du dich drauf verlassen, dann würd ich den Mann auf den allerhöchsten Baum im ganzen Lande treiben.«

»Du liebe Güte, es hat wirklich keinen Sinn, dir was zu erzählen, Huck. Du scheinst von nichts eine Ahnung zu haben, irgendwie bist du wirklich ein echter Trottel.«

Und da hab ich zwei oder drei Tage drüber nachgedacht und dann hab ich überlegt, ich könnte ruhig mal versuchen, ob was dran wär. Ich hab mir also ne alte Blechlampe und nen Eisenring beschafft und bin in den Wald hinausgegangen und hab gerieben und gerieben, bis ich wie ein Schwein geschwitzt hab, denn ich hab mir ausgerechnet, dass ich ein Schloss bauen lassen und dann verkaufen will. Aber es hat gar keinen Sinn gehabt, keiner von den Geistern ist gekommen. Da ist mir dann klar geworden, dass das ganze Zeugs wieder nur eine von Toms Schwindeleien gewesen ist. Ich glaub, er hat wirklich an seine Araber und seine Elefanten geglaubt, aber was mich betrifft, ich denke da anders. Sein Gerede klang mir zu sehr nach Sonntagsschule.

4. Kapitel

Na gut, dann sind zwei oder drei Monate vergangen und dann waren wir im Winter. Ich hab die ganze Zeit in die Schule gehen müssen und ich hab unterdessen etwas buchstabieren und lesen und schreiben können und das kleine Einmaleins hab ich bis zu 6 mal 7 ist 35 aufsagen können und ich hab geglaubt, viel weiter würd ich nie kommen, und wenn ich ewig lebte. Aus Rechnen mach ich mir sowieso nicht sehr viel.

Zuerst hab ich die Schule nicht ausstehen können, aber nach und nach hab ich mich dran gewöhnt. Immer wenn sie mir zum Halse heraushing, hab ich geschwänzt und die Tracht Prügel, die ich am nächsten Tag verpasst bekommen hab, die hat mir richtig gut getan und hat mich wieder aufgemuntert. Je länger ich also in die Schule gegangen bin, desto leichter ist es mir gefallen. Ich hab mich auch irgendwie an die Lebensweise von der Witwe gewöhnt und es hat mich alles nicht mehr so kribbelig gemacht. In einem Haus zu wohnen und in einem Bett zu schlafen, das ist mir meistens ziemlich auf die Nerven gegangen, aber ehe das Wetter kalt geworden ist, hab ich mich manchmal in den Wald verdrückt und hab draußen geschlafen, und das war die reinste Erholung für mich. Mein altes Leben hat mir immer noch am besten gefallen, aber ich war allmählich so weit gekommen, dass mir das neue auch ein bisschen gefiel. Die Witwe hat gesagt, langsam aber sicher machte ich mich und sie wäre ganz zufrieden mit mir. Sie hat gesagt, sie brauchte sich wegen mir nicht mehr zu schämen.

Eines Morgens passierte es mir, dass ich das Salzfass beim Frühstück umgestoßen hab. Schnell wie der Wind griff ich zu und wollte mir ne Prise Salz über die linke Schulter streuen, weil das das Unglück abhält. Aber Miss Watson war schneller als ich und hat mich davon abgehalten.

Sie hat gesagt: »Nimm die Hände weg, Huckleberry – was machst du bloß immer für ne Unordnung!«

Die Witwe hat ein gutes Wort für mich eingelegt, aber das konnte das Unglück auch nicht mehr abwehren, das hab ich gleich gewusst. Nach dem Frühstück ging ich raus und ich fühlte mich ganz beklommen und zitterig und dachte die ganze Zeit darüber nach, wo mir wohl was zustoßen würde und was es sein könnte. Es gibt ja immer Mittel ne bestimmte Art von Unglück aufzuhalten, aber so eins war dieses nicht und deshalb hab ich gar nicht erst versucht irgendwas zu unternehmen. Ich lungerte nur so niedergedrückt herum und hielt die Augen offen.

Ich lief durch den Vordergarten und kletterte über den Zauntritt, mit dem man über den hohen Bretterzaun kommt. Es lag etwas Schnee und ich hab die Fußspuren von wem gesehen. Sie mussten vom Steinbruch heraufgekommen sein und eine ganze Weile am Zauntritt gestanden haben und dann waren sie um den ganzen Gartenzaun herumgegangen. Das war komisch, dass sie nicht reingekommen waren, nachdem sie hier so rumgestanden hatten. Ich konnte mir das nicht erklären. Irgendwie hat mich das aber neugierig gemacht. Ich wollte ihnen schon nachgehen, hab mich dann aber doch noch gebückt, um sie mir mal anzuschauen. Zuerst ist mir gar nichts aufgefallen, aber dann schon. Unter dem linken Stiefelabsatz war ein Kreuz aus Nägeln, um den Teufel fern zu halten.

Im Nu war ich hochgeschossen und rannte den Hügel runter. Ich schaute immer wieder über die Schulter zurück, aber gesehen hab ich niemanden. Ich war so schnell wie möglich bei Richter Thatcher.

Er sagte: »Aber nun, nun, mein Junge, du bist ja ganz außer Atem. Willst du deine Zinsen holen?«

»Nein, Sir«, sach ich, »sind denn welche für mich da?«

»O ja, gestern Abend sind die halbjährlichen Zinsen eingetroffen. Über einhundertundfünfzig Dollar. Das ist für dich ein richtiges Vermögen. Es wär vielleicht das Beste, wenn ich sie zu deinen sechstausend anlegte, denn wenn du sie einsteckst, dann gibst du sie auch aus.«

»Nein, Sir«, sach ich, »ausgeben will ich sie nicht. Ich will sie auch gar nicht haben – und die sechstausend auch nicht. Es ist mir ganz recht, wenn Sie sie nehmen. Ich möchte sie Ihnen schenken – die sechstausend und den Rest.«

Er machte ein erstauntes Gesicht. Er schien das nicht zu kapieren. Er fragte: »Aber was willst du eigentlich damit sagen, mein Junge?«

Ich sach: »Oh, bitte, stellen Sie mir deswegen keine Fragen. Sie nehmen's doch – oder?«
Er sagt: »Tja, also das finde ich ziemlich rätselhaft. Ist irgendetwas los?«
»Bitte nehmen Sie's doch«, sach ich, »und fragen Sie mich nich, dann brauch ich auch nicht zu lügen.«
Er dachte eine Weile nach und dann sagt er: »Aha. Ich glaube, jetzt hab ich's begriffen. Du willst mir dein Vermögen verkaufen – nicht schenken. So hast du das gemeint.« Er schrieb was auf ein Stück Papier, las es noch einmal durch und sagte: »Da – siehst du, hier steht ›Als Vergütung‹, das bedeutet, dass ich es dir abgekauft und dafür bezahlt habe. Hier hast du einen Dollar. So, und jetzt musst du unterschreiben.«
Da hab ich unterschrieben und bin wieder abgeschoben.
Jim, der Nigger von Miss Watson, hat ein faustgroßes Haarknäuel gehabt, das hat man mal aus dem vierten Magen von einem Ochsen herausgeholt und Jim hat immer damit gezaubert. Er hat gesagt, in dem Knäuel säße ein Geist und der wüsste alles. Deshalb bin ich noch am gleichen Abend zu ihm gegangen und hab ihm erzählt, dass mein Alter wieder da wäre, weil ich nämlich seine Spuren im Schnee gesehen hätte. Ich wollte nun wissen, was hatte er vor und wird er wohl bleiben wollen? Jim hat sein Haarknäuel herausgeholt, hat es besprochen, hat es dann in die Höhe gehalten und auf den Fußboden fallen lassen. Es fiel ziemlich fest runter, ist nur ein paar Zentimeter gerollt. Jim hat's noch mal versucht und noch mal und es ist genau beim Gleichen geblieben. Jim hat sich auf die Knie niedergelassen und hat sein Ohr an das Knäuel gelegt und ge-

lauscht. Aber das war ganz umsonst. Er hat gesagt, manchmal wollte es nicht ohne Geld reden. Da hab ich ihm gestanden, dass ich nur einen alten, blanken, falschen Vierteldollar hätte, der aber nichts mehr wert wäre, weil das Messing schon etwas durch das Silber schimmerte, und den man auch nirgendwo mehr anbringen könnte, selbst wenn das Messing nicht zu sehen wäre, denn er war schon so blank, dass er sich ganz fettig anfühlte, und das musste jedes Mal auffallen. (Ich hatte mir nämlich gedacht, dass ich nichts von dem Dollar sagen wollte, den ich vom Richter gekriegt hatte.) Ich hab also gesagt, es wär zwar ganz miserables Falschgeld, aber das Haarknäuel wird's vielleicht trotzdem nehmen, weil es ja den Unterschied nicht kannte. Jim hat dran geschnuppert und draufgebissen und dran gerieben und dann hat er gesagt, er wird's schon so drehen, dass die Haarkugel es für echt hielte. Er hat gesagt, er würde eine rohe Kartoffel durchschneiden und die Münze über Nacht reinstecken. Am nächsten Morgen würde man dann gar kein Messing mehr sehen können, es würde sich auch nicht mehr fettig anfühlen, jeder in der Stadt würde es unbedenklich annehmen, ganz zu schweigen von einem Haarknäuel. Na, den Trick mit der Kartoffel hab ich schon gekannt, ich hatt ihn bloß wieder vergessen gehabt.

Jim schob den Vierteldollar unter das Haarknäuel, hockte sich wieder hin und lauschte wieder. Diesmal, sagte er, sei das Knäuel zufrieden. Er hat gesagt, wenn ich wollte, dann würd's mir meine ganze Zukunft voraussagen. Na, dann schieß los, hab ich gesagt. Da fing das Haarknäuel an zu Jim zu sprechen und Jim hat's mir dann weitererzählt.

Das hat er gesagt: »Dein alter Vater weiß jetzt nicht, was er machen soll. Manchmal denkt er, er will fort, und dann denkt er wieder, er will lieber bleiben. Das Beste ist, du bleibst ganz ruhig und lässt den alten Mann machen, was er will. Da sind zwei Engel, die schweben um ihn rum. Der eine von denen ist ganz weiß glänzend und der andere ist schwarz. Der weiße bringt ihn dazu, dass er das Richtige tut, wenigstens eine kleine Weile, und dann kommt der schwarze angesegelt und schmeißt wieder alles über den Haufen. Noch kann keiner sagen, wer ihn zum Schluss am Schlafittchen hat. Aber bei dir ist alles in Ordnung. Du wirst ein gerappelt Maß Sorgen haben im Leben, aber auch ein gerappelt Maß Freuden. Manchmal geht's dir an den Kragen und manchmal wirst du krank werden, aber danach wird's dir jedes Mal wieder gut gehen. Da sind zwei Mädchen, die schwirren in deinem Leben um dich rum. Die eine ist blond und die andere ist schwarz. Die eine ist reich und die andere ist arm. Zuerst wirst du die Arme heiraten und nach einer Weile die Reiche. Halt dich vom Wasser fern, wo du nur kannst, und riskier auch lieber nichts, denn in den Büchern steht geschrieben, dass du gehängt wirst.«

Als ich an dem Abend meine Kerze anzündete und rauf in mein Zimmer ging, da saß mein Alter da, in höchsteigener Person.

5. Kapitel

Ich hatte die Tür zugemacht. Dann hab ich mich umgedreht und da saß er. Ich hab immer große Angst vor ihm gehabt, er hat mir so oft das Fell gegerbt. Ich glaub, jetzt hab ich auch wieder eine Mordsangst vor ihm gehabt, aber im nächsten Augenblick hab ich gesehen, dass das gar nicht nötig war. Das war nach dem ersten Schrecken, wie man so sagt, da hat's mir zuerst richtig den Atem verschlagen gehabt – er war so völlig unerwartet aufgetaucht, aber dann, gleich danach, da hab ich gesehen, dass es sich gar nicht lohnt, vor ihm Angst zu haben.

Er war fast fünfzig Jahre alt und so hat er auch ausgesehen. Seine Haare waren lang und verfilzt und fettig und haben ihm so im Gesicht gehängt, dass man seine Augen wie hinter lauter Kletterranken sah. Die Haare waren noch ganz schwarz, kein bisschen Grau drin, und sein langer Zottelbart auch. Wo man sein Gesicht sehen konnte, da hat es gar keine Farbe gehabt. Es war ganz weiß, nicht so weiß wie bei anderen Leuten, sondern so weiß, dass man ganz krank davon wurde, ein Weiß, von dem man eine Gänsehaut kriegt – so'n richtiges Krötenweiß, ein Fischbauchweiß. Und seine Kleider – also das waren die reinsten Lumpen. Er hatte die Beine übergeschlagen und der Stiefel am oberen Fuß war aufgeplatzt, zwei von seinen Zehen guckten raus und er bewegte sie von Zeit zu Zeit. Sein Hut lag auf dem Fußboden, das war so'n alter schwarzer Filz, bei dem der Kopf ganz eingedellt war, wie bei nem Topfdeckel.

Ich stand da und starrte ihn an. Er saß da und starrte mich an und dabei schaukelte er mit dem Stuhl ein bisschen nach hinten. Ich stellte die Kerze ab. Da merkte ich, dass das Fenster offen stand. Er war also vom Schuppen aus hereingeklettert. Er glotzte mich weiter von oben bis unten an und nach einer Weile sagte er: »Flott in Schale – sehr flott. Du bildest dir wohl ein, du bist schon fast ein feiner Herr, he?«

»Vielleicht, vielleicht auch nicht«, sach ich.

»Werd bloß nicht frech«, sagte er, »seit ich weg bin, hast du ja ganz schöne Manieren angenommen! Aber ich hol dich schon wieder von deinem hohen Ross herunter, warte nur, bis ich mit dir fertig bin. Ich habe schon gehört, sie wollen dich ja auch richtig bilden. Kannst schon lesen und schreiben. Du denkst wohl, du bist was Besseres als dein Vater, weil er's nicht kann? Ich werd dir das schon wieder austreiben. Wer hat dich überhaupt so nen höheren Blödsinn treiben lassen, he? Wer hat dir das denn erlaubt?«

»Die Witwe. Die hat's mir erlaubt.«

»Die Witwe, he? Und wer hat der Witwe erlaubt ihre Nase in Dinge zu stecken, die sie überhaupt nichts angehen?«

»Das hat ihr niemand erlaubt.«

»Na, der werd ich's schon zeigen, wie man sich einmischt. Und damit du's nur weißt – mit dieser Schule ist Schluss, verstanden? Ich werd's den Leuten schon zeigen einem Jungen so den Kopf zu verdrehen und ihm einzublasen, er wär was Besseres. Lass dich nicht noch mal dabei erwischen, wie du dich bei der Schule herumtreibst, verstanden? Deine Mutter hat nicht lesen können und schreiben hat sie auch nicht gekonnt, bis zu ihrem Tode nicht. Keiner aus unserer Familie hat das gekonnt, sie sind alle so gestorben. Ich kann's auch nicht. Und jetzt willst du damit dicke tun? Ich bin nich der Mann, der sich so was gefallen lässt, verstanden? Aber lass mal hören, wie du liest!«

Ich griff nach einem Buch und fing irgendetwas von General Washington und seinen Kriegen an. Als ich ungefähr eine halbe Minute vorgelesen hatte, schlug er mir das Buch aus der Hand und warf es quer durchs Zimmer. Dann hat er gesagt: »Es stimmt also. Du kannst wirklich lesen. Als du's mir erzählt hast, da hab ich so meine Zweifel gehabt. Aber nun hör mal her: Du hörst mit diesen Flausen auf. Ich mag das nicht haben. Ich werd dich schon im Auge behalten, mein Naseweis, und wenn ich dich in der Nähe von dieser Schule erwische, dann prügele ich dich grün und blau. Eh du dich versiehst, machen sie dich auch noch fromm. Nee, hat der Mensch schon so nen Sohn gesehen!« Er griff sich ein kleines blau und gelbes Bild, auf dem ein paar Kühe waren und ein Junge, und hat gefragt: »Was ist denn das?«

»So was geben sie einem, wenn ich meine Aufgaben gut gelernt habe.«

Er riss es mittendurch und hat gesagt: »Ich kann dir was viel Besseres geben – ne Abreibung mit nem Ochsenziemer.«

Einen Augenblick saß er da und murmelte und brummte vor sich hin und dann hat er gesagt: »Was bist du bloß für'n parfümierter Geck geworden! Ein Bett und eine Bettdecke und nen Spiegel und nen Teppich aufm Fußboden – und dein Vater muss bei den Schweinen in der Gerberei pennen. Hat man je so einen Sohn erlebt! Aber warte nur, eh ich mit dir fertig bin, werd ich dir ein paar von deinen Flausen ausgetrieben haben, da geh ich jede Wette ein. Und es hört ja auch gar nicht auf mit deinem Getue. Die Leute sagen, dass du reich bist. Wie steht's denn damit?«

»Sie lügen. So steht es damit.«

»Hör mal zu, pass auf, wie du zu mir redest. Ich lass mir alles gefallen, was ich mir gefallen lasse, komm mir also nicht mit so nem unverschämten Geschwätz. Zwei Tage bin ich jetzt schon in der Stadt und ich hab nichts anderes gehört, als dass du reich bist. Ganz unten am Fluss hab ich's schon gehört. Deshalb bin ich überhaupt gekommen. Morgen gibst du mir das Geld. Ich will es haben.«

»Ich hab kein Geld.«

»Das ist eine Lüge. Richter Thatcher hat's. Hol's dir. Ich will es haben.«

»Ich hab wirklich kein Geld, ich hab's dir doch schon gesagt. Du brauchst nur Richter Thatcher zu fragen, er wird dir genau das Gleiche sagen.«

»Na gut. Ich werd ihn fragen. Ich werd schon dafür sorgen, dass er's rausrückt, und wenn er's nicht tut, dann werd ich den Grund erfahren. Sag mal – wie viel hast du in der Tasche? Das will ich haben.«

»Ich hab nur einen einzigen Dollar und den brauch ich für –«

»Das ist mir völlig schnuppe, wozu du ihn brauchst. Spuck ihn aus.«

Er nahm ihn und biss hinein, um zu sehen, ob er echt war, und dann hat er gesagt, dass er in die Stadt wollte, um sich etwas Whisky zu kaufen. Er hat behauptet, er hätte den ganzen Tag noch nichts getrunken. Als er auf den Schuppen geklettert war, hat er noch mal den Kopf ins Fenster gesteckt und hat über meine Flausen geschimpft und dass ich was Besseres sein wollte als er. Und als ich dachte, jetzt wär er wirklich fort, da kam er noch mal zurück und hat den Kopf wieder hereingesteckt und hat mich gewarnt, dass ich mit der Schule aufpassen sollte, denn wenn ich das nicht sein ließe, dann würd er mich übers Knie legen und gehörig verprügeln.

Am nächsten Tag war er besoffen und er ging zu Richter Thatcher und hat bei ihm herumkrakeelt und versucht das Geld aus ihm herauszulocken, aber das hat er nicht geschafft, und da hat er geschworen, er würde ihn gerichtlich dazu zwingen lassen. Der Richter und die Witwe gingen zum Gericht, um mich von meinem Alten wegnehmen zu lassen und einen von ihnen als Vormund einsetzen zu lassen. Es war aber ein neuer Richter, der gerade erst gekommen war, und er hat meinen Alten nicht gekannt. Deshalb hat er gesagt, das Gericht dürfte sich nicht einmischen, und wenn man es vermeiden könnte, dürfte man keine Familien auseinander reißen. Und er hat gesagt, er wollte ein Kind lieber nicht von seinem Vater fortnehmen. Da mussten Richter Thatcher und die Witwe die Sache eben aufgeben.

Meinem Alten hat das natürlich so gefallen, dass er gar keine Ruhe mehr gab. Er hat gesagt, wenn ich nich Geld für ihn auftreibe, dann würd er mich grün und blau prügeln. Ich hab mir also drei Dollar von Richter Thatcher ausgeliehen und mein Alter hat sie genommen und hat sich wieder die Nase begossen und hat durch die Gegend krakeelt und geflucht und gejodelt und Krach gemacht. Und so hat er's in der ganzen Stadt getrieben, mit einer Blechdose, fast bis Mitternacht. Da haben sie ihn dann eingelocht und am nächsten Tag ist er vor Gericht gekommen und hat ne Woche brummen müssen. Aber er hat gesagt, er sei ganz zufrieden damit, er könnte über seinen Sohn bestimmen und er würde ihm schon noch ordentlich einheizen.

Als er wieder rauskam, hat der neue Richter gesagt, er wollte wieder einen Menschen aus ihm machen. Er hat ihn also mit sich nach Hause genommen, hat ihm saubere und anständige Anziehsachen gegeben, hat ihn zum Frühstück und zum Mittagessen und zum Abendbrot bei sich mit der Familie essen lassen und hat sich sozusagen richtig dicke mit ihm angefreundet. Und nach dem Abendbrot hat er ihm allerhand von Abstinenz und solchen Sachen vorgepredigt, bis der Alte geflennt hat und gewimmert, dass er ein Narr gewesen wäre und sein Leben verpfuscht hätte, aber jetzt wollte er ein neues Blatt aufschlagen und ein anständiger Mensch werden, wegen dem sich niemand zu schämen braucht, und er hoffte, der Richter würde ihm dabei helfen und nicht auf ihn herabblicken. Der Richter hat gesagt, für diese Worte würde er ihn am liebsten umarmen, dann hat er geheult und dann hat seine Frau auch geheult und mein Alter hat gesagt, er wär ein Mensch, der immer falsch verstanden worden wär, und der Richter hat gesagt, das glaubte er ihm gerne. Mein Alter sagte, was ein Mensch brauchte, der so heruntergekommen wäre, das sei Mitgefühl, und der Richter hat gesagt, ja, das wär richtig, und da haben sie wieder alle miteinander geheult. Als es Zeit war ins Bett zu gehen, da ist mein Alter aufgestanden und hat die Hand ausgestreckt und hat gesagt: »Schauen Sie diese Hand an, meine Herren und alle meine Damen, ergreifen Sie diese Hand, schütteln Sie sie. Diese Hand ist die Hand von einem Schwein gewesen, aber das ist sie jetzt nicht mehr. Es ist die Hand von einem Menschen, der ein neues Leben begonnen hat und der lieber sterben will, als in sein altes Leben zurückfallen. Merken Sie sich diese Worte – und vergessen Sie nicht, dass ich sie gesagt habe. Diese Hand ist jetzt sauber geworden, schütteln Sie sie! Sie brauchen nicht bange zu sein!«

Einer nach dem anderen schüttelte ihm also die Hand und weinte dabei. Die Frau vom Richter küsste sie sogar. Dann hat der Alte ein Gelübde unterschrieben – mit drei Kreuzen. Der Richter hat gesagt, das wär der heiligste Augenblick, an den er sich erinnern könnte, oder irgend so was Ähnliches. Und dann haben sie den Alten in ein herrliches Zimmer gesteckt, was ihr Fremdenzimmer war, und mitten in der Nacht hat er einen unwiderstehlichen Durst gekriegt und ist auf das Dach über der Haustür geklettert und an einer Säule runtergerutscht. Dann hat er seinen neuen Rock für einen Krug Whisky eingetauscht und ist wieder zurückgeklettert und hat nach Herzenslust gefeiert. Gegen Morgengrauen ist er noch mal rausgekrabbelt, sternhagelvoll, und da ist er von der Eingangspforte runtergefallen und hat sich den linken Arm an zwei Stellen gebrochen, und als sie ihn kurz nach Sonnenaufgang gefunden haben, da war er halb erfroren. Und als sie sich dann ihr Gästezimmer angeguckt haben, da mussten sie's erst ausloten lassen, eh sie sich durchnavigieren konnten. Der Richter ist danach ziemlich sauer gewesen. Er hat gesagt, man könnte den Alten wohl nur noch mit ner Ladung Schrot bessern, ein anderes Mittel wüsst er nicht.

6. Kapitel

Na, der Alte war ziemlich bald wieder auf dem Damm und sauste abermals durch die Gegend. Er holte Richter Thatcher vors Gericht, weil er das Geld von ihm haben wollte, und dann rückte er mir auf die Pelle, weil ich mit der Schule nicht aufhörte. Ein paar Mal hat er mich erwischt und windelweich geschlagen, aber ich ging trotzdem weiter in die Schule und kniff ihm aus oder rannte ihm einfach davon. Früher war ich gar nicht gern in die Schule gegangen, aber jetzt hab ich's, glaub ich, dem Alten zum Trotz getan. Der Prozess war eine langwierige Angelegenheit. Es hatte den Anschein, als ob sie überhaupt nicht damit vorankamen. Ich musste mir also ab und zu zwei oder drei Dollar für ihn vom Richter pumpen, damit ich keine Abreibung kriegte. Jedes Mal, wenn er Geld kriegte, betrank er sich. Und jedes Mal, wenn er betrunken war, schlug er in der Stadt Krach, und jedes Mal, wenn er in der Stadt Krach geschlagen hatte, wurde er eingesperrt. Das passte ihm gut – so'n Leben war ihm gerade recht.

Er fing an zu viel um das Haus von der Witwe herumzulungern, und deshalb hat sie ihm schließlich gesagt, dass sie ihm Unannehmlichkeiten machen würde, wenn er damit nicht aufhörte. Na, da ist er vielleicht wild geworden! Er hat gesagt, er würde schon noch zeigen, wer über Huck Finn zu bestimmen hätte. Und dann hat er mir eines Tages im Frühling aufgelauert, hat mich erwischt und hat mich in einem Boot drei Meilen flussaufwärts mitgeschleppt. Dann ist er querüber zum anderen Ufer von Illinois gerudert, wo es nur lauter tiefe Wälder gibt, weit und breit kein Haus, nur eine alte Blockhütte an einer Stelle, wo die Bäume so dicht stehen, dass es keiner findet, wenn man nicht weiß, wo es ist.

Er hat mich die ganze Zeit dort festgehalten und ich hatte überhaupt keine Möglichkeit ihm auszurücken. Wir hausten in dieser alten Hütte und des Nachts hat er immer die Tür abgesperrt und sich den Schlüssel unter den Kopf gelegt. Er besaß eine Flinte, die er wohl sicher geklaut hat, und wir haben gefischt und gejagt und davon haben wir gelebt. Von Zeit zu Zeit hat er mich eingeschlossen und ist die drei Meilen bis zur Fähre marschiert, wo ein Laden war, und da hat er Fisch und Wildbret gegen Schnaps verkauft. Den hat er dann nach Hause geschleppt, hat sich besoffen und das Leben genossen und mich hat er verprügelt. Die Witwe hat dann mit der Zeit herausgekriegt, wo ich steckte, und sie hat einen Mann herübergeschickt, der mich holen sollte, aber mein Alter hat ihn mit dem Gewehr vertrieben und dann hat es nicht mehr lange gedauert, da hab ich mich an das Leben dort gewöhnt und mochte es auch ganz gerne, bis auf die vielen Prügel.

Es war ein faules und lustiges Leben, den ganzen Tag gemütlich herumliegen, rauchen und fischen und keine Bücher und keine Lernerei. Zwei Monate gingen hin, vielleicht auch noch mehr, und meine Anziehsachen haben nur noch aus Dreck und Lumpen bestanden. Ich konnte gar nicht kapieren, wie's mir je bei der Witwe so gut hatte gefallen können, da hatte man sich waschen müssen, von einem Teller essen, sich kämmen und pünktlich zu Bett gehen und wieder aufstehen, und wenn man nicht haben wollte, dass die alte Miss Watson unaufhörlich auf einem herumhackte, musste man immer über einem Buch sitzen. Ich hatte gar keine Lust wieder zurückzugehen. Das Fluchen hatte ich aufgegeben, weil es die Witwe nicht mochte, aber jetzt fing ich wieder damit an, denn der Alte hatte nichts dagegen. Wenn man's so ganz allgemein betrachtet, dann war die Zeit da drüben im Walde gar nicht so schlecht.

Aber mit der Zeit hatte mir der Alte den Hickory-Knüppel zu rasch bei der Hand und das war nicht mehr zum Aushalten. Ich hatte am ganzen Körper blaue Flecken. Und dann ist er auch zu oft fortgegangen und hat mich eingeschlossen. Einmal hat er mich eingesperrt und ist drei Tage weggeblieben. Das war schrecklich einsam. Ich dachte schon, er wäre abgesoffen und ich käme überhaupt nicht wieder raus. Ich hatte ganz schön Manschetten. Da hab ich dann beschlossen, dass ich irgendwas anstellen müsste, um rauszukommen. Ich hatte schon oft versucht aus dieser Hütte rauszukommen, aber ich konnte nie einen Weg finden. Die Fenster waren so schmal, da hätte sich nicht mal ein Hund durchzwängen können. Ich konnte auch nicht durch den Schornstein raus, der war auch zu eng. Die Tür bestand aus dicken, massiven Eichenbrettern. Der Alte war außerdem ungeheuer misstrauisch, und wenn er wegging, ließ er nie ein Messer oder so etwas Ähnliches in der Hütte zurück. Ich bin sicher, dass ich den Raum schon über hundertmal durchstöbert hatte. Na ja, ich hab mich fast die ganze Zeit damit befasst, denn das war die einzige Möglichkeit die Zeit zu vertreiben. Aber diesmal entdeckte ich doch was. Ich fand eine alte verrostete Holzsäge ohne Handgriff. Sie hatte zwischen den Dachbalken und den Schindeln gesteckt. Ich fettete sie ein und machte mich an die Arbeit. Am anderen Ende der Hütte war hinter dem Tisch eine alte Pferdedecke vor die Balken genagelt, damit der Wind nicht so durch die Ritzen pfiff und das Licht auslöschen konnte. Ich kroch also unter den Tisch, hob die Decke hoch und machte mich an die Arbeit. Ich sägte unten ein Stück aus den dicken Bohlen heraus, gerade groß genug mich durchzulassen. Das war eine ganz schöne Arbeit, aber ich war schon fast damit fertig, als ich meinen Alten im Walde mit seinem Gewehr herumknallen hörte. Ich verwischte die Spuren meiner Arbeit, ließ die Decke wieder runter, versteckte meine Säge und dann tauchte mein Alter auch schon auf.

Der Alte hatte keine besonders gute Laune. Er war also stocknüchtern. Er erzählte, er sei unten in der Stadt gewesen und alles wäre schief gelaufen. Sein Rechtsanwalt hatte gesagt, er könnte seiner Meinung nach den Prozess gewinnen und an das Geld kommen, wenn sie das Ganze jemals zur Verhandlung brächten, aber es gäbe immer Mittel und Wege so etwas auf die lange Bank zu schieben, und Richter Thatcher wüsste ganz genau, wie man so was machte. Er erzählte weiter, die Leute hätten gesagt, es würde noch einen anderen Prozess geben, um mich von ihm loszueisen und der Witwe zu geben, die mein Vormund werden sollte, und sie seien alle der Ansicht, dass das diesmal klappen würde. Das versetzte mir natürlich einen ordentlichen Schrecken, denn ich wollte gar nicht mehr zu der Witwe zurück und mich wieder so einzwängen und sifilisieren lassen, wie sie das nannten.

Dann fing mein Alter an zu fluchen und fluchte auf alles und jeden, was ihm nur in den Sinn kam, und dann fing er noch einmal von vorne an, um ja sicher zu sein, dass er niemanden ausgelassen hatte, und danach rundete er die ganze Geschichte noch mit einer Art Sammelfluch ab, der auch eine ganze Horde von Leuten umfasste, die er nicht einmal beim Namen kannte und die er deshalb die Sowiesos nannte, als sie an der Reihe waren, und dann munter weiterfluchte.

Er sagte, er wolle doch mal sehen, ob die Witwe mich holen könnte. Er sagte, er würde wie ein Schießhund aufpassen, und wenn sie hier anrückten und ihm einen Streich spielen wollten, dann wüsste er einen Ort, so sechs oder sieben Meilen weit entfernt, da würde er mich unterbringen und dann könnten sie nach mir jagen, bis sie schwarz würden, aber finden würden sie mich nicht. Da hatte ich ein flaues Gefühl im Magen, aber nur einen Augenblick lang. Mir fiel wieder ein, dass ich gar nicht mehr da sein würde, wenn er nach dieser Möglichkeit greifen müsste. Der Alte schickte mich zum Kahn und ließ mich die Sachen holen, die er besorgt hatte. Da war ein Sack mit fünfzig Pfund Maismehl, eine Speckseite, Munition, ein Fünfzehnliterkrug Whisky und ein altes Buch und zwei Zeitungen für Ladepfropfe für seine Schrotpatronen und außerdem noch etwas Werg. Ich schleppte eine Ladung rauf und ging zurück und setzte mich vorn ins Boot, um mich auszuruhen. Ich dachte alles noch einmal durch und hielt es für das Gescheiteste, wenn ich mich mit der Flinte und ein paar Angelschnüren verdrückte und dass ich mich in den Wäldern hielt. Ich hatte vor nicht fest an einem einzigen Ort zu bleiben, sondern richtig durch das Land zu trampen, möglichst nachts. Ich wollte jagen und fischen, was ich zum Leben brauchte, und ich wollte so weit wegziehen, dass mich weder der Alte noch die Witwe jemals wieder finden konnten. Ich nahm mir vor, in der kommenden Nacht zu Ende zu sägen, und wenn der Alte besoffen genug war, dann würd ich fliehen. Und ich war fest davon überzeugt, dass er das sein würde. Ich war so tief in Gedanken, dass ich gar nicht gemerkt hab, wie lange ich schon fortgeblieben war. Der Alte hat schließlich gerufen und mich gefragt, ob ich eingepennt oder abgesoffen wäre.

Ich schleppte alle Sachen zur Hütte rauf und dann war es auch schon fast finster. Während ich das Abendessen gekocht hab, hat sich der Alte schon einen oder zwei hinter die Binde gekippt, um sich ein bisschen aufzuwärmen, und fing wieder mit dem Schwadronieren an. In der Stadt war er auch betrunken gewesen und hatte in der Gosse übernachtet. So sah er auch aus. Man hätte ihn für Adam halten können, über und über aus Lehm. Immer wenn der Schnaps zu wirken anfing, dann zog er über die Regierung los.

Mein Alter war so in Fahrt, dass er gar nicht merkte, wohin ihn seine alten Knochen trugen, und deshalb kippte er Hals über Kopf in das Fass mit dem gepökelten Schweinefleisch und zerschlug sich beide Schienbeine. Der Rest seiner Rede ging in wildes Gefluche über – das meiste richtete sich gegen die Regierung und gegen die Nigger, aber das Fass kriegte auch was ab, alle kamen nacheinander an die Reihe.

Nach dem Abendessen griff mein Alter nach dem Krug und sagte, da sei genug Whisky drin, um zweimal besoffen zu werden und einmal Delirium tremens zu kriegen. Das war so eine von seinen Redensarten. Ich schätzte, dass er in etwa einer Stunde stockbesoffen sein würde, und dann hatte ich vor, ihm entweder den Schlüssel zu stehlen oder zu Ende zu sägen, eins von beidem.

Er soff also und soff und torkelte schließlich auf seine Decke. Aber das Glück war nicht auf meiner Seite. Er wollte einfach nicht fest einschlafen, er kam nicht zur Ruhe. Er seufzte und stöhnte und wälzte sich hin und her, und das ging eine ganze Weile so.

Zum Schluss war ich so müde, dass ich kaum die Augen offen halten konnte, was ich auch anstellte, und eh ich wusste, was mit mir geschah, war ich fest eingeschlafen und die Kerze brannte weiter.

Ich weiß nicht, wie lange ich geschlafen haben mochte. Ich hörte wenigstens plötzlich einen fürchterlichen Schrei und fuhr in die Höhe. Da hüpfte mein Alter mit wilden Blicken in der Gegend herum und kreischte irgendetwas von Schlangen. Er sagte, sie kröchen ihm die Beine rauf. Und dann schoss er in die Höhe und brüllte und sagte, es hätte ihm eine in die Backe gebissen, aber ich konnte gar keine Schlangen sehen. Er zuckte zusammen und rannte immer in der Hütte herum und dabei schrie er aus Leibeskräften: »Nimm sie weg! Nimm sie weg! Sie beißt mich in den Nacken!«

Ich hab noch nie einen Mann mit so wilden Augen gesehen. Nach ein paar Minuten ließ er sich auf alle viere nieder und krabbelte davon und flehte sie an ihn allein zu lassen, und dann wickelte er sich in eine Decke und wälzte sich unter den alten Fichtentisch. Er bettelte immer noch und dann fing er an zu weinen. Das konnte ich trotz der Decke hören.

Schließlich wickelte er sich wieder aus, sprang auf die Füße, schaute wild um sich, erblickte mich und ging auf mich los. Er jagte mich mit dem offenen Klappmesser in der Hand immer in der Hütte herum, nannte mich den Engel des Todes und keuchte, er wolle mich töten, dann könnte ich ihn nicht mehr verfolgen. Ich flehte ihn an und beschwor ihn, ich wär doch nur Huck, aber da stieß er ein kreischendes Gelächter aus und brüllte und fluchte und jagte mich immer weiter. Einmal hab ich auf den Hacken kehrtgemacht und wollte unter seinem Arm durchschlüpfen, aber da hat er mich bei der Jacke gepackt, genau zwischen den Schulterblättern, und ich hab schon gedacht, jetzt ist es aus. Aber da bin ich blitzschnell aus der Jacke geschlüpft und hab mich gerettet. Dann ist er bald müde geworden, ist mit dem Rücken gegen die Tür gefallen und hat gesagt, er wollte sich nur einen Augenblick ausruhen, eh er mich totmachte. Er hat das Messer unter sich geschoben und gesagt, jetzt müsste er schlafen und wieder frische Kräfte schöpfen und dann würde ich schon sehen, wer hier der Stärkere wäre.

Er ist ziemlich bald eingeschlafen. Nach einer Weile hab ich mir den alten Stuhl mit dem kaputten Sitz herbeigezogen, bin so leise wie möglich hinaufgeklettert, um keinen Lärm zu machen, und hab mir die Flinte runtergeholt. Ich schob den Ladestock in den Lauf, um mich zu vergewissern, dass sie auch geladen war, und dann legte ich sie über das Rübenfass, die Mündung auf meinen Alten gerichtet, und nahm dahinter Platz. Ich wollte warten, bis er sich rührte. Und wie langsam und still sich da die Zeit hingeschleppt hat.

7. Kapitel

»Steh auf! Was hast du denn vor?«
Ich riss die Augen auf und schaute mich um. Ich versuchte mir klar zu werden, wo ich eigentlich war. Es war längst nach Sonnenaufgang und ich hatte fest geschlafen. Mein Alter stand über mir. Er sah missmutig aus – und krank noch dazu.
Er hat gefragt: »Was machst du denn mit diesem Gewehr?«
Ich dachte mir, dass er sicher nicht wusste, was er heut Nacht angestellt hatte, und deshalb hab ich gesagt: »Jemand hat versucht reinzukommen, da hab ich mich auf die Lauer gelegt.«
»Warum hast du mich denn nicht geweckt?«
»Das hab ich ja gewollt, aber das hab ich nicht geschafft. Ich hab dich nicht wach kriegen können.«
»Na ja, gut. Aber steh hier nicht den ganzen Tag rum und schwätz. Mach, dass du rauskommst, und schau nach, ob was fürs Frühstück an der Angel hängt. Ich komm gleich nach.«
Er schloss die Tür auf und ich machte, dass ich fortkam, und lief zum Flussufer. Ich sah ein paar Holzstücke und solche Sachen herantreiben und auch ein paar Borkenstücke. Da wusste ich, dass der Fluss wieder im Steigen war. Ich dachte daran, wie ich diese Zeit genießen könnte, wenn ich drüben in der Stadt wäre. Die Überschwemmungen im Juni brachten

mir immer Glück. Denn sobald der Fluss zu steigen beginnt, kommen immer Klafterholz und Stücke von Flößen angetrieben, manchmal ein Dutzend Stämme auf einmal. Man braucht sie nur herauszufischen und an die Holzhändler oder an das Sägewerk zu verkaufen.

Ich ging am Ufer entlang, wobei ich mit dem einen Auge zu meinem Alten schielte und mit dem anderen auf den Fluss und auf das, was das Hochwasser mitbringen mochte. Na ja, und dann ist plötzlich ein Kanu gekommen, noch dazu ein bildschönes, vielleicht vier oder fünf Meter lang, und es lag hoch auf dem Wasser, wie ne Ente. Ich sprang kopfüber vom Ufer, wie ein Frosch, mit all meinen Sachen an, und schwamm auf das Kanu zu. Ich hatte eigentlich damit gerechnet, dass jemand drin liegen würde, denn das machen die Leute oft, um einen anzuführen. Wenn man dann das Boot fast rausgezogen hat, dann richten sie sich auf und lachen einen aus. Aber diesmal war das anders. Es war wirklich ein abgetriebenes Boot und ich kletterte rein und paddelte zum Ufer. Ich dachte, wenn das der Alte zu sehen kriegt, dann wird er sich freuen, denn seine zehn Dollar war es gut und gerne wert. Als ich aber ans Ufer kam, war der Alte noch nicht zu sehen. Und als ich das Boot in den kleinen Bach steuerte, der ganz von Schlingpflanzen und Weiden überwuchert war, da hatte ich eine neue Idee. Ich wollte das Boot gut verstecken und dann bei meiner Flucht nicht in die Wälder laufen, sondern ungefähr fünfzig Meilen den Fluss hinunterfahren und dort ein festes Lager aufschlagen, dann musste ich mich mit der Tramperei nicht so abmühen.

Die Bucht lag ziemlich in der Nähe vom Blockhaus und ich dachte die ganze Zeit, ich hörte den Alten kommen, aber ich schaffte es, das Boot zu verstecken. Als ich wieder rauskam und durch ein Weidengebüsch guckte, da sah ich den Alten unten auf dem Weg stehen, wie er mit seiner Flinte gerade nach einem Vogel zielte. Er hatte also nichts gesehen.

Als er näher kam, war ich emsig dabei, eine Angelleine einzuziehen, die wir quer über den Strom gespannt hatten und an der mehrere Haken hingen. Er schimpfte ein bisschen, weil ich so langsam gewesen war, aber ich hab ihm vorgeschwindelt, ich wär in den Fluss gefallen und deshalb hätte das so lange gedauert. Ich wusste ja ganz genau, dass er merken würde, wie nass ich war, und dass er mich dann mit Fragen löchern würde. Wir nahmen fünf Catfische von der Angelschnur und gingen nach Hause.

Nach dem Frühstück legten wir uns wieder zum Schlafen hin, denn wir alle beide waren ziemlich erschöpft. Da überlegte ich mir wieder, wie ich das irgendwie so einrichten könnte, dass mir weder der Alte noch die Witwe zu folgen versuchten, denn das kam mir doch sicherer vor, als wenn ich mich auf das Glück verließ, dass ich weit genug wegkommen würde, eh sie mich vermissten. Wer weiß, was alles noch passieren mochte. Na, eine Weile verging und mir fiel nichts ein. Aber schließlich hob mein Alter eine Minute lang den Kopf, um noch ein zweites Fass Wasser auszutrinken, und da hat er gesagt: »Wenn hier wieder mal wer rumlungert, dann weckst du mich aber, verstanden? Ich hätt ihn gleich abgeknallt. Also, das nächste Mal weckst du mich auf, verstanden?«

Dann kippte er wieder um und schlief weiter. Aber was er gesagt hatte, das brachte mich genau auf die Idee, die ich brauchte. Jetzt, sagte ich mir, kannst du das mit deiner Flucht so hinkriegen, dass keiner dran denkt, dich zu verfolgen. Gegen zwölf Uhr gingen wir raus und spazierten am Ufer entlang. Der Fluss stieg ziemlich rasch und es schwamm viel Treibholz vorbei. Nach einer Weile kam ein Stück von einem Holzfloss – neun zusammengebundene Stämme. Wir fuhren mit dem Kahn los und schleppten es ans Ufer. Dann haben wir Mittag gegessen. Jeder andere als mein Alter hätte den ganzen Tag gewartet und aufgepasst, ob wir nicht noch mehr erwischen könnten. Aber das war nicht die Art von meinem Alten. Neun Baumstämme, das war für einmal genug. Er musste gleich in die Stadt hinüber und sie verkaufen. Deshalb sperrte er mich wieder ein und gegen halb vier fuhr er mit dem Kahn los, wobei er das Floß im Schlepptau hatte. Ich rechnete mir aus, dass er in dieser Nacht nicht zurückkommen würde. Ich wartete so lange, bis er einen guten Vorsprung haben musste, dann zog ich meine Säge heraus und machte mich wieder bei den Brettern an die Arbeit. Eh er die andere Seite vom Fluss erreicht hatte, war ich aus meinem Loch geschlüpft. Er und sein Floß waren nur noch ein Pünktchen auf dem Wasser, weit fort und auf der anderen Seite. Ich nahm den Sack mit Maismehl und schleppte ihn in mein Versteck zum Kanu. Ich riss die Ranken und die Zweige auseinander und lud den Sack ein. Dasselbe passierte mit der Speckseite und dem Whiskykrug. Ich nahm allen Kaffee und Zucker mit, die da waren, die ganze Munition, ich nahm das

Papier für die Ladepfropfen, ich nahm den Eimer und die Kürbisflasche, ich nahm eine Schöpfkelle und einen Blechbecher und meine alte Säge und zwei Wolldecken und die Pfanne und die Kaffeekanne. Ich nahm Angelschnüre und Streichhölzer und noch andere Sachen mit, überhaupt alles, was nur einen einzigen Cent wert war. Ich räumte die Hütte vollkommen aus. Ich hätte gern eine Axt gehabt, aber es war keine da, nur die draußen auf dem Holzklotz, und ich wusste schon, warum ich die daließ. Dann holte ich noch die Flinte und damit war ich fertig.

Ich hatte die Erde ziemlich festgetreten, weil ich immer wieder in das Versteck laufen und so viele Sachen hatte rausschleifen müssen. Ich brachte das so gut wie möglich wenigstens oberflächlich in Ordnung, indem ich überall Sand und Erde draufstreute, die den festgetretenen Boden und das Sägemehl zudeckten. Dann schob ich das herausgesägte Holz wieder an seinen Platz, schob zwei Steine drunter und einen dagegen, um es dort zu halten – denn an dieser Stelle war es gerade ziemlich krumm und reichte nicht ganz bis auf die Erde. Aber wenn man ein paar Meter entfernt stand und nicht wusste, dass es herausgesägt worden war, dann konnte man auch nichts sehen. Außerdem war es die Rückseite von der Blockhütte und es war eigentlich nicht sehr wahrscheinlich, dass sich jemand ausgerechnet dort herumtreiben würde.

Bis zu diesem Kanu runter wuchs überall Gras. Ich hatte also keine Spuren hinterlassen. Ich ging einmal herum, um mich zu vergewissern. Dann stand ich am Ufer und schaute auf den Fluss hinaus. Alles war sicher. Deshalb nahm ich die Flinte, ging ein Stück in den Wald und versuchte ein paar Vögel zu schießen. Da sah ich ein Wildschwein. Hier in der Gegend werden die Schweine sehr rasch wieder wild, wenn sie aus einer der Farmen in der Prärie ausgerissen sind. Ich schoss den Kerl ab und schleppte ihn ins Lager.

Dann nahm ich die Axt und zerschmetterte die Tür. Ich schlug kräftig zu und zerhackte sie ordentlich dabei. Danach holte ich das Schwein und schleifte es fast bis zum Tisch und schlug es mit der Axt in die Gurgel. Dann legte ich es zum Ausbluten auf den Boden – ich sage Boden, weil es wirklich Boden war, festgetretener Erdboden und keine Dielenbretter. Tja, und dann griff ich mir einen alten Sack und füllte ihn mit großen schweren Steinen – so viel ich nur schleppen konnte –, und ich fing bei der Stelle neben dem Schwein an und zerrte ihn zur Tür und durch den Wald bis zum Fluss und da stieß ich ihn ins Wasser. Er sank rasch und war bald verschwunden. Man konnte auf den ersten Blick sehen, dass etwas über die Erde geschleift worden war. Ich wünschte wirklich, dass Tom Sawyer hier wäre, ich wusste ganz genau, dass er sich für so was interessiert hätte und dass er das mit seiner Phantasie noch ausgemalt und verbessert hätte. Keiner blüht bei einer solchen Sache mehr auf als Tom Sawyer.

Ja, und zu guter Letzt hab ich mir noch ein paar Haare ausgerissen, hab die Axt ordentlich mit Blut beschmiert, die Haare drangeklebt und die Axt in die Ecke geworfen. Dann hob ich das Schwein auf und presste es fest an meine Brust und gegen meine Jacke, damit das Blut nicht runtertropfte, bis ich ein gutes Stück von der Blockhütte entfernt war. Da hab ich es in den Fluss geworfen. Dabei ist mir noch etwas Neues eingefallen. Ich bin deshalb noch mal zurückgelaufen, hab den Mehlsack und die alte Säge aus dem Kanu geholt und hab sie wieder zu der Hütte geschafft. Ich hab den Sack an seinen alten Platz gestellt und mit der Säge ein Loch hineingerissen, denn Messer und Gabel hatten wir keine. Der Alte machte alles mit seinem Taschenmesser, selbst das Kochen. Dann schleppte ich den Sack ungefähr hundert Meter durch das Gras und durch das Weidengebüsch zu einem seichten Teich, der östlich von der Hütte lag und vielleicht fünf Meilen breit und voll von Binsen war. Auch voll von Enten, wenn es die richtige Jahreszeit dafür war. Am anderen Ufer hatte der See einen Ablauf, einen kleinen Bach, der viele Meilen lang war, aber nicht in den Fluss mündete. Wo er endete, wusste ich nicht. Das Mehl rieselte aus dem Sack und hinterließ auf dem Weg zum Teich eine kleine Spur. Ich ließ dort auch den Schleifstein von meinem Alten fallen, damit es so aussah, als wär das aus Versehen geschehen. Danach hab ich den Riss im Mehlsack mit einem Bindfaden zugenäht, damit nichts mehr rausrieseln konnte, und schaffte ihn und meine Säge wieder zum Kanu.

Unterdessen war es dunkel geworden. Deshalb zog ich das Boot in den Fluss und unter ein paar Weiden, die über das Ufer hingen, und wartete, bis der Mond aufging. Das Kanu hab ich an einer Weide vertäut, dann hab ich einen Happen gegessen und mich ins Kanu gelegt, um eine Pfeife zu rauchen und einen Plan zu machen. Ich sagte mir, sie werden der Spur von dem Sack mit den Steinen bis zum Ufer nachgehen

und dann werden sie den Fluss nach mir absuchen. Und sie werden der Mehlspur bis zum Teich folgen, um die Räuber zu finden, die mich erschlagen und die Sachen mitgenommen haben. Sie werden im Fluss nach nichts anderem Ausschau halten als nach meiner Leiche. Aber sie werden es bald satt kriegen und sich dann nicht mehr um mich kümmern. Das ist nur gut. Ich kann da Halt machen, wo ich will. Die Jackson-Insel ist gerade das Richtige für mich. Ich kenne die Insel ziemlich genau. Da kommt so leicht keiner hin. Nachts kann ich dann immer zur Stadt rüberpaddeln und dort herumschleichen und mir alles beschaffen, was ich brauchte. Tja, die Jackson-Insel ist das Richtige.
Ich war ziemlich müde, und eh ich mich versah, war ich eingeschlafen. Als ich aufwachte, wusste ich einen Augenblick lang gar nicht, wo ich war. Ich richtete mich auf und schaute mich um, ich hatte wirklich etwas Angst. Dann fiel mir alles wieder ein. Der Fluss sah so aus, als ob er Meilen breit wäre. Der Mond schien so hell, dass ich die Baumstämme hätte zählen können, die schwarz und still vorübertrieben, viele hundert Meter vom Ufer entfernt. Alles war totenstill, es sah spät aus, es roch richtig spät. Ihr wisst schon, was ich meine – manchmal find ich nicht gleich die richtigen Wörter.
Ich reckte mich und ich streckte mich und ich wollte das Kanu gerade losmachen und aufbrechen, da hörte ich ein Geräusch über das Wasser schallen. Ich spitzte die Ohren. Und dann hatt ich gleich raus, was es war. Es war so'n dumpfes regelmäßiges Geräusch, wie es die Riemen in den Klampen machen und das man gut hören kann, wenn die Nacht sehr still

ist. Ich spähte durch die Weidenzweige und da konnte ich es sehen – ein Boot, noch weit entfernt, das von drüben über das Wasser kam. Ich konnte nicht erkennen, wie viel Leute drin saßen. Es kam aber stetig näher, und als es auf gleicher Höhe mit mir war, da sah ich, dass nur ein einziger Mann da drinnen saß. Das kann nur mein Alter sein, hab ich da gedacht, obgleich ich ihn noch gar nicht zurückerwartet hatte. Er wurde von der Strömung unterhalb von mir vorbeigetrieben und nach einer Weile drehte er da, wo das Wasser ruhiger war, aufs Ufer zu und ruderte so dicht an mir vorbei, dass ich ihn mit der Flinte hätte berühren können. Und natürlich ist es mein Alter gewesen – und nüchtern war er auch, das merkte man an der Art, wie er sich in die Riemen legte.

Da verlor ich keine Zeit mehr. Im nächsten Augenblick trieb ich im Schatten des Ufers leise, aber rasch flussabwärts. Ich brachte zwei und eine halbe Meile hinter mich, packte dann eine viertel Meile oder auch etwas mehr kräftig zu, um in die Mitte des Stromes zu kommen, denn ich musste jetzt gleich beim Landungssteg der Fähre vorbeikommen und da konnten mich Leute sehen und mir zurufen. Ich geriet mitten zwischen das Treibholz, legte mich dann längelang ins Kanu und ließ es treiben. Dann blieb ich in aller Ruhe liegen und rauchte meine Pfeife.

Ich schaute in den wolkenlosen Himmel empor. Ich habe nie gewusst, wie hoch der Himmel aussieht, wenn man im Mondschein auf dem Rücken liegt. Und wie weit man in solchen Nächten auf dem Wasser hören kann! Ich hörte, wie sich die Leute auf dem Landungssteg unterhielten, und konnte alles verstehen, was sie sagten, jedes einzelne Wort. Ein Mann hat gesagt, dass jetzt bald die langen Tage und die kurzen Nächte kämen. Dann hat ein anderer gesagt, dass dies seiner Meinung nach bestimmt keine von den kurzen Nächten wäre, und dann haben sie gelacht und er hat es noch einmal wiederholt und sie haben wieder gelacht.

Ich war jetzt unterhalb der Fähre. Ich richtete mich wieder auf und da drüben lag die Jackson-Insel, etwa zwei und eine halbe Meile stromabwärts, dicht bewaldet, groß und dunkel und massig ragte sie wie ein Dampfer ohne Lichter in den Strom hinaus. Von der Sandbank vorn an der Spitze der Insel konnte man nichts erkennen, sie lag jetzt ganz unter Wasser.

Ich brauchte nicht mehr lange dorthin. Ich schoss mit ziemlicher Geschwindigkeit an der Spitze vorbei, weil die Strömung so stark war, und dann geriet ich in das seichte Wasser und landete an dem Ufer, das nach Illinois schaut. Ich zog das Boot in einen tiefen Einschnitt im Ufer, den ich schon kannte. Ich musste die Weidenzweige beiseite schieben, um reinzukommen, und als ich das Kanu festgemacht hatte, hätte es von draußen kein Mensch mehr erkennen können.

Der Himmel wurde schon ein bisschen grau. Da ging ich in den Wald und legte mich hin, um vorm Frühstück noch eine Mütze voll Schlaf zu kriegen.

8. Kapitel

Als ich aufwachte, stand die Sonne schon so hoch am Himmel, dass ich schätzte, es müsste schon nach acht Uhr sein. Da lag ich nun im Gras und im kühlen Schatten, dachte über alles Mögliche nach und fühlte mich ausgeruht und ganz behaglich und zufrieden. Durch zwei oder drei Blätterlücken konnte ich die Sonne sehen, aber sonst war ich fast ganz von großen Bäumen umgeben und hier unten zwischen ihnen war es ganz düster. Wo die Lichtstrahlen durch das Laubdach fielen, tanzten Sonnenflecken auf dem Boden, woran man merkte, dass oben ein leichter Wind ging. Ein paar Eichhörnchen hockten auf einem Ast und keckerten mir freundlich zu. Ich war ungeheuer faul und bequem – ich hatte gar keine Lust aufzustehen und Frühstück zu kochen. Ja, und dann muss ich wieder eingeschlafen sein und dann denk ich plötzlich, dass ich oben auf dem Fluss ein tiefes Bumm! Bumm! höre. Ich richte mich auf und stütz mich auf meine Ellbogen und spitz die Ohren. Kurz darauf hör ich das schon wieder. Da sprang ich auf und lief zum Ufer und schaute durch ein Loch im Laub und da seh ich weiter oben eine Rauchwolke auf dem Wasser liegen, ungefähr in der Höhe von der Fähre. Und dann kam die Fähre wirklich den Fluss heruntergefahren und sie war voll von Leuten. Da wusste ich ja, was los war. »Bumm!« Ich sehe, wie der weiße Rauch an der Seite vom Fährboot herausquillt. Seht ihr: Sie haben eine Kanone über dem Wasser abgefeuert, damit meine Leiche an die Oberfläche stiege.

Mir knurrte der Magen ganz gehörig, aber Feuer machen, das kam für mich jetzt nicht in Frage, weil sie den Rauch hätten sehen können. Ich hockte mich also hin, betrachtete den Kanonenrauch und horchte auf das Bumm! Bumm! Der Strom war hier gut eine Meile breit und an einem Sommermorgen sieht es immer besonders hübsch aus – ich hätte es also genießen können, ihnen zuzuschauen, wie sie meine sterblichen Überreste suchen, wenn ich nur einen Bissen zu essen gehabt hätte. Ja, und dann fiel mir zufällig ein, dass sie immer Quecksilber in Brotlaibe füllen und sie im Wasser treiben lassen, weil sie immer direkt zu den Ertrunkenen schwimmen und dort Halt machen. Ich sag mir also, da will ich lieber aufpassen, und wenn ein Brot in meine Nähe kommt, dann will ich's ihnen schon zeigen. Ich wechselte zum Illinois-Ufer von der Insel, um zu sehen, ob ich da vielleicht Glück hätte, und ich bin wirklich nicht enttäuscht worden. Ein großer Brotlaib kam geschwommen und ich hätt ihn fast erwischt, mit einer langen Stange, wenn ich nicht ausgerutscht wäre. Da ist das Brot wieder weitergetrieben. Ich stand natürlich da, wo die Strömung am dichtesten am Ufer vorbeiführt – so viel hab ich ja doch gewusst. Und nach einer Weile kam noch ein zweites Brot angeschwommen und diesmal hatt ich das Spiel gewonnen. Ich zog den Stöpsel raus, schüttete den kleinen Beutel mit Quecksilber raus und biss kräftig zu. Es war ein so genanntes Bäcker-Brot, was nur die feinen Leute essen, nicht eins von unseren ordinären Maisbroten.

Ich suchte mir einen gemütlichen Platz im Unterholz und setzte mich auf einen Baumstamm. Ich futterte das Brot, beobachtete die Fähre und war vollkommen zufrieden. Dann steckte ich mir eine Pfeife an, rauchte genussvoll und ausgiebig und schaute weiter zu. Die Fähre trieb mit der Strömung. Wenn sie vorbeikam, würde ich sicher sehen können, wer alles an Bord war, denn sie würde ja ziemlich dicht vorbeitreiben, so, wie es das Brot auch getan hatte. Als sie ziemlich dicht herangekommen war, machte ich die Pfeife aus und ging zu der Stelle, wo ich das Brot herausgefischt hatte. Da legte ich mich auf eine kleine Lichtung dicht am Ufer hinter einen Baumstamm. Wo sich der Stamm gabelte, da konnte ich durchgucken.

Mit der Zeit kam die Fähre heran und sie trieb so dicht vorbei, dass sie eine Planke hätten auslegen und an Land kommen können. Es waren fast alle an Bord. Mein Alter und Richter Thatcher, Bessie Thatcher und Jo Harper und Tom Sawyer und seine alte Tante Polly und Sid und Mary und noch lauter andere Leute. Alle unterhielten sich über den Mord, aber dann unterbrach sie der Kapitän und sagte: »Halten Sie jetzt besonders gut Ausschau, die Strömung führt hier am dichtesten vorbei und es könnte sein, dass er hier irgendwo ans Ufer getrieben und an den Büschen am Ufer hängen geblieben ist. Das hoffe ich wenigstens.«

Ich hab das nun nicht gerade gehofft. Die Leute drängten sich zusammen und beugten sich über die Reling, fast gerade vor meiner Nase. Sie blieben alle mucksmäuschenstill und guckten sich fast die Augen aus dem Kopf. Ich konnte sie erstklassig gut sehen, sie aber nicht mich. Und dann rief der Kapitän: »Bitte zurücktreten!«, und die Kanone ging genau vor mir mit einem solchen Knall los, dass ich von dem Lärm fast taub und von dem Pulverrauch fast blind geworden bin und zuerst dachte, jetzt hat's mich erwischt. Wenn sie scharf geschossen hätten, dann bin ich sicher, dass sie ihre gesuchte Leiche auch gehabt hätten. Na, Gott sei Dank konnt ich mich davon überzeugen, dass ich nicht verletzt war. Die Fähre trieb weiter und verschwand hinter der Krümmung der Insel. Ich konnte das Gebummere dann und wann immer noch hören, es klang immer ferner und ungefähr nach einer Stunde hörte ich gar nichts mehr. Die Insel war etwa drei Meilen lang. Ich nahm an, dass sie bis zur Spitze fuhren und die Suche dann abbrachen. Aber noch hatten sie's nicht getan. Sie drehten am Ende der Insel um und fuhren den Kanal am Missouri-Ufer zurück, jetzt natürlich unter Dampf, und dabei schossen sie noch manchmal. Ich lief zum Ufer hinüber und schaute ihnen wieder zu. Erst als sie die äußerste Spitze der Insel erreicht hatten, hörten sie mit dem Schießen auf, fuhren zum Missouri-Ufer hinüber und heim in die Stadt.

Ich wusste, dass ich mich jetzt sicher fühlen konnte. Niemand würde mehr hinter mir herjagen. Ich holte meine Sachen aus dem Kanu und schlug mir im dichtesten Wald ein anständiges Lager auf. Aus den Decken machte ich mir ein Zelt, wo ich Sachen unterstellen konnte, damit der Regen nicht an sie rankam. Ich fing einen Catfisch, schlitzte ihn mit der Säge auf und gegen Sonnenuntergang zündete ich mein Lagerfeuer an und aß Abendbrot. Dann legte ich die Angelschnur aus, damit ich ein paar Fische fürs Frühstück hatte.

Als es dunkel wurde, setzte ich mich neben mein Lagerfeuer und rauchte und fühlte mich recht zufrieden. Mit der Zeit kam es mir dann aber doch einsam vor und deshalb ging ich ans Ufer, setzte mich dort hin und lauschte dem Strom, der vorübergurgelte, zählte die Sterne und das Treibholz und die Flöße, die vorüberglitten, und dann ging ich schlafen. Es gibt nichts Besseres, wenn man sich einsam fühlt und sich die Zeit vertreiben will. So was bleibt sowieso nicht lange, man kommt rasch darüber hinweg.

Und so ging's drei Tage und drei Nächte lang. Es gab keine Abwechslung, immer nur dasselbe. Aber am Tag darauf machte ich mich auf einen Forschungszug durch die ganze Insel. Sie war schließlich mein Reich, sie gehörte mir sozusagen und ich wollte alles von ihr wissen. Hauptsächlich wollte ich mir aber die Zeit vertreiben. Ich entdeckte eine Menge Erdbeeren, ganz reif und frisch. Außerdem grüne Sommertrauben und grüne Himbeeren. Die Brombeeren waren auch noch grün und ganz winzig. Die würden mir im Laufe der Zeit sehr gelegen kommen, dachte ich. Na, ich bummelte durch den tiefen Wald, bis ich das Gefühl hatte, dass ich gar nicht mehr weit vom Ende der Insel entfernt sein müsste. Die Flinte hatte ich bei mir, aber geschossen hatte ich nicht. Sie war nur mein Schutz, obgleich ich vorhatte etwas in der Nähe des Lagers zu schießen. Ungefähr zu dieser Zeit bin ich fast auf eine ziemlich große Schlange getreten. Sie ringelte sich durch das Gras und die Blumen davon und ich schlüpfte hinter ihr her, um sie zu schießen. Ich rannte weiter und plötzlich stieß ich direkt auf die Asche von einem Lagerfeuer, das immer noch rauchte.

Das Herz schlug mir bis zum Halse. Ich hielt mich gar nicht damit auf, genauer hinzuschauen, sondern ich spannte den Hahn meiner Flinte und schlich auf Zehenspitzen so rasch wie möglich davon. Alle naslang blieb ich im Schutz der dichten Blätter stehen und lauschte. Mein Atem ging aber so laut, dass ich gar nichts anderes hören konnte. Ich zog mich wieder ein Stückchen zurück und lauschte dann wieder. So ging das immer weiter. Wenn ich einen Baumstumpf sah, dann dachte ich, das wär ein Mann. Wenn ich auf einen Zweig trat und ihn zerknackte, dann hatte ich das Gefühl, als ob mir jemand das Herz in der Mitte durchgeschnitten und mir nur eine Hälfte gelassen hätte, und zwar die kleinere.

Als ich wieder zu meinem Lager kam, da hatte ich nicht mehr viel Mumm in den Knochen. Aber ich hab mir gesagt, jetzt hab ich keine Zeit mehr herumzutrödeln. Ich hab also all meine Siebensachen wieder ins Kanu gepackt, damit sie niemand sehen konnte, und dann hab ich das Feuer ausgetreten und die Asche so verstreut, dass es aussah wie ein Lagerplatz vom letzten Jahr. Ich machte das Boot an der alten Stelle fest und beschloss im Kanu zu schlafen.

Viel hab ich nicht geschlafen. Ich konnte einfach nicht, irgendwie ließen mir die Gedanken keine Ruhe. Und jedes Mal, wenn ich aufwachte, da bildete ich mir ein, es säße mir einer im Nacken. So ein Schlaf tut einem wirklich nicht gut. Allmählich sagte ich zu mir, so kann ich nicht leben. Ich muss rauskriegen, wer hier bei mir auf dieser Insel lebt, und wenn ich dabei draufgehe. Na ja, danach hab ich mich schon besser gefühlt.

Ich nahm also mein Paddel, ließ mich nur einen oder zwei Schritt vom Ufer wegtreiben und lenkte das Boot dann gerade im Schatten entlang. Der Mond schien und außerhalb des Schattens war es taghell. Ich tastete mich ungefähr eine Stunde lang auf diese Weise vorwärts und alles lag still und im tiefsten Schlaf. Tja, und dann war ich unterdessen bis zur Spitze von der Insel gekommen. Eine kleine, kühle Brise begann zu wehen und das Wasser zu kräuseln, und das hieß, dass die Nacht ziemlich vorbei war. Ich wendete das Kanu mit dem Paddel und legte es am Ufer an. Dann nahm ich meine Flinte, schlüpfte aus dem Boot und bis zum Waldrand. Dort setzte ich mich auf einen Baumstamm und spähte durch die Blätter. Ich sehe, wie der Mond seine Wache aufgibt und wie sich die Dunkelheit wie eine Decke auf den Fluss legt. Und nach einer kleinen Weile sehe ich über den Wipfeln einen blassen Strich und weiß, der Tag bricht an. Da hab ich mein Gewehr wieder gepackt und bin dahin geschlichen, wo ich auf das Lagerfeuer gestoßen war. Alle ein oder zwei Minuten hab ich Halt gemacht und gelauscht. Aber irgendwie hab ich kein Glück gehabt. Ich konnte diesen Platz einfach nicht wieder finden. Aber endlich sah ich ganz deutlich einen Feuerschein in der Ferne zwischen den Bäumen schimmern. Ich ging darauf zu, ganz vorsichtig und langsam. Endlich war ich nahe genug dran, um was erkennen zu können, und da lag ein Mann auf dem Boden. Ich hab gedacht, ich seh nicht richtig. Er hatte sich eine Decke um den Kopf gewickelt und der Kopf lag dicht beim Feuer. Ich hockte mich hinter ein dichtes Gebüsch, vielleicht zwei Meter von ihm entfernt, und ließ ihn nicht aus den Augen. Der Morgen begann jetzt zu grauen. Kurz darauf begann der Kerl zu gähnen, streckte sich und wickelte sich aus seiner Decke, und da war es der Jim von Miss Watson! Ich war vielleicht froh, als ich ihn sah! Ich hab gesagt: »Hallo, Jim!«, und bin hinter dem Busch hervorgesprungen.

Er fuhr in die Höhe und starrte mich entsetzt an. Dann fiel er auf die Knie, faltete die Hände und sagte: »Tu mir nichts! Tu mir nichts! Ich hab auch noch nie einem Geist was Böses getan. Ich hab tote Leute immer gern gehabt und ich hab alles für sie getan, was ich nur konnte. Geh wieder in den Fluss zurück, wo du hingehörst, tu dem alten Jim nichts zu Leide, der ist immer dein Freund gewesen.«

Na, es hat nicht lange gedauert, bis ich Jim klargemacht hatte, dass ich gar nicht tot war. Ich war ja so froh, dass ich Jim getroffen hatte. Jetzt war ich nicht mehr ganz so allein. Ich sagte ihm auch, dass ich gar keine Angst hätte, dass er den Leuten verriet, wo ich steckte. Ich redete wie ein Wasserfall, aber er saß nur da und starrte mich an. Er sagte gar nichts. Schließlich sagte ich: »Es ist heller Tag. Wir wollen was frühstücken. Bring dein Feuer in Gang.«

»Was hat es denn für einen Zweck, Feuer zu machen, wenn man nur Erdbeeren zum Kochen hat. Aber du hast doch eine

Flinte, dann können wir was Besseres kriegen als Erdbeeren.«
»Erdbeeren und so'n Zeug«, hab ich gesagt, »lebst du davon?«
»Ich konnte weiter nichts kriegen«, sagte er.
»Aber wie lange bist du denn schon auf dieser Insel, Jim?«
»Ich bin in der Nacht gekommen, in der du getötet worden bist.«
»Was, schon die ganze Zeit?«
»Jaja, wahrhaftig.«
»Und du hast nichts als dieses Grünzeug zu essen gehabt?«
»Nein, Sir, nichts anderes.«
»Aber da musst du ja halb verhungert sein, oder?«
»Ich glaub, ich könnt ein ganzes Pferd verschlingen. Das glaub ich wirklich. Wie lange bist du denn auf der Insel?«
»Seit der Nacht, in der ich getötet wurde.«
»Nein! Na, und wovon hast du gelebt? Aber du hast eine Flinte. Oh, jaja, du hast eine Flinte. Das ist gut. Jetzt wirst du was schießen und ich mache das Feuer.«
Wir gingen also dorthin, wo das Kanu lag, und während er auf einer Wiesenlichtung zwischen den Bäumen ein Feuer machte, holte ich Mehl und Speck und Kaffee und die Kaffeekanne und die Bratpfanne und Zucker und den Blechbecher, und der Nigger war ganz aufgeregt, denn er dachte, das sei alles Hexerei. Ich fing auch einen ordentlichen großen Catfisch und Jim nahm ihn mit dem Messer aus und briet ihn.
Als das Frühstück fertig war, hockten wir uns ins Gras und verschlangen das Essen kochend heiß. Jim langte gehörig zu, denn er war wirklich fast verhungert. Als wir uns die Bäuche

richtig schön voll geschlagen hatten, legten wir uns hin und faulenzten. Nach einer Weile hat Jim gesagt: »Hör mal, Huck, wer ist denn nu in dieser Bruchbude erschlagen worden, wenn du das nicht gewesen bist?«

Da hab ich ihm die ganze Geschichte erzählt und er hat gesagt, das hätte ich klug eingefädelt. Er hat gesagt, dass sich nicht einmal Tom Sawyer einen besseren Plan hätte ausdenken können. Und dann hab ich gefragt: »Und wieso bist du hier, Jim, und wie bist du hierher gekommen?«

Er sah ziemlich verlegen aus und hat eine geschlagene Minute gar nichts gesagt. Dann hat er gemurmelt: »Vielleicht erzähl ich's lieber nicht.«

»Warum denn nicht, Jim?«

»Tja, da gibt es Gründe. Aber du wirst mich nicht verraten, wenn ich's dir erzähle, das würdest du doch nicht, Huck?«

»Ich will verdammt sein, wenn ich's tue, Jim.«

»Ja, dir glaub ich auch, Huck. Ich – ich bin weggelaufen.«

»Jim!«

»Aber nicht vergessen! Du hast gesagt, du würdst es nicht verraten – du weißt doch, dass du das gesagt hast, nicht, Huck?«

»Ja, das hab ich gesagt. Ich hab gesagt, ich würde dich nicht verraten, und das Versprechen halt ich auch. Großes Ehrenwort. Die Leute werden mich zwar einen gemeinen Sklavenbefreier nennen und werden mich mit Verachtung strafen, wenn ich den Mund halte, aber das macht keinen Unterschied. Ich werde nichts verraten und ich werde auch nicht zurückgehen. So, und jetzt erzähl mal alles ganz genau.«

»Ja, siehst du, das ist nun so gewesen. Die alte Missus, das ist Miss Watson, die hat ja immer auf mir rumgehackt und hat mich ganz elend behandelt, aber sie hat immer gesagt, dass sie mich nie nach Orleans verkaufen will. Aber ich hab gemerkt, da ist so ein Nigger-Händler in der Nähe, erst vor kurzem, und da bin ich ganz unruhig geworden. Na, und eines Abends, da schleiche ich zur Tür und es war schon ganz spät und die Tür war nicht ganz zu, und da hör ich, wie die alte Missus zu der Witwe sagt, sie will mich runter nach Orleans verkaufen, sie will es eigentlich gar nicht tun, aber sie könnte achthundert Dollar für mich kriegen und das ist ein großer Haufen Geld und da kann sie nicht widerstehen, und die Witwe, die hat versucht ihr beizubringen, sie soll's nicht tun, aber ich hab gar nicht auf das Ende gewartet. Ich hab mich gleich auf die Socken gemacht, und schnell, das kann ich dir sagen.

Ich bin also den Hügel runter und dann hab ich ein Boot stehlen wollen, irgendwo am Ufer bei der Stadt, aber da sind Leute gewesen, sind mir immer dazwischengekommen und deshalb hab ich mich in der alten verfallenen Fassbinderwerkstatt am Ufer versteckt und hab warten wollen, bis sie alle weg sind. Ja, und die ganze Nacht hab ich da zugebracht. Die ganze Zeit hat sich da jemand rumgetrieben. Dann, vielleicht um sechs in der Früh, da sind lauter Schiffe vorbeigefahren und gegen acht oder neun haben sie in jedem Boot, das vorbeigefahren ist, nur davon geredet, wie dein Alter in die Stadt rübergekommen ist und erzählt hat, dass dich wer erschlagen hätte. Die letzten Boote waren dann voll von Damen und Herren, die sind alle rübergefahren, um sich das an Ort und Stelle anzugucken. Manchmal sind sie erst zum Ufer gekommen und haben sich ausgeruht, eh sie rübergerudert sind, und deshalb hab ich das alles erfahren, alles über den Mord. Es hat mir schrecklich Leid getan, dass sie dich erschlagen haben, Huck, aber jetzt bin ich natürlich nicht mehr traurig.

Ich hab den ganzen Tag unter dem Abfallholz und den Spänen gelegen. Ich bin hungrig geworden, aber Angst hab ich nicht gehabt, ich hab ja gewusst, die alte Missus und die Witwe, die würden gleich nach dem Frühstück zum Gottesdienst im Freien gehen und würden den ganzen Tag fort sein, und sie haben gewusst, dass ich bei Tagesanbruch mit dem Vieh hab weggehen wollen, deshalb würden sie gar nicht erwarten, dass sie mich in der Nähe vom Haus sehen, und sie würden mich erst vermissen, wenn es dunkel wird oder wenn es schon Nacht ist. Und die anderen Dienstboten, die würden mich auch nicht vermissen, denn die verduften immer und machen sich nen freien Tag, wenn die alten Leute aus dem Weg sind.

Na ja, als es dann dunkel ist, da geh ich den Weg am Fluss entlang und geh vielleicht zwei Meilen oder mehr bis dahin, wo keine Häuser mehr sind. Ich hab mir überlegt, was ich jetzt machen sollte. Du weißt ja, wenn ich versuche zu Fuß zu fliehen, dann hetzen sie die Hunde auf meine Fährte. Und wenn ich einen Kahn stehle, um überzusetzen, dann fehlt ihnen der Kahn und dann, siehst du, dann wissen sie, dass ich auf der anderen Seite gelandet bin und dass sie sich da auf meine

Fährte setzen müssen. Deshalb hab ich mir gesagt: Ein Floß, ich muss mich nach einem Floß umschauen, damit mach ich nämlich keine Spur.

Nach einer Weile, da seh ich ein Licht um die Ecke kommen und da bin ich ins Wasser gewatet und hab einen Baumstamm vor mir hergeschoben und bin fast halbwegs über den Fluss geschwommen, da bin ich dann mitten zwischen das Treibholz geraten und mein Kopf hab ich immer runtergeduckt und dann bin ich gegen den Strom geschwommen, bis ein Floß vorbeigekommen ist. Da bin ich achtern rangeschwommen und hab mich festgeklammert. Der Himmel hatte sich gerade bezogen und ne Weile war's stockefinster. Da bin ich dann raufgeklettert und hab mich auf die Planken gelegt. Die Männer waren alle weiter in der Mitte, da, wo die Laterne war. Der Fluss ist noch gestiegen und sie haben die Strömung ausgenutzt. Ich hab mir gedacht, so gegen vier Uhr in der Früh, da werd ich fünfundzwanzig Meilen flussabwärts gekommen sein, und dann wollt ich mich wieder runtergleiten lassen, grade vor Tagesanbruch, und wollte an Land schwimmen und mich in den Wäldern am Illinois-Ufer verdrücken.

Aber ich hab kein Glück gehabt. Als wir fast an der Spitze von der Insel waren, da hat sich einer von den Männern angeschickt mit der Laterne nach achtern zu kommen. Ich hab gesehen, das hat gar keinen Sinn, wenn ich warte, deshalb hab ich mich vom Floß fallen lassen und bin zur Insel geschwommen. Na, ich hab gedacht, ich kann fast überall an Land gehen, aber das hat nicht geklappt, das Ufer war zu steil. Ich bin schon fast an der ganzen Insel entlanggetrieben worden, da hab ich erst eine gute Stelle gefunden. Ich bin in den Wald rein und ich hab gedacht, mit einem Floß geb ich mich nicht wieder ab, wenigstens so lange nicht, wie sie mit Laternen drauf rumlaufen. Meine Pfeife und ein Stück Tabak und ein paar Streichhölzer hab ich in meiner Mütze gehabt, die sind nicht nass geworden, das war also in Ordnung.«

»Und du hast die ganze Zeit kein Fleisch und kein Brot zu essen gehabt? Warum hast du dir keine Schlammschildkröte gefangen?«

»Wie hätt ich die denn kriegen sollen? Ich kann doch nicht an sie ranschleichen und sie packen, und wie hätte ich sie wohl mit einem Stein erschlagen sollen? Wie kann man die denn mitten in der Nacht erwischen? Und am Tag, da hab ich mich nicht am Ufer zu zeigen gewagt.«

»Ja, da hast du natürlich Recht. Du hast dich die ganze Zeit im Wald verstecken müssen. Hast du denn gehört, wie sie die Kanone abgefeuert haben?«

»O ja. Da hab ich gewusst, jetzt sind sie hinter dir her. Ich hab gesehen, wie sie vorbeigekommen sind. Durch die Büsche hab ich sie beobachtet.«

Ein paar junge Vögel kamen angeflattert, flogen bis auf ein oder zwei Meter heran und schossen dann wieder davon. Jim sagte, das sei ein Zeichen, dass es bald regnen würde. Er sagte, wenn sich die jungen Hühner so benähmen, dann sei das immer ein Zeichen für Regen und deshalb vermutete er, dass es sich genauso verhielte, wenn junge Vögel so herumschwirrten. Ich wollte ein paar von ihnen fangen, aber Jim ließ das nicht zu. Er sagte, das bedeutete den Tod. Er hat er-

zählt, sein Vater wär einmal todkrank gewesen und einer von ihnen hätte einen Vogel gefangen und seine alte Großmutter hätte gesagt, jetzt würde sein Vater sterben, und er sei auch wirklich gestorben.
Solche Geschichten hatte ich schon früher gehört, aber nicht so viele. Jim wusste über alle Vorzeichen Bescheid. Er hat gesagt, er wüsste fast alles. Ich hab gesagt, mir käm das vor, als ob alle Vorzeichen nur Unglück bedeuteten, und deshalb hab ich ihn gefragt, ob es denn gar keine glücklichen Vorzeichen gäbe. Und da hat er gesagt: »Verdammt wenig – und die haben für einen Menschen auch gar keinen Sinn. Was willst du denn noch wissen, wenn das Glück zu dir kommt? Willst du's abwehren?« Und dann hat er gesagt: »Wenn du Haare auf den Armen und auf der Brust hast, dann ist das ein Zeichen, dass du mal reich wirst. Tja, in so einem Zeichen liegt Sinn, denn das ist noch so lange hin. Denn siehst du, vielleicht bist du zuerst ziemlich lange arm, und das kann dich entmutigen und da würdst du dich umbringen, wenn du nicht durch dieses Zeichen wüsstest, dass du doch reich werden wirst.«
»Hast du denn Haare auf den Armen und auf der Brust, Jim?«
»Was fragst du denn so dumm? Kannst du das denn nicht sehen?«
»Na gut, aber bist du reich?«
»Na, sogar sehr reich, genau betrachtet. Ich gehöre mir selbst und ich bin achthundert Dollar wert. Ich wünschte nur, ich hätte das Geld, dann würd ich weiter nichts wollen.«

9. Kapitel

Der Fluss stieg immer noch und stieg auch noch die nächsten zehn oder zwölf Tage, bis er schließlich über die Ufer trat. Auf der Insel stand das Wasser zumindest an den niedrigen Stellen drei oder vier Fuß hoch, und auf der Illinois-Seite auch. Dort war der Fluss jetzt vier Meilen breit. Auf der Missouri-Seite hatte sich die Entfernung jedoch nicht verändert, sie betrug immer noch anderthalb Meilen, weil nämlich das Missouri-Ufer eine richtige steile Felsmauer ist.

Am Tag ruderten wir in unserem Kanu auf der ganzen Insel herum. Im Wald war es immer unheimlich kühl und schattig, selbst wenn draußen die Sonne niederbrannte. Wir mussten uns immer zwischen den Bäumen hindurchwinden und manchmal hingen da so viele Schlingpflanzen, dass wir uns verfilzten und wieder zurückpaddeln und uns einen anderen Weg suchen mussten.

Als wir in einer anderen Nacht kurz vor Tagesanbruch an der Spitze von der Insel waren, trieb ein ganzes Holzhaus an der Westseite der Insel vorbei. Es hatte zwei Stockwerke und es lag ganz schön schief im Wasser. Wir sind rübergepaddelt und sind an Bord gegangen – einfach oben im ersten Stock durchs Fenster. Es war aber noch zu dunkel, um etwas sehen

zu können. Deshalb haben wir unser Kanu festgemacht und haben uns hingesetzt und auf das Tageslicht gewartet.
Als es anfing, hell zu werden, hatten wir noch nicht das Ende der Insel erreicht. Da schauten wir zum Fenster rein. Wir konnten ein Bett erkennen und einen Tisch und zwei alte Stühle und lauter Sachen, die auf dem Fußboden herumkullerten. Kleider hingen an der Wand und im hintersten Winkel lag irgendetwas auf dem Fußboden, das wie ein Mensch ausgesehen hat. Deshalb hat Jim gesagt: »Hallo, du!«
Es hat sich aber nicht gerührt, deshalb hab ich noch mal gerufen und dann hat Jim gesagt: »Der Mann da schläft nicht – der ist tot. Du verhalt dich ruhig – ich geh rein und seh nach.«
Er stieg hinein, beugte sich über ihn, untersuchte ihn und sagte: »Das ist ein toter Mann. Ja wirklich, und nackt ist er auch. Er ist in den Rücken geschossen worden. Ich schätze, das ist zwei oder drei Tage her. Komm rein, Huck, aber schau ihm nicht ins Gesicht – das ist zu unheimlich.«
Ich hab ihn mir überhaupt nicht angeschaut. Jim hat ein paar alte Lumpen über ihn geworfen, aber das hätt er gar nicht zu tun brauchen. Ich wollte ihn gar nicht sehen. Auf dem Fußboden lagen lauter alte fettige Karten verstreut, und dazwischen alte Whiskyflaschen und ein paar Gesichtsmasken aus schwarzem Stoff. Und alle Wände waren mit Holzkohle mit den blödesten Wörtern und Bildern beschmiert. An der Wand hingen zwei alte schmutzige Baumwollkleider und ein Sonnenhut und Damenunterzeug und auch ein paar Männerkleider. Wir packten das Zeug in das Kanu, vielleicht konnten wir's noch einmal gebrauchen. Auf dem Fußboden lag ein al-

ter fleckiger Jungensstrohhut, den nahm ich auch mit. Und dann war da noch eine Flasche, in der war Milch gewesen und die war mit einem Stoffpfropfen verschlossen, an dem ein Baby saugen kann. Wir hätten die Flasche auch mitgenommen, aber sie war zerbrochen. Dann entdeckten wir noch eine wacklige alte Truhe und einen alten Fellkoffer mit kaputten Scharnieren. Beide standen offen, aber es war nichts Besonderes mehr drin. So, wie die Sachen alle auf dem Fußboden herumlagen, konnte man ablesen, dass die Leute ganz überstürzt abgehauen waren und das meiste von ihren Sachen gar nicht hatten mitschleppen können.

Wir erwischten noch ne alte Blechlaterne, ein Fleischermesser ohne Griff, ein funkelnagelneues Taschenmesser, das in jedem Laden fünfzig Cent gekostet hätte, lauter Talgkerzen, einen Zinnleuchter, eine Kürbisflasche, einen Blechbecher, eine vergammelte alte Steppdecke vom Bett, einen Beutel mit Nähnadeln und Stecknadeln und Bienenwachs und Knöpfen und Garn und lauter anderen Nähsachen drin, ein Beil und ein paar Nägel, eine Angelschnur, die so dick wie mein kleiner Finger war und an der ein paar gewaltige Haken hingen, eine Rolle Hirschleder und ein ledernes Hundehalsband, ein Hufeisen und ein paar Medizinflaschen, auf denen keine Etiketten mehr waren, und als wir gerade aufbrechen wollten, entdeckte ich noch einen ziemlich anständigen Pferdestriegel und Jim ergatterte noch einen alten schäbigen Fidelbogen und ein Holzbein. Die Riemen waren allerdings schon abgerissen, aber abgesehen davon war es ein sehr anständiges Bein, wenn es auch für mich zu lang und für Jim zu kurz war, wir haben dann das zweite Bein noch überall gesucht, konnten es aber nicht finden.

Alles in allem haben wir also einen guten Fischzug gemacht. Als wir zum Ablegen fertig waren, befanden wir uns eine viertel Meile unterhalb der Insel und es war unterdessen helllichter Tag geworden. Jim musste sich deshalb auf den Boden vom Kanu legen und mit der Steppdecke zudecken, denn wenn er sich aufsetzte, konnte man schon meilenweit sehen, dass er ein Nigger war. Ich paddelte zum Illinois-Ufer hinüber, wobei wir noch eine gute halbe Meile stromabwärts getrieben wurden. Ich schlich mich dann im Schutz des Ufers im seichten Wasser wieder flussaufwärts und es ist nichts mehr passiert und wir haben niemanden getroffen. Wir sind heil und gut nach Hause gekommen.

10. Kapitel

Nach dem Frühstück wollte ich über den toten Mann reden und so rumraten, wieso er wohl ermordet worden war, aber Jim hatte keine Lust. Er hat gesagt, das würde Unglück bringen. Und außerdem, hat er gesagt, könnte er dann kommen und bei uns spuken. Er hat gesagt, ein Mann, der nicht beerdigt wird, spukt viel leichter in der Gegend herum als einer, der ganz ordentlich und gemütlich in seinem Grab liegt. Das klang ziemlich vernünftig und deshalb hab ich nichts mehr gesagt. Aber ich musste trotzdem noch darüber nachdenken und wünschte, ich wüsste, wer den Mann erschossen hatte und weswegen sie das getan hatten.

Wir durchsuchten die Kleider, die wir ergattert hatten, und entdeckten acht Silberdollars, die im Futter von einem alten Tuchmantel eingenäht waren. Jim sagte, er schätzte, dass die Leute in dem Haus den Mantel gestohlen hätten, denn wenn sie von dem Geld gewusst hätten, dann hätten sie es sicher nicht zurückgelassen. Ich hab gesagt, ich schätzte, sie hätten den Mann sicher auch totgeschlagen. Aber Jim wollte nicht darüber reden. Da hab ich gesagt: »Du denkst jetzt, das bringt Unglück, aber was hast du gesagt, als ich die Schlangenhaut angebracht habe, die ich vorgestern oben auf dem

Hügel gefunden habe? Da hast du gesagt, es bringt das schlimmste Unglück auf der Welt, wenn man eine Schlangenhaut mit bloßen Händen berührt. Da, da hast du ja dein Unglück! Wir haben uns das ganze Zeug hier unter den Nagel gerissen und die acht Dollar noch dazu. Ich wünschte wirklich, wir hätten jeden Tag so viel Unglück, Jim.«

»Lass nur, mein Süßer, lass nur. Werd nicht zu übermütig! Es wird schon noch kommen. Denk dran, was ich dir sage: Es wird schon noch kommen.«

Und es ist wirklich gekommen. Dieses Gespräch haben wir am Dienstag geführt. Na, und am Freitag, nach dem Mittagessen, da lagen wir oben auf dem Hügel im Gras und da ging uns der Tabak aus. Ich ging in die Höhle runter, um welchen zu holen, und da hab ich eine Klapperschlange gefunden. Ich hab sie erschlagen und hab sie zusammengeringelt auf das Fußende von Jims Decke gelegt. Sie hat wie lebendig ausgesehen und ich hab gedacht, wenn Jim sie entdeckt, dann gibt es einen gehörigen Spaß. Na, wie's Abend wurde, da hatte ich die Schlange ganz und gar vergessen, und als sich Jim auf seine Decke warf, während ich gerade die Kerze anzündete, da war der Ehepartner von der Schlange gekommen und biss ihn.

Er sprang auf und schrie gellend und das Erste, was ich im Licht sehen konnte, war das zusammengeringelte Biest, das sich gerade zum nächsten Angriff fertig machte. Ich hatte es im Nu mit meinem Knüppel erschlagen und Jim griff nach dem Whiskykrug von meinem Alten und begann sich den Inhalt in die Kehle zu schütten.

Er war barfuß und die Schlange hatte ihn direkt in die Hacke gebissen. Das war nun alles deshalb gekommen, weil ich so ein Trottel war und nicht daran gedacht hatte, dass immer das Weibchen oder das Männchen kommt, wenn man irgendwo eine tote Schlange liegen lässt, und sich darumkringelt. Jim befahl mir den Kopf von der Schlange abzuschlagen und fortzuwerfen und dann den Körper abzuhäuten und ein Stück davon zu braten. Als ich das getan hatte, aß er es auf und sagte, das würde ihm helfen wieder gesund zu werden. Er ließ mich dann auch noch die Klappern abschneiden und ihm ums Handgelenk binden. Er meinte, das würde auch helfen. Dann schlüpfte ich leise aus der Höhle und warf die Schlangenleiber tief ins Gebüsch. Jim sollte nicht merken, dass alles meine Schuld gewesen war – wenigstens nicht, wenn ich es vermeiden konnte.

Jim suckelte unaufhörlich am Krug von meinem Alten und manchmal war er wie von Sinnen und sauste herum und schrie. Aber immer, wenn er wieder zu sich kam, sog er weiter an dem Krug. Sein Fuß schwoll ganz schön an, auch sein Bein. Aber allmählich wurde er betrunken und ich sagte mir, jetzt ist alles in Ordnung. Aber ich hätte lieber den Schlangenbiss als den Whisky von meinem Alten ertragen.

Jim lag vier Tage und vier Nächte krank. Dann war die Schwellung vollkommen verschwunden und er war wieder ganz auf dem Damm.

Na, so gingen die Tage hin und der Fluss sank wieder in sein altes Bett. Fast das Erste, was wir machten, war, dass wir ein abgezogenes Karnickel als Köder an einen von den großen

Angelhaken hängten. Wir brachten die Leine aus und fingen einen Catfisch, der so groß war wie ein Mensch, fast zwei Meter lang und über zwei Zentner. Wir konnten natürlich gar nicht mit ihm fertig werden. Er hätte uns bis nach Illinois rübergeschleudert. Wir konnten nur einfach sitzen bleiben und zuschauen, wie er zerrte und zappelte, bis er tot war. In seinem Magen haben wir einen Messingknopf gefunden und einen runden Ball und noch ne Menge Kleinkram. Den Ball haben wir mit dem Beil aufgeschlagen und da war ne Spule drin. Jim hat gesagt, die hätt er schon lange im Magen gehabt, sonst wär sie nicht so eingewickelt gewesen. Ich glaube, das ist der größte Fisch, der jemals im Mississippi gefangen worden ist. Jim hat gesagt, so einen großen hätt er noch nie gesehen. Drüben in der Stadt würde man sicher eine ordentliche Stange Geld dafür bekommen. So einen Fisch wie den verkaufen sie in der Markthalle pfundweise. Alle kaufen sich ein Stück, denn das Fleisch ist weiß wie Schnee und lässt sich gut braten.

Am nächsten Morgen sagte ich zu Jim, ich fände es allmählich langweilig und doof und wollte mir irgendwie ein bisschen Bewegung machen. Ich hab gesagt, ich wollte auf den Fluss raus und nachschauen, was los war. Jim war damit einverstanden, aber er hat gesagt, ich sollte in der Dunkelheit gehen und gut aufpassen. Dann hat er noch mal darüber nachgedacht und gesagt, warum ich nicht einfach ein paar von den alten Klamotten nähme und mich als Mädchen verkleidete? Das war wirklich eine gute Idee. Wir machten also eins von den Baumwollkleidern kürzer und ich krempelte meine

Hosenbeine hoch und stieg hinein. Jim machte es hinten mit Haken und Ösen zu und es hat ganz gut gepasst. Ich setzte mir den Sonnenhut auf und band ihn mir unter dem Kinn fest, und wer mir jetzt ins Gesicht sehen wollte, der musste wie durch ne Ofenröhre gucken. Jim hat gesagt, niemand würde mich erkennen, nicht einmal bei Tageslicht, oder doch fast nicht. Ich hab den ganzen Tag geübt, um den Kniff von den Sachen rauszukriegen, und allmählich konnte ich mich ganz gut darin bewegen, Jim hat nur gesagt, ich ginge nicht wie ein Mädchen. Und er hat gesagt, ich müsste aufhören mir den Rock hochzuschieben, damit ich an die Hosentaschen komme. Das hab ich mir gemerkt und hab mich danach gerichtet. Kurz nach Einbruch der Dunkelheit hab ich mich mit dem Kanu zum Illinois-Ufer aufgemacht.

Ich bin von einem Punkt zur Stadt rübergepaddelt, der etwas tiefer als der Landungssteg von der Fähre lag, und die Strömung trieb mich bis zum Stadtrand. Ich vertäute das Kanu und marschierte das Ufer entlang. In einer kleinen Bretterhütte, die noch nicht lange bewohnt war, brannte Licht und ich war neugierig, wer sich da wohl einquartiert hatte. Ich schlich heran und spähte durchs Fenster. Da saß eine Frau, die vielleicht vierzig Jahre alt sein mochte, und sie strickte beim Licht einer Kerze, die auf einem Fichtentisch stand. Ihr Gesicht war mir ganz unbekannt und sie musste eine Fremde sein, denn in dieser Stadt gab es kein Gesicht, das ich nicht kannte. Das war das reinste Glück für mich, denn mir wurde schon ganz mulmig. Ich hatte plötzlich Angst, weil ich mich hergewagt hatte. Die Leute mussten doch meine Stimme wieder erkennen und entdecken, dass ich es bin. Aber wenn diese Frau auch nur seit zwei Tagen in so einer kleinen Stadt lebte, dann musste sie mir alles erzählen können, was ich wissen wollte. Ich klopfte also an die Tür und nahm mir vor nicht zu vergessen, dass ich ein Mädchen war.

11. Kapitel

»Herein«, sagt die Frau, und ich trat ein.

Da sagt sie: »Setz dich doch.«

Das mach ich auch. Sie mustert mich mit ihren kleinen blanken Augen von oben bis unten und sagt: »Wie heißt du denn wohl?«

»Sarah Williams.«

»Und wo wohnst du denn? Hier in der Gegend?«

»Nein, Madam. In Hookerville. Sieben Meilen flussabwärts. Ich bin den ganzen Tag zu Fuß gelaufen und jetzt bin ich müde.«

»Und sicher auch hungrig, will ich meinen. Ich hol dir was.«

»Nein, Madam, ich bin nicht hungrig. Ich bin so hungrig gewesen, dass ich zwei Meilen von hier bei einer Farm hab Halt machen müssen. Deshalb bin ich jetzt nicht mehr hungrig. Aber deshalb bin ich so spät dran. Meine Mutter ist krank und Geld hat sie auch nicht und gar nichts und deshalb bin ich hergekommen, um das meinem Onkel Abner Moore zu berichten. Sie sagt, er wohnt oben in der Stadt. Ich bin da aber noch nie gewesen, kennen Sie ihn?«

»Nein, aber ich kenne auch noch nicht alle Leute. Ich bin noch keine zwei Wochen hier. Aber bis zum oberen Ende der Stadt, das ist noch ein weiter Weg. Du solltest lieber hier bei uns übernachten. Setz doch dein Häubchen ab.«

»Nein«, hab ich gesagt, »ausruhen, das will ich mich schon, aber dann muss ich weiter. Ich hab im Dunkeln keine Angst.«

Da hat sie gesagt, alleine gehen ließe sie mich nicht, aber ihr Mann würde sicher bald kommen, vielleicht in anderthalb Stunden, und der sollte mich begleiten. Dann hat sie angefangen mir von ihrem Mann zu erzählen und von ihren Verwandten oben am Mississippi und von ihren Verwandten unten am Mississippi, und wie viel besser es ihnen gegangen wäre und wie ihnen das gar nicht bewusst gewesen wäre, und was sie für einen großen Fehler gemacht hätten hierher in unsere Stadt zu ziehen, statt alles beim Alten zu lassen, und so weiter und so weiter, bis ich es selber mit der Angst bekam, ob es nicht vielleicht ein großer Fehler von mir gewesen war, grad von ihr zu erfahren, was in der Stadt los wäre. Aber schließlich ist sie doch auf meinen Alten und auf den Mord zu sprechen gekommen und da war's mir ganz recht, dass sie pausenlos weiterschwatzte. Sie hat mir erzählt, wie ich und Tom Sawyer die sechstausend Dollar gefunden haben (nur – bei ihr sind es zehn gewesen), und dann hat sie von meinem Alten geredet und was er für ein Halunke sei und was ich für ein Halunke sei, und zum Schluss ist sie auf meine Ermordung zu sprechen gekommen. Da hab ich gesagt: »Wer ist es denn gewesen? Wir haben unten in Hookerville ne ganze Masse davon gehört, aber wir haben nicht erfahren, wer Huck Finn ermordet hat.«

»Ach, ich glaube, hier wüssten die Leute auch zu gerne, wer

das nun wirklich gewesen ist. Manche meinen, das wäre der alte Finn selber gewesen.«

»Ach wirklich?«

»Zuerst haben das fast alle geglaubt. Der Alte hat gar keine Ahnung, wie haarscharf er am Lynchen vorbeigekommen ist. Aber bevor es Abend geworden ist, da waren sie schon anderer Meinung, und jetzt heißt es, es wär ein entlaufener Nigger-Sklave gewesen, Jim soll er heißen.«

»Ja, aber der . . . «

Ich hielt inne und dachte mir, es wär besser, wenn ich die Klappe hielte. Sie redete sowieso weiter und hatte gar nicht gemerkt, dass ich sie unterbrochen hatte.

»Der Nigger ist in der gleichen Nacht ausgerissen, in der Huck Finn getötet worden ist. Man hat eine Belohnung für ihn ausgesetzt – dreihundert Dollar. Und für den alten Finn gibt's auch eine Belohnung – zweihundert Dollar. Siehst du, er ist nämlich am Morgen nach dem Mord in die Stadt gekommen und hat die ganze Geschichte erzählt und dann ist er auch bei der Suche auf dem Fährboot dabei gewesen, aber danach hat er sich abgesetzt und ist auf und davon. Am Abend wollten sie ihn lynchen, aber da war er schon weg, verstehst du? Na ja, und am nächsten Tag haben sie dann gemerkt, dass der Nigger auch verschwunden war. Deshalb ist der Verdacht natürlich auf ihn gefallen, verstehst du? Und als sie alle deswegen noch ganz aufgeregt waren, da tauchte am nächsten Tag der alte Finn wieder auf und schlug beim Richter Thatcher Krach und hat Geld verlangt, damit man den Nigger in ganz Illinois verfolgen könnte. Der Richter hat ihm auch was gegeben und am gleichen Abend hat er sich wieder betrunken und hat mit einer Hand voll höchst verdächtigen Fremden herumkrakeelt und dann ist er mit ihnen abgehauen. Ja, und seitdem ist er nicht wieder aufgetaucht und die Leute wollen ihn auch gar nicht zurückhaben, bis nicht ein bisschen Gras über die Sache gewachsen ist, denn die meisten glauben jetzt, dass er seinen Jungen erschlagen hat und alles so gedreht hat, dass die Leute annehmen müssen, es wären Räuber gewesen, und dass er auf diese Weise das Geld von Huck kriegt, ohne dass er erst einen langen Prozess führen muss. Die Leute sagen alle, er wär schlecht genug so was zu machen. Na ja, er ist ja wohl ein Schlitzohr. Wenn er sich ein ganzes Jahr lang nicht blicken lässt, dann wird ihm wohl nichts passieren. Man kann ihm nämlich nichts beweisen, weißt du? Und dann, dann werden sich die Wogen wieder beruhigt haben und er kann sich das Geld von Huck ganz ohne Schwierigkeiten einstecken.«

»Ja, das mag wohl so sein, Madam. Dem steht wohl nichts im Wege. Glaubt denn jetzt niemand mehr, dass es der Nigger getan haben könnte?«

»O nein, eigentlich nicht. Es gibt ne ganze Menge Leute, die immer noch glauben, dass er es war. Aber sie werden den Nigger ja nun bald erwischen und dann werden sie's schon aus ihm rausprügeln.«

»Ach, sind sie jetzt hinter ihm her?«

»Na, du bist vielleicht ein Unschuldslamm! Liegen denn etwa dreihundert Dollar jeden Tag auf der Straße und warten nur darauf, dass sie wer aufhebt? Manche Leute glauben, dass der Nigger gar nicht weit gekommen ist. Ich gehör zum Beispiel auch dazu, aber ich häng das natürlich nicht an die große Glocke. Vor ein paar Tagen, da hab ich mit einem alten Ehepaar gesprochen, die wohnen hier nebenan in einem Blockhaus und die haben zufällig gesagt, dass fast niemand auf diese Insel rübergeht, die sie Jackson-Insel nennen. Wohnt denn da niemand?, hab ich gefragt. Nein, keiner, haben sie geantwortet. Da hab ich nichts mehr gesagt, aber ich hab die ganze Zeit drüber nachdenken müssen. Ich war nämlich fast sicher, dass ich da drüben Rauch gesehen hab, ungefähr an der Spitze von der Insel, ein oder zwei Tage davor, und deshalb hab ich mir gesagt, höchstwahrscheinlich hat sich der Nigger da drüben versteckt. Und ich hab mir gesagt, es wird sich auf jeden Fall lohnen, wenn man die Insel mal absucht. Ich hab seitdem keinen Rauch mehr gesehen, es kann also sein, dass er schon wieder verduftet ist, falls er's wirklich gewesen ist. Aber mein Mann will mal rüberfahren und nachschauen, er und noch ein Mann. Er ist weg gewesen, stromaufwärts, aber heute ist er zurückgekommen und ich hab ihm auf der Stelle davon erzählt, vielleicht vor zwei Stunden.«

Da bin ich so unruhig geworden, dass ich kaum mehr still sitzen konnte. Ich musste irgendwas mit meinen Händen anfangen, deshalb hab ich eine Nähnadel vom Tisch genommen und hab versucht sie einzufädeln. Aber meine Hände haben so gezittert, dass ich es einfach nicht geschafft hab. Als die Frau aufhörte zu reden, da hab ich aufgeschaut und sie hat mich so komisch neugierig angeschaut und dabei ein bisschen gelächelt. Da hab ich die Nadel und den Faden wieder hingelegt und hab wieder ganz interessiert getan, was ich ja auch wirklich war, und hab gesagt: »Dreihundert Dollar sind wirklich viel Geld! Ich wünschte, das könnte meine Mutter kriegen. Fährt Ihr Mann heute Nacht rüber?«

»Aber sicher. Er ist mit dem anderen Mann, von dem ich dir ja schon erzählt habe, nur in die Stadt gegangen, um sich ein Boot zu beschaffen und zu sehen, ob sie sich nicht noch eine zweite Flinte leihen können. Sie wollen nach Mitternacht rüber.«

»Aber sie würden doch viel besser sehen können, wenn sie bis Tagesanbruch warten.«

»Ja. Aber meinst du nicht, dass sie der Nigger dann auch viel besser sehen könnte? Nach Mitternacht schläft er wahrscheinlich und sie können durch den Wald schleichen und sein Lagerfeuer im Dunkeln besser finden, wenn er eins hat.«

»Daran hab ich gar nicht gedacht.«

Die Frau hat mich immer weiter so neugierig gemustert und mir wurde ganz unbehaglich zu Mute. Dann hat sie mich plötzlich gefragt: »Wie war dein Name noch, Süße?«

»M-Mary Williams.«

Irgendwie hatte ich das Gefühl, dass ich beim ersten Mal nicht Mary gesagt habe, deshalb wagte ich gar nicht hoch zu gucken. Ich meinte, ich hätte Sarah gesagt, deshalb fühlte ich mich in die Enge getrieben und hatte Angst und das sah man mir wahrscheinlich auch an. Ich wünschte, die Frau würde wieder weiterreden, denn je länger sie stille schwieg, desto unbehaglicher wurde mir zu Mute. Und dann hat sie gesagt:

»Herzchen, ich hab gedacht, du hättest beim Reinkommen Sarah gesagt?«

»O ja, Madam, das hab ich auch. Sarah Mary Williams. Sarah ist mein erster Vorname. Manche sagen Sarah zu mir, manche Mary.«

»Ach, so ist das.«

»Ja, Madam.«

Mir war schon wohler, aber ich wünschte trotzdem, ich wäre schon draußen. Ich wagte immer noch nicht aufzuschauen. Na, dann fing die Frau wieder an zu reden, wie schlecht die Zeiten wären und wie wenig sie zum Leben hätten und dass die Ratten hier so frech herumliefen, als ob ihnen das ganze Haus gehörte, und so weiter, und da hab ich mich wieder entspannen können. Mit den Ratten hat sie wirklich Recht gehabt. Jeden Augenblick konnte man sehen, wie eine die Nase aus einem Loch in der Ecke steckte. Die Frau hat gesagt, wenn sie alleine wäre, dann hätte sie immer was zum Werfen griffbereit, denn sonst würden sie keine Ruhe geben. Sie zeigte mir ein Stück Blei, das sie in einen Fetzen eingeknotet hatte, und sagte, dass sie im Allgemeinen ganz gut treffen könnte, dass sie sich aber vor ein oder zwei Tagen den Arm verrenkt hätte und jetzt nicht wüsste, ob sie noch so gut zielen könnte. Sie wartete aber auf ne Gelegenheit und dann schmiss sie nach der Ratte, verfehlte sie aber um ein ganzes Stück und rief Aua! Ihr Arm täte so weh. Dann hat sie mir gesagt, das nächste Mal sollte ich's versuchen. Ich wollte mich verdrücken, eh ihr Alter nach Hause kam, aber das ließ ich mir natürlich nicht anmerken. Ich packte das Ding, und als

die erste beste Ratte ihre Nase zeigte, da ließ ich es los, und wenn sie da geblieben wäre, dann wär sie eine ziemlich tote Ratte gewesen. Die Frau sagte, das sei erstklassig, und sie machte jede Wette, dass es bei der nächsten ein Volltreffer werden würde. Sie stand auf und brachte den Bleiklumpen zurück und holte auch gleich noch einen Strang Garn, weil ich ihr aufwickeln helfen sollte. Ich hielt meine beiden Hände so hoch und sie legte das Garn darüber und redete weiter von ihren Angelegenheiten und von denen von ihrem Mann. Aber dann hat sie sich unterbrochen und hat gesagt: »Pass auf die Ratten auf! Es ist wohl besser, wenn du das Blei auf dem Schoß liegen hast, da ist es griffbereit.«
Im gleichen Augenblick warf sie mir den Bleiklumpen in den Schoß und ich schlug deshalb die Beine zusammen. Sie redete weiter, aber nur eine Minute. Dann hat sie mir den Strang abgenommen und sah mir direkt ins Gesicht, aber ganz freundlich, und hat gesagt: »Nun sag mal – wie heißt du denn wirklich?«
»W-w-w-was, Madam?«
»Wie heißt du wirklich? Bill oder Tom oder Bob? Oder wie?«
Ich glaube, ich muss wie Espenlaub gezittert haben und ich hatte keine Ahnung, was ich jetzt machen sollte. Aber ich hab gesagt: »Ach bitte, machen Sie sich doch über ein armes Mädchen wie mich nicht lustig, Madam. Wenn ich Ihnen hier lästig falle, dann will ich –«
»Nein, das tust du gar nicht. Setz dich wieder hin und bleib, wo du bist. Ich will dir bestimmt nichts tun und ich werd dich auch nicht verraten. Sag mir nur, was dein Geheimnis ist, und

hab Vertrauen zu mir. Ich werd es niemandem sagen, im Gegenteil, ich werd dir helfen. Und mein Mann auch, wenn du willst. Siehst du, du bist ein Lehrling, der ausgerissen ist – das ist alles. Da ist doch nichts bei. Und das ist doch nichts Schlimmes. Sie haben dich schlecht behandelt und da hast du beschlossen auf und davon zu gehen. Beim Himmel, Kind, ich würde dich doch nicht verraten. Aber erzählen musst du mir alles – geh, sei ein braver Junge.«

Da hab ich dann gesagt, es hätte wohl keinen Sinn, wenn ich ihr länger was vormachte, und ich wollte ihr reinen Wein einschenken und alles gestehen, aber sie dürfte ihr Versprechen nicht vergessen. Dann hab ich ihr erzählt, dass mein Vater und meine Mutter gestorben wären und dass mich das Gericht zu einem gemeinen alten Farmer gegeben hätte, der landeinwärts, dreißig Meilen vom Fluss entfernt, gelebt hätte und der mich so schlecht behandelt hätte, dass ich's nicht länger hätte aushalten können. Er wär für ein paar Tage fort gewesen und da hätt ich die günstige Gelegenheit genutzt, hätt ein paar alte Kleider von seiner Tochter geklaut und wär davongelaufen. Für die dreißig Meilen hätt ich drei Nächte gebraucht, denn ich wär nachts gewandert, hätte mich am Tag versteckt und geschlafen und der Beutel mit Brot und Fleisch, den ich von zu Hause mitgenommen hätte, der hätte den ganzen Weg gereicht, und ich hätte immer genug zu essen gehabt. Ich hab gesagt, ich vertraute fest darauf, dass sich mein Onkel Abner Moore meiner annehmen würde, und das sei der Grund gewesen, warum ich hierher nach Goshen gewandert wäre.

»Goshen, Kind? Dies hier ist nicht Goshen. Dies ist St. Petersburg. Goshen, das liegt zehn Meilen weiter flussaufwärts. Wer hat dir denn gesagt, dass hier Goshen wäre?«

»Wieso? Ein Mann, den ich heute früh bei Tagesanbruch getroffen habe. Ich wollte mich gerade im Wald schlafen legen. Er hat mir gesagt, wenn sich der Weg gabelt, dann muss ich nach rechts abbiegen und nach fünf Meilen wäre ich dann in Goshen.«

»Das ist sicher ein Betrunkener gewesen. Er hat's dir genau verkehrt herum gesagt.«

»Tja, er hat sich eigentlich auch wie ein Betrunkener benommen, aber das spielt ja jetzt keine Rolle mehr. Dann muss ich mich aber sofort wieder auf den Weg machen. Ich will morgen vor Tagesanbruch in Goshen sein.«

»Warte noch einen Augenblick. Ich will dir noch was zu essen einwickeln. Vielleicht wirst du's brauchen.«

Sie machte mir also etwas zu essen zurecht und fragte: »Sag mal, wenn sich eine Kuh niederlegt, mit welchem Ende steht sie dann zuerst wieder auf? Gib mir schnell eine Antwort – denk gar nicht darüber nach. Was bringt sie zuerst in die Höhe?«

»Das Hinterteil, Madam.«

»Gut, und wie ist das bei einem Pferd?«

»Die Vorderhand, Madam.«

»Auf welcher Seite von einem Baum wächst das Moos?«

»Auf der Nordseite.«

»Wenn fünfzehn Kühe zusammen auf einem Abhang weiden, wie viele halten beim Fressen den Kopf in eine Richtung?«

»Alle fünfzehn, Madam.«

»Aha, ich glaube, du hast wirklich auf dem Lande gelebt. Ich hab schon gedacht, du versuchst mir wieder was vorzumachen. Wie heißt du denn nun wirklich?«

»George Peters, Madam.«

»Schön, George, aber vergiss das nicht wieder. Sonst erzählst du mir noch vorm Abschied, dass du Alexander heißt, und wenn ich dich dabei erwische, dann redest du dich damit raus, dass du George Alexander heißt. Und mach dich mit diesem alten Baumwollkleid nicht an Frauen heran. Die Rolle als Mädchen spielst du ziemlich miserabel, aber Männer kannst du damit vielleicht an der Nase herumführen. Und du liebe Güte, Kind, wenn man eine Nadel einfädelt, dann hält man doch nicht den Faden still und fummelt mit der Nadel davor hin und her. Umgekehrt: Du musst die Nadel ruhig halten und mit dem Faden danach zielen. So macht man das als Frau. Männer machen das immer verkehrt. Und wenn du nach einer Ratte oder nach irgendetwas anderem zielst, dann musst du dich auf Zehenspitzen stellen und musst deine Hand so ungeschickt wie möglich übern Kopf halten und die Ratte musst du mindestens um zwei oder drei Meter verfehlen. Und du musst ganz steif und ungelenk von der Schulter aus werfen, als ob dort eine Angel wäre – wie ein Mädchen. Wirf nie aus dem Handgelenk und aus dem Ellbogen heraus, so mit ausgestrecktem Arm, wie ein Junge. Daran musst du auch denken: Wenn ein Mädchen was im Schoß auffangen will, dann spreizt sie die Beine weit auseinander: Sie klappt sie nicht zusammen, so wie du's getan hast, als du den Bleiklumpen aufgefangen hast. Ach, ich hab schon gemerkt, dass du ein Junge bist, als du die Nadel hast einfädeln wollen, die anderen Sachen hab ich mir nur ausgedacht, um ganz sicher zu sein. Also, nun schwirr ab zu deinem Onkel, Sarah Mary Williams George Alexander Peters, und wenn du irgendwo in die Klemme kommst, dann lass Mrs Judith Loftus benachrichtigen, das bin nämlich ich, und ich werd alles tun, was in meiner Macht steht, um dich wieder loszueisen. Halt dich auf der Straße am Fluss, die ganze Zeit, und wenn du das nächste Mal lostrampst, dann nimm dir Schuhe und Strümpfe mit. Der Weg am Fluss ist ziemlich steinig, und wenn du in Goshen bist, dann werden deine Füße in einem ganz schönen Zustand sein.«

Ich lief ungefähr fünfzig Meter am Ufer entlang, dann machte ich in meiner Spur kehrt und schlich mich dahin zurück, wo mein Kanu lag, ein gutes Stück unterhalb von dem Haus. Ich sprang hinein und stieß mich im Nu ab. Ich paddelte so weit stromaufwärts, dass ich von da aus die Spitze der Insel gut erreichen konnte, und begann dann den Strom zu überqueren. Ich riss mir den Sonnenhut ab, denn jetzt konnte ich wirklich keine Scheuklappen gebrauchen. Als ich ungefähr mitten im Strom war, hör ich, wie die Kirchturmuhr zu schlagen beginnt, deshalb halt ich an und spitz die Ohren. Der Ton klingt ganz schwach, aber klar übers Wasser: elf.

Als ich auf der Inselspitze gelandet bin, da hab ich mich gar nicht erst verschnauft, obwohl ich ganz schön aus der Puste war, sondern ich bin gleich rein in den Wald, wo mein altes Lager gewesen ist, und hab an einer hoch gelegenen und trockenen Stelle ein anständiges großes Feuer gemacht.

Dann bin ich wieder ins Kanu gesprungen und bin die anderthalb Meilen flussabwärts so rasch zu unserem jetzigen Lager gepaddelt, wie ich nur konnte. Ich bin gelandet, bin durch den Wald und die Büsche den Hang rauf und rein in unsere Höhle gelaufen. Da hat Jim auf der Erde gelegen und geschlafen. Ich hab ihn aufgeweckt und hab gesagt: »Steh auf und setz dich in Bewegung, Jim! Wir haben keine Minute zu verlieren! Sie sind hinter uns her!«

Jim hat keine Frage gestellt, er hat kein einziges Wort gesagt. Aber die Art und Weise, wie er die nächste halbe Stunde geschuftet hat, die hat mir genau gezeigt, was er für Angst hatte.

Nach der Zeit ist alles, was wir auf der Welt besessen haben, auf diesem Floß gewesen. Alles war bereit, um das Floß aus dem Versteck unter den Weiden herauszubringen. Aber als Erstes machten wir noch das Lagerfeuer in der Höhle aus und draußen ließen wir danach nicht einmal mehr eine Kerze brennen.

Ich paddelte zuerst mit dem Kanu ein Stück vom Ufer weg und hielt Ausschau, aber selbst wenn ein Boot auf dem Wasser gewesen wäre, so hätt ich's nicht erkennen können, denn bei Sternenlicht kann man nichts sehen. Dann zogen wir das Floß ins Wasser und glitten im Schatten am Fuße der Insel vorbei. Wir waren mucksmäuschenstill, keiner sagte ein Wort.

12. Kapitel

Als wir die Insel glücklich hinter uns hatten, muss es fast ein Uhr gewesen sein, aber das Floß schien mächtig langsam vorwärts zu kommen. Wenn ein Boot auftauchen sollte, dann mussten wir das Kanu nehmen und nach dem Illinois-Ufer zu entkommen versuchen. Es war nur gut, dass wir keinem Boot begegnet sind, denn wir hatten nicht daran gedacht, die Flinte oder die Angelschnur oder was zu essen ins Kanu zu packen. Wir waren so in Saus gewesen, dass wir gar nicht an alles hatten denken können. Es war sicher nicht besonders schlau gewesen, alles auf das Floß zu packen.

Wenn Leute auf die Insel kommen würden, dann mussten sie meiner Meinung nach nur das Lagerfeuer finden, das ich aufgebaut hatte, und würden sicher die ganze Nacht auf Jim lauern.

Als sich der erste Streifen der Morgendämmerung zu zeigen begann, machten wir an einem Struwwelkopf in einer breiten Bucht am Illinois-Ufer fest, hackten mit dem Beil Pappelzweige ab und bedeckten das Floß damit, damit es so aussah, als ob am Ufer ein Erdrutsch gewesen wäre. Ein Struwwelkopf ist eine Sandbank, auf der die Pappeln so dicht stehen wie die Zähne auf einer Egge.

Auf dem Missouri-Ufer hatten wir Berge und das Illinois-Ufer war stark bewaldet, und da die Fahrtrinne an dieser Stelle am Missouri-Ufer entlanglief, hatten wir keine Angst, dass uns jemand in die Quere kommen würde. Wir blieben den ganzen Tag lang liegen und sahen den Flößen und Dampfern zu, die am Missouri-Ufer vorbeischossen, und den stromaufwärts fahrenden Dampfern, die sich mitten im Strom mühsam vorwärts kämpfen mussten.

Ich hatte Jim von allem erzählt, was ich mit der Frau geschwatzt hatte, und Jim meinte, dass sie es sicher faustdick hinter den Ohren hätte.

Als es anfing, dunkel zu werden, steckten wir die Köpfe aus dem Pappeldickicht und schauten uns nach allen Seiten um. Es war nichts zu sehen. Jim brach ein paar von den oberen Planken unseres Floßes los und baute uns einen gemütlichen Wigwam zum Schutz gegen Sonnenschein und Regen und damit unser Zeug nicht nass würde. Jim baute auch einen Fußboden für unseren Wigwam und machte ihn einen knappen halben Meter höher als die Oberfläche vom Floß, damit die Dampferwellen nicht mehr die Decken und das andere Zeug erreichen konnten. Genau in der Mitte vom Wigwam schütteten wir eine Erdschicht auf, die vielleicht zwanzig Zentimeter hoch war und ringsherum von einem Holzrahmen gehalten wurde, wo wir bei kaltem oder bei Schmuddelwetter Feuer anmachen konnten. Im Wigwam konnte das außerdem keiner sehen. Wir zimmerten uns außerdem noch ein zusätzliches Steuerruder für den Fall, dass eins von den anderen an einem Baumstumpf zersplittern oder abbrechen würde. Dann schlugen wir eine kurze Astgabel fest, an die wir die alte Laterne hängten, denn falls wir nicht in den Grund gebohrt werden wollten, mussten wir jedes Mal Licht anzünden, sowie wir einen Dampfer stromabwärts kommen sahen. Bei den Dampfern, die stromaufwärts fuhren, mussten wir das nur tun, wenn wir in ihrer Linie waren, wie sie das nannten, denn der Fluss stand immer noch ziemlich hoch und die flachen Uferstrecken waren immer noch unter Wasser. Deshalb benutzten die stromaufwärts fahrenden Dampfer nicht immer die Fahrtrinne, sondern suchten sich eine bequemere Abkürzung.

In dieser zweiten Nacht trieben wir zwischen sieben und acht Stunden, und zwar mit einer Strömung, die uns über vier Meilen pro Stunde vorwärts brachte. Wir angelten und unterhielten uns und ab und zu schwammen wir, um nicht einzuschlafen. Es war ein richtig feierliches Gefühl, den großen stillen Fluss hinabzutreiben, auf dem Rücken zu liegen und in die Sterne zu blicken, und wir hatten auch gar keine Lust dazu, laut zu sprechen, wir lachten auch nicht oft, wir gluckster nur so ein bisschen. Die Hauptsache war, dass wir ganz prachtvolles Wetter hatten, und es ist uns auch nichts in dieser Nacht passiert und in der nächsten auch nichts und in der übernächsten auch nichts.

Ich hatte mir unterdessen angewöhnt mich in jeder Nacht ans Land zu schleichen, immer so gegen zehn Uhr in irgendeine kleine Ortschaft, wo ich dann für fünfzehn Cent Mehl oder Speck oder andere Nahrungsmittel kaufte. Des Morgens schlüpfte ich dann kurz vor Tagesanbruch immer in die Maisfelder und lieh mir eine Wassermelone oder ne Zuckermelone oder nen Kürbis oder ein paar junge Maiskolben oder so was Ähnliches aus. Mein Alter hat immer gesagt, es sei nicht schlimm, wenn man sich was leiht, man müsste nur die Absicht haben, es eines Tages zurückzugeben.

In der fünften Nacht erlebten wir ein Stück unterhalb von St. Louis kurz nach Mitternacht ein tüchtiges Gewitter mit mächtigem Gedonnere und Blitzen und es goss dazu in Strömen. Wir blieben im Wigwam und überließen das Floß sich selbst. Im Schein der Blitze konnten wir den großen Strom direkt vor uns sehen, der an beiden Seiten von steilen Felsufern eingerahmt war. Nach einer Weile sag ich: »Hallo, Jim, schau mal da rüber!«

Da lag ein Dampfer, der seine Seele an einem Felsen ausgehaucht hatte. Wir trieben geradewegs darauf zu. Die Blitze beleuchteten ihn ziemlich deutlich. Er lag auf der Seite, ein Stück des Oberdecks ragte aus dem Wasser, und wenn ein Blitz aufzischte, konnte man jedes kleine Stück vom Schornstein haarscharf und genau erkennen, und einen Stuhl neben der großen Schiffsglocke und auf der Rückenlehne hat ein alter Filzdeckel gehangen.

Na, weil's schon so spät in der Nacht war und weil es so stürmte und weil alles so unheimlich aussah, da hatt ich ein Gefühl, das ein anderer Junge sicher auch gehabt hätte, wenn er das Wrack so traurig und so einsam mitten im Fluss hätte liegen sehen. Aber ich wollte trotzdem an Bord gehen und ein bisschen darauf herumstreichen und nachschauen, was eigentlich los war. Deshalb hab ich gesagt: »Lass uns doch an dem Schiff festmachen, Jim.«

Jim wollte aber zuerst gar nichts davon wissen. Er sagt: »Ich hab keine Lust mich auf so nem Wrack herumzutreiben. Uns geht's verdammt gut und wir wollen's lieber dabei bleiben lassen, wie die Bibel sagt. Außerdem ist da sicher ein Wächter auf dem Wrack.«

»Das mit dem Wachmann kannst du deiner Großmutter erzählen«, sag ich, »da gibt's nichts mehr zu bewachen, nur noch die Kapitänskajüte und das Steuerhaus, bildest du dir etwa ein, dass jemand in so einer Nacht sein Leben für eine Kapitänskajüte und ein Steuerhaus riskiert, wenn das ganze Schiff sowieso in jedem Moment auseinander brechen und im Fluss versinken kann?«

Jim hat noch ein bisschen vor sich hin gebrummelt, aber dann hat er nachgegeben. Er hat nur gesagt, wir sollten möglichst wenig sprechen, und wenn, dann nur ganz leise. Die Blitze haben uns wieder das Wrack gezeigt, gerade noch rechtzeitig, und wir haben den Steuerbord-Ladebaum gepackt und daran festgemacht. Das Deck ragte an dieser Stelle hoch aus dem Wasser heraus. Wir krabbelten die schräge Ebene in der Dunkelheit auf die Offizierskajüte zu und tasteten uns langsam mit den Füßen vorwärts. Wir streckten dabei die Hände aus, um nicht in das Tauwerk zu geraten, denn es war so stockfinster, dass wir's gar nicht erkennen konnten. Wir sind ziemlich bald an das vordere Ende vom Skylight gestoßen und hineingeklettert. Mit dem nächsten Schritt standen wir schon vor der Tür von der Kapitänskajüte, die offen stand, und da sahen wir da unten im Salon doch wahrhaftig ein Licht. Im gleichen Augenblick schien es uns auch so, als ob wir leise Stimmen hörten!

Jim flüsterte mir zu, dass ihm hundselend wäre, und hat mir

gesagt, ich solle zurückkommen. Na gut, sag ich, und ich will gerade wieder zum Floß, da hab ich eine Stimme aufstöhnen und sagen hören: »Oh bitte, Jungs, tut das nicht! Ich schwör euch, dass ich nichts verrate!«

Da hat eine zweite Stimme ziemlich laut geantwortet: »Das ist eine Lüge, Jim Turner. So hast du uns schon mal reingelegt. Du willst immer mehr als deinen Anteil von der Beute haben und das hast du auch immer bekommen, weil du geschworen hast, dass du uns nicht verraten würdest. Aber diesmal hast du's genau einmal zu oft gesagt. Du bist der gemeinste Verräterhund im ganzen Land.«

Inzwischen hatte sich Jim schon zum Floß verdrückt. Ich platzte aber fast vor Neugierde und ich sagte mir, dass Tom Sawyer jetzt auch nicht ausreißen würde, und deshalb wollte ich es erst recht nicht tun. Ich muss sehen, was hier vorgeht. Deshalb ließ ich mich auf alle viere nieder und kroch im Dunkeln weiter den schmalen Gang nach achtern, bis mich nur noch der Salon von der Kapitänskajüte trennte. Da sah ich dann einen Mann auf dem Boden liegen, er war an Händen und Füßen gefesselt, und zwei Männer standen über ihn gebeugt, von denen der eine eine abgeblendete Laterne in der Hand hatte und der andere einen Revolver. Der mit dem Revolver zielte auf den Kopf von dem Mann auf dem Boden und sagte: »Und wie ich das gerne täte! Und ich sollte es auch tun – so ein gemeiner Stinker!«

Der Mann auf dem Boden krümmte sich zusammen und wimmerte: »Oh bitte, tu's nicht, Billy – ich will auch wirklich nichts verraten.«

Und jedes Mal, wenn er das sagte, lachte der Mann mit der Laterne auf und sagte: »Nee, das wirst du wirklich nicht! So dicht an der Wahrheit bist du noch nie gewesen, da mach ich jede Wette.« Und einmal hat er gesagt: »Hör dir bloß an, wie er winselt! Aber wenn wir ihn nicht gepackt und gefesselt hätten, dann hätt er uns beide um die Ecke gebracht. Und weswegen? Für nichts und wieder nichts! Nur weil wir unser Recht hatten haben wollen, nur deswegen. Aber ich sage dir, Jim Turner, du wirst so bald keinen Menschen mehr bedrohen. Hoch mit der Knarre, Bill.«

Da sagt Bill: »Ich will aber nicht, Jake Packard! Ich bin dafür, dass wir ihn umbringen. Hat er den alten Hatfield nicht genauso umgelegt? Und hat er's etwa nicht verdient?«

»Aber ich will nicht, dass er umgebracht wird, und ich hab meine Gründe dafür.«

»Gott segne dich für diese Worte, Jake Packard! Das werd ich dir niemals vergessen, so lange ich lebe!«, sagt der Mann auf dem Fußboden und heult fast los.

Packard hat sich aber gar nicht um ihn gekümmert, er hat seine Laterne an nen Nagel gehängt und ist im Dunkeln gerade auf mich zugekommen und hat Bill zugewinkt, dass er mitkommt. Ich krabbelte, so schnell ich konnte, ungefähr zwei Meter rückwärts, aber das Schiff hatte so viel Schlagseite, dass ich nicht rasch genug weiterkam. Damit er nicht über mich wegrannte und mich erwischte, kroch ich in eine oberhalb liegende Kajüte. Der Mann kam in der Dunkelheit angetappt, und als Packard zu meiner Kajüte kam, sagt er: »Hier, komm hier herein.«

Er trat ein und Bill hinter ihm. Eh sie jedoch richtig drin gewesen sind, war ich schon in die obere Koje geschlüpft, saß da richtig in der Falle und bereute, dass ich überhaupt gekommen war. Die Männer standen also da, stützten sich mit den Händen auf den Kojenrand und unterhielten sich. Ich konnte sie nicht erkennen, aber an dem Whisky, den sie hinter die Binde gekippt hatten, merkte ich, wo sie standen. Ich war bloß froh, dass ich keinen Whisky getrunken hatte. Es hätte allerdings auch keinen großen Unterschied gemacht, denn die meiste Zeit hätten sie mich gar nicht ausmachen können, weil ich nicht zu atmen wagte. Ich hatte viel zu viel Angst. Und außerdem: Bei so einem Gespräch blieb einem sowieso der Atem weg. Sie sprachen sehr leise und ernst miteinander. Bill wollte Turner töten. Er sagte: »Er hat gesagt, dass er uns verraten will, und das wird er auch tun. Selbst wenn wir beide ihm jetzt noch unsere Anteile geben würden, das könnte nichts mehr ändern, nicht nach dieser Auseinandersetzung und nicht, nachdem wir ihn jetzt so behandelt haben. Der wird vor Gericht gegen uns aussagen, da kannst du Gift drauf nehmen. Und jetzt hör mir mal zu: Ich bin dafür, dass wir ihn von seinen Sorgen befreien.«

»Dafür bin ich auch«, sagt Packard in aller Ruhe und Gelassenheit.

»Verdammt noch mal, ich fing schon an zu glauben, du hättst es dir anders überlegt. Na, dann ist ja alles in Ordnung. Dann wollen wir's mal angehen.«

»Wart noch einen Augenblick, ich bin noch nicht fertig. Hör mir zu. Schießen ist gut, aber man kann die Sache auch geräuschloser erledigen. Was ich zu sagen habe, ist Folgendes: Es hat gar keinen Zweck, jemanden durchs Gericht an den Strick zu bringen, wenn man die Sache genauso gut und schnell und ohne Risiko erledigen kann, stimmt's?«

»Da hast du Recht. Aber wie willst du das denn diesmal drehen?«

»Tja, mein Vorschlag lautet so: Wir stöbern hier noch mal durch und sammeln alles auf, was wir in den Salons vielleicht noch übersehen haben, und dann rudern wir an Land und verstecken das ganze Zeug. Dann brauchen wir nur zu warten. Ich sag dir, es wird keine zwei Stunden mehr dauern, dann bricht dieses Wrack auseinander und rauscht hinab in die Tiefe. Kapiert? Absaufen wird er und dann kann er niemandem die Schuld geben, nur sich selbst. Ich glaube, das ist viel gescheiter, als wenn wir ihn umbringen. Ich bin immer dagegen, jemanden abzumurksen, wenn man das umgehen kann. Es hat keinen Zweck und es ist unmoralisch. Habe ich nicht Recht?«

»Ja – ich glaub schon. Aber nehmen wir nun mal an, das Schiff bricht nicht auseinander und geht nicht unter?«

»Ach, lass uns erst mal die zwei Stunden abwarten, dann können wir immer noch sehen, oder?«

»Na gut, komm mit.«

Sie brachen auf und ich schlüpfte schweißbedeckt hinaus und krabbelte vorwärts. Draußen war es stockfinster, aber ich hauchte in einem heiseren Flüsterton: »Jim!«, und er antwortete mir direkt neben meinem Ellbogen mit einem Stöhnen. Ich sagte: »Schnell, Jim, wir haben keine Zeit hier noch herumzulungern und zu stöhnen. Da drinnen steckt ne Mörderbande. Wenn wir ihr Boot nicht finden und den Fluss runtertreiben lassen, sodass die Burschen das Wrack nicht mehr verlassen können, wird einer von ihnen ganz schön in der Klemme sitzen. Aber wenn wir das Boot finden, dann sitzen alle in der Patsche, weil sie nämlich der Sheriff erwischen wird. Schnell – beeil dich! Ich such die Steuerbordseite ab und du nimmst die Backbordseite . . .«

»Ach, du mein gütiger Gott! Und unser Floß ist nicht mehr da, es hat sich losgerissen und ist weg! Wir sitzen hier fest!«

13. Kapitel

Na, mir blieb die Luft weg und ich wär fast in Ohnmacht gefallen. Mit so einer Bande zusammen auf einem Wrack gefangen! Aber wir hatten keine Zeit zum Jammern und für Gefühlsduseleien. Wir mussten dieses Boot jetzt einfach finden – wir brauchten es für uns selber. Wir kletterten also zitternd und bebend die Steuerbordseite hinunter, und was ging das langsam! Es schien eine Ewigkeit zu dauern, bis wir das Heck erreicht hatten. Kein Zeichen von einem Boot. Und dann erklärte Jim auch noch, er könne nicht mehr weiter, er hätte solche Angst, dass er gar keine Kraft mehr hätte. Ich hab aber gesagt, los, los, wenn wir auf diesem Wrack bleiben müssten, dann säßen wir ganz schön in der Patsche. Da sind wir also wieder weitergetappt.

Wir suchten nach der Rückseite der Offizierskajüte, fanden sie auch glücklich und krabbelten dann auf dem Skylight nach vorn, wobei wir uns von Luke zu Luke weiterhangelten, weil der Rand vom Skylight schon unter Wasser war. Als wir dicht vor der Tür zum Niedergang waren, lag da weiß Gott das Boot. Ich konnte es gerade noch erkennen. Ich hab mich nie im Leben so dankbar gefühlt. In der nächsten Sekunde wär ich an Bord gewesen, aber gerade da ist die Tür aufgegangen. Einer von den Männern hat nur ein paar Schritt von mir entfernt den Kopf herausgesteckt und ich hab gedacht, jetzt ist's um dich geschehen. Aber er hat den Kopf wieder zurückgezogen und hat gesagt: »Nimm doch bloß die verfluchte Laterne weg, Bill!«

Er warf einen Sack oder so was Ähnliches in das Boot, sprang dann selber hinterher und setzte sich. Es war Packard. Dann ist Bill herausgekommen und ist auch eingestiegen. Packard sagt mit gedämpfter Stimme: »Fertig! Ablegen!«

Ich konnte mich kaum noch an der Luke festhalten, so schwach hab ich mich gefühlt. Aber Bill sagt: »Warte mal – hast du ihn eigentlich durchsucht?«

»Nein. Hast du das nicht gemacht?«

»Nicht die Spur. Dann hat er also seinen Anteil von der Beute noch!«

»Dann komm noch mal zurück! Es hat wirklich keinen Sinn, das ganze Gerümpel mitzunehmen und das Geld zurückzulassen.«

»Aber hör mal – der wird doch misstrauisch, wenn wir das machen!«

»Vielleicht auch nicht! Das Geld müssen wir auf jeden Fall kriegen. Also los.«

Sie stiegen wieder aus und kletterten hinein.

Die Tür schlug zu, denn sie lag auf der Seite, die aus dem Wasser herausragte. In der nächsten Sekunde saß ich im Boot und Jim kam hinter mir hergetaumelt. Ich zog mein Messer heraus und hieb das Tau durch und schon waren wir fort.

Wir rührten kein Ruder an, wir sprachen keinen Ton und

wagten kaum zu atmen. Wir glitten in tiefem Schweigen rasch am Ruderkasten entlang, dann am Heck und in ein oder zwei Sekunden waren wir schon hundert Meter vom Wrack entfernt, die Dunkelheit verschluckte es mit Stumpf und Stiel und wir waren in Sicherheit und wussten es.

Als wir drei- oder vierhundert Meter stromabwärts getrieben waren, sahen wir die Laterne einen Augenblick lang wie ein Fünkchen in der Tür der Kapitänskajüte aufschimmern und wussten, dass die Schurken jetzt ihr Boot vermissten und zu begreifen begannen, dass sie jetzt genauso wie Jim Turner in der Klemme steckten.

Dann griff Jim nach den Riemen und wir jagten hinter unserem Floß her. Und jetzt machte ich mir auch zum ersten Mal Gedanken über die Männer auf dem Wrack – ich glaube, vorher hatte ich noch gar keine Zeit dazu gehabt. Ich fing an darüber nachzudenken, wie schrecklich das jetzt für Mörder sein musste, wenn man so in der Klemme saß. Ich hab mir gesagt, es sieht nicht danach aus, aber ich kann ja mal selber zum Mörder werden und wie würde mir dann in so einer Lage zu Mute sein?

Es begann ziemlich bald von neuem zu stürmen und diesmal war es noch schlimmer als vorher. Der Regen prasselte nur so vom Himmel und am Ufer war kein Licht zu sehen. Ich glaub, sie lagen alle in den Betten. Wir schunkelten den Fluss hinab und hielten nach Lichtern Ausschau und nach unserem Floß. Nach einer langen Zeit hörte endlich der Regen auf, aber die Wolken blieben. Die Blitze flammten immer wieder auf und nach einer Weile zeigte uns ein Blitz einen schwarzen Gegenstand, der vor uns trieb, und wir hielten darauf zu.

Es war das Floß und wir waren sehr erleichtert, dass wir es wieder betreten konnten.

Das Boot, das wir hatten mitgehen lassen, war halb voll von dem Krimskrams, das die Bande da auf dem Wrack gestohlen hatte. Wir warfen das Zeugs auf einen Haufen aufs Floß.

Na, nach einer Weile treibt das Wrack wie ein schwacher Schatten an uns vorbei. Ein kalter Schauer lief mir den Rücken runter, aber wir ruderten trotzdem darauf zu. Es lag sehr tief im Wasser und ich konnte auf den ersten Blick sehen, dass für diejenigen, die an Bord waren, wohl kaum noch ne Chance bestand. Wir ruderten einmal um das Wrack herum und riefen ein bisschen, aber niemand gab ne Antwort. Alles war totenstill. Das Herz wurde mir wegen der Bande ein bisschen schwer, aber sehr auch nicht, denn ich hab mir gedacht, wenn sie damit fertig werden müssen, dann kann ich es auch.

Bald begann der Himmel im Osten schon ein bisschen grau zu werden. Wir nahmen auf eine Insel Kurs, versteckten das Floß, versenkten das Boot, legten uns hin und schliefen wie die Toten.

14. Kapitel

Als wir glücklich am nächsten Morgen aufgestanden waren, machten wir uns über den Plunder her, den die Bande aus dem Wrack gestohlen hatte. Wir entdeckten Stiefel und Wolldecken und Anziehsachen und alle möglichen anderen Sachen, dazu einen ganzen Stapel Bücher, ein Fernrohr und drei Kisten Zigarren. In unserem ganzen Leben waren wir beide noch nie so reich gewesen. Die Zigarren sind einfach erstklassig gewesen. Wir haben den ganzen Nachmittag im Wald gelegen und uns was erzählt. Ich hab auch die Bücher gelesen und wir haben's uns richtig rundherum gut gehen lassen.

Dann hab ich Jim all das berichtet, was im Wrack passiert ist, und ich hab ihm gesagt, so was nennt man Abenteuer, aber er hat gemeint, er wollte lieber keine Abenteuer mehr erleben.

Na ja, er hat ja Recht gehabt, er hatte fast immer Recht: Für nen Nigger hatte er einen ganz ungewöhnlichen klaren Verstand.

Ich hab Jim ziemlich viel von Königen und Herzögen und Grafen und solchen Leuten vorgelesen, wie prunkvoll sie sich kleideten, wie vornehm sie sich aufführten und wie sie sich gegenseitig immer Euer Majestät und Euer Durchlaucht und

Euer Gnaden nannten und so weiter, statt einfach Herr Sowieso zu sagen, und da kugelten Jim fast die Augen aus dem Kopf, so interessierte ihn das nämlich. Da hat er gesagt: »Ich hab gar nicht gewusst, dass es so viele von denen gegeben hat. Ich hab von denen bis jetzt kaum was gehört, nur vom alten König Salomon, es sei denn, du rechnest die Könige mit, die in dem Kartenspiel stecken. Wie viel kriegt denn so ein König?«

»Kriegen?«, sag ich. »Na hör mal, wenn die Lust drauf haben, dann kriegen sie tausend Dollar im Monat. Sie können so viel verdienen, wie's ihnen passt. Es gehört ihnen doch alles.«

»Das ist ja vielleicht was! Und was müssen sie machen, Huck?«

»Was du immer so redest! Die machen doch nichts!«

»Nein – ist das wirklich wahr?«

»Aber natürlich. Sie sitzen bloß rum. Außer natürlich, wenn Krieg ist. Dann ziehen sie in den Krieg. Aber sonst hocken sie nur faul herum. Oder sie gehen auf die Falkenjagd – einfach auf die Falkenjagd und – pst! – Hörst du nichts?«

Wir sprangen in die Höhe und schauten uns um. Es war aber weiter nichts, nur das Vibrieren vom Schaufelrad von einem Dampfer, der ein Stück weiter unten um die Landspitze bog. Deshalb sind wir zurückgegangen.

»Ja«, sag ich, »und zwischendurch, wenn's ihnen zu langweilig wird, dann murksen sie mit dem Parlament herum. Und wenn jemand nicht pariert, dann schlägt ihm der König einfach den Kopf ab. Aber meistens lungern sie im Harem rum.«

»Wo rum?«

»Harem.«

»Was ist denn nen Harem?«

»Das ist der Platz, wo er sich seine Weiber hält. Hast du denn noch nichts von nem Harem gehört? Salomon hat auch einen gehabt, mit fast ner Million Weiber.«

»Aha, jaja, so ist das. Ich – ich hab das bloß vergessen gehabt. Ein Harem – das ist wohl so ne Art Hotel, könnt ich mir vorstellen. Aber in denen ihrer Kinderstube, da muss ein ganz schöner Krach herrschen. Und ich könnt mir auch denken, dass sich die Weiber ganz schön in die Wolle geraten. Und das macht den Lärm noch schlimmer. Dabei sagen sie, der Salomon, der soll der weiseste Mann von der Welt gewesen sein. Also, da halt ich nicht viel von. Nämlich deshalb: Würde ein weiser Mann inmitten von so nem Tohuwabohu hausen? Nee, das würd er sicher nicht. Ein weiser Mann wird vielleicht ne Blechfabrik eröffnen, denn die könnt er zumachen und abschließen, wenn er seine Ruhe haben will.«

Es ging noch eine Weile hin und her und Jim hat furchtbar auf Salomon herumgehackt. Dann hab ich eingesehen, dass es keinen Zweck mehr hatte, weitere Worte zu verschwenden. Man kann nem Neger eben nicht beibringen, was ein Harem ist. Deshalb hab ich's aufgegeben.

15. Kapitel

Wir hatten uns ausgerechnet, dass wir in drei weiteren Nächten bis nach Cairo kommen würden, an die Grenze von Illinois, wo der Ohio in den Missouri mündet, und das ist unser Ziel gewesen. Da wollten wir das Floß verkaufen und mit einem Dampfer den Ohio aufwärts fahren bis in die Staaten, in denen es keine Negersklaven mehr gibt, und dann wären wir aus den Schwierigkeiten raus.

Na, und dann ist in der zweiten Nacht ein Nebel aufgezogen und deshalb haben wir uns wieder einen Struwwelkopf zum Festmachen gesucht, denn es wär sinnlos gewesen, im Nebel herumzuirren. Aber als ich mit dem Kanu vorausgepaddelt bin, mit der Leine, um das Floß festzumachen, da ist da nichts zum Anbinden gewesen, nur ein paar junge Bäume. Ich hab die Leine um eins von den Bäumchen direkt am Uferrand geworfen, aber die Strömung ist dort so stark gewesen, und das Floß ist mit einer solchen Fahrt angeschossen gekommen, dass es das Bäumchen mitsamt den Wurzeln rausgerissen hat und weitergesaust ist. Ich seh noch, wie der Nebel darüber zusammenschlägt, und mir ist vor Schreck so übel geworden, dass ich mich, glaub ich, mindestens eine halbe Minute nicht hab rühren können. Und dann war das

Floß nicht mehr zu sehen. Ich hatte keine zwanzig Meter Sicht. Ich bin wieder in das Kanu gesprungen, hab das Paddel gepackt und hab einen kräftigen Schlag gemacht. Aber das Boot setzte sich nicht in Bewegung. Ich hatte es so eilig gehabt, dass ich es gar nicht losgebunden hatte. Ich stand auf und versuchte die Leine loszumachen, aber ich war so aufgeregt und meine Hände zitterten so, dass ich kaum was damit machen konnte.

Sowie ich frei war, paddelte ich so schnell wie möglich hinter dem Floß her, direkt am Struwwelkopf entlang. Solang der neben mir war, ging es ja noch, aber die ganze Sandbank war nicht mehr als sechzig Meter lang, und sowie ich an ihrer Spitze vorbeigeschossen war, verschluckte mich der dicke weiße Nebel und ich hatte keine blasse Ahnung, in welche Richtung ich mich bewegte.

Ich rief und spitzte dann die Ohren. Weit, weit unten hör ich irgendwo eine schwache Antwort und gleich sind meine Lebensgeister wieder erwacht. Ich paddelte wie wild in diese Richtung und passte scharf auf, ob ich wieder was hörte. Als sich der Ruf das nächste Mal wiederholt, da seh ich, dass ich nicht darauf zutreibe, sondern rechter Hand vorbeitreibe. Und beim nächsten Mal treib ich links davon vorbei und näher bin ich auch nicht gekommen, denn ich fliege im Kreise, hierhin und dann dahin, und dabei blieb ich stets hinter ihm zurück.

Ich hab wirklich gehofft, dass dem Trottel einfallen würde auf eine Blechpfanne zu schlagen und nicht damit aufzuhören, aber das hat er nicht gemacht und es sind gerade die

Schweigepausen zwischen den Rufen gewesen, die mir am meisten Angst eingejagt haben.
Da hab ich das Paddel fallen lassen. Ich hörte den Ruf von neuem. Es klang immer noch hinter mir, aber an einer ganz anderen Stelle. Das Rufen brach nicht ab, wechselte aber dauernd die Richtung und ich antwortete ihm so lange, bis es allmählich wieder vor mir war und ich wusste, dass der Strom die Nase vom Kanu wieder stromabwärts gedrückt hatte.
Und dann hab ich's aufgegeben. Ich hab gewusst, was los war. Dieses Steilufer gehörte zu einer Insel und Jim musste auf der anderen Seite sein. Das war keine Sandbank und kein Struwwelkopf, an denen man in zehn Minuten vorbeigetrieben ist. Schon wegen den großen Bäumen musste das eine regelrechte Insel sein, sie mochte fünf oder sechs Meilen lang und vielleicht über eine halbe Meile breit sein.
In der nächsten halben Stunde ruf ich hin und wieder und schließlich hör ich eine Antwort, weit, weit entfernt, und ich versuch ihr nachzugehen, aber das gelang mir nicht und schließlich hab ich eingesehen, dass ich in ein Nest von Struwwelköpfen hineingeraten bin, denn rechts und links von mir hab ich immer welche undeutlich wahrgenommen.
Und dann schien ich auf jeden Fall allmählich wieder im offenen Fluss zu sein, aber ich konnte jetzt kein Rufen mehr hören. Ich nahm an, dass Jim vielleicht einen Baumstamm gerammt hatte und dass das sein Ende gewesen wär. Ich war völlig kaputt und todmüde und deshalb hab ich mich ins Kanu gelegt und hab mich um gar nichts mehr kümmern wol-

len. Ich hab natürlich nicht schlafen wollen, aber ich war so erschöpft, dass ich gar nichts dagegen unternehmen konnte. Ich hab also gedacht, ich mach nur ein kleines Nickerchen. Aber es muss doch mehr als ein Nickerchen gewesen sein, denn als ich aufgewacht bin, da haben die Sterne gefunkelt, der Nebel war verflogen und ich glitt mit dem Heck voran um eine große Flussbiegung. Ich hab zuerst gar nicht gewusst, wo ich war. Ich hab gedacht, ich träumte.

Und als mir alles wieder eingefallen ist, da war alles so verschwommen, als ob es eine Woche oder länger her gewesen wäre.

Der Fluss war riesig breit und an beiden Ufern standen ungeheuer hohe und dicke Bäume, das sah wie eine dichte Mauer aus, so viel, wie ich im Sternenlicht erkennen konnte. Ich blickte stromabwärts und da hab ich einen dunklen Fleck auf dem Wasser gesehen. Ich fuhr darauf los, aber als ich näher herankam, da waren es nichts als ein paar zusammengebundene Balken. Dann seh ich einen neuen Fleck und jag hinter dem her. Dann seh ich noch einen und diesmal hab ich Recht gehabt. Es ist das Floß gewesen.

Als ich es erreicht hab, saß Jim da und pennte mit dem Kopf zwischen den Knien und sein rechter Arm hing über dem Steuerruder. Das zweite Ruder war zersplittert und das Floß war über und über mit Laub und Zweigen und Schlamm bedeckt. Es hatte also auch allerlei hinter sich.

Ich machte das Boot fest und legte mich direkt vor Jims Nase auf das Floß, begann zu gähnen und reckte und streckte meine Fäuste nach Jim und dann hab ich gesagt: »Hallo, Jim, bin ich etwa eingeschlafen? Warum hast du mich denn nicht geweckt?«

»Grundgütiger Gott, bist du das wirklich, Huck? Du bist also nicht tot? Du bist nicht ertrunken? Du bist wieder da? Das ist zu gut, um wahr zu sein, mein Süßer, das ist zu gut, um wahr zu sein. Lass dich anschauen, Kind, lass dich anfassen. Nee, du bist wahrhaftig nicht tot? Du bist wieder da, heil und gesund, der gleiche alte Huck – der gleiche alte Huck, Gott sei Dank!«

»Was ist denn mit dir los, Jim? Bist du betrunken?«

»Betrunken? Hab ich gesoffen? Hätt ich eine Gelegenheit zum Trinken gehabt?«

»Na ja, aber warum machst du denn so einen Lärm?«

»Huck – Huck Finn, jetzt schau mir mal in die Augen, schau mir gerade in die Augen: Bist du nicht weg gewesen?«

»Weg gewesen? Was zum Teufel meinst du denn? Ich bin nirgendwo gewesen. Wohin hätt ich denn gehen sollen?«

»Na horch mal, Chef, irgendwas ist hier verquer gelaufen, aber ganz bestimmt. Bin ich denn ich? Oder wer bin ich sonst? Bin ich hier oder wo steck ich? Das möcht ich jetzt wirklich mal wissen.«

»Tja, ich glaube, du bist ganz richtig hier, aber ich glaube auch, dass du ein verrückter Wuschelkopf bist, Jim.«

»Bin ich das? Bin ich das wirklich? Na gut, dann gib mir mal hierauf ne Antwort: Hast du mit dem Kanu die Leine genommen und hast du sie am Struwwelkopf festmachen wollen?«

»Nee, das hab ich nicht gemacht. Was denn für'n Struwwelkopf? Ich hab keinen Struwwelkopf gesehen.«

»Du hast keinen Struwwelkopf gesehen? Aber hör mal – ist

die Leine denn nicht gerissen und ist die Fähre denn nicht den Fluss entlanggeschossen und bist du nicht im Kanu im Nebel zurückgeblieben?«

»Was für'n Nebel?«

»Na eben der Nebel! Der Nebel, der die ganze Nacht gedauert hat. Und hast du da nicht gejodelt und hab ich nicht gejodelt, bis wir zwischen den Inseln ganz durcheinander geraten sind und uns gegenseitig verloren haben und verirrt gewesen sind, weil keiner mehr wusste, wo er steckte? Und bin ich nicht gegen lauter Inseln gerempelt und hab ne schreckliche Zeit hinter mich gebracht und bin fast abgesoffen? Ist das nun so gewesen, Chef – oder ist das nicht so gewesen? Darauf möchte ich gerne jetzt mal ne Antwort haben.«

»Na, das ist mir zu hoch , Jim. Ich hab keinen Nebel gesehen und keine Inseln und nichts Schreckliches und gar nichts. Ich hab die ganze Nacht hier gesessen und hab mich mit dir unterhalten und vor zehn Minuten, da bist du eingeschlafen und ich glaub, ich auch. In der Zeit hast du wirklich nicht betrunken werden können und deshalb glaub ich, dass du geträumt hast.«

»Da sag mir doch dieser und jener, wie man in zehn Minuten so was träumen kann?«

»Ach verflixt, du musst es aber geträumt haben, denn passiert ist nichts davon.«

»Aber Huck, das steht mir alles so klar vor Augen wie . . .«

»Das spielt doch gar keine Rolle, wie klar dir das vor Augen steht, es ist eben nichts gewesen. Ich muss das ja wissen, denn ich hab die ganze Zeit hier gesessen.«

Jim sagte fünf Minuten lang überhaupt nichts, sondern fing an darüber nachzudenken. Schließlich hat er gesagt: »Na, dann wolln wir mal sagen, dass ich das geträumt habe, Huck. Aber ich will tot umfallen, wenn das nicht der stärkste Traum gewesen ist, den ich je geträumt habe. Und ich hab auch noch keinen Traum erlebt, der mich so müde gemacht hat wie dieser.«

»Ach, das ist ganz normal, ein Traum kann einen wirklich manchmal ganz kaputt machen. Das muss ja ein ganz wunderbarer Traum gewesen sein – erzähl mir doch davon, Jim.«

Jim machte sich also ans Werk und erzählte mir die ganze Geschichte von Anfang an, genau wie sie sich abgespielt hatte, er malte nur alles ganz ungeheuerlich aus. Dann hat er gesagt, er müsste anfangen und den Traum auslegen, denn er sei ihm als eine Warnung geschickt worden. Er hat gesagt, der erste Struwwelkopf, der hätte einen Mann bedeutet, der versucht hatte uns was Gutes zu tun, aber die Strömung sei der zweite Mann, der uns von dem ersten wegtreiben wollte. Die Rufe seien Warnungen, die uns von Zeit zu Zeit erreichten, und wenn wir uns nicht tüchtig Mühe geben sie zu verstehen, dann würden sie uns Unglück bringen, statt uns davor zu bewahren. Die vielen Flachsköpfe bedeuteten den Ärger, den wir mit streitsüchtigen Leuten und allen möglichen gemeinen Kerlen haben würden, aber wenn wir uns nur um unsere eigenen Angelegenheiten kümmerten und keine Widerworte gäben und die Geschichte dadurch noch schlimmer machten, dann kämen wir heil durch alles durch und aus dem Nebel heraus und auf den sauberen breiten Strom, der das

Zeichen für die freien Staaten sei, und dann hätten wir keinen Ärger und keine Sorgen mehr.

Nachdem ich auf das Floß geklettert war, hatte sich der Himmel bezogen und es war ziemlich düster geworden, aber jetzt klärte es sich wieder auf.

»Na gut, das ist ja so weit alles ganz gut erklärt, Jim«, sag ich, »aber was sollen diese Sachen denn bedeuten?«

Ich deutete auf das Laub und auf den Krimskrams auf dem Floß und auf das zerschmetterte Ruder. Das konnte man jetzt erstklassig erkennen.

Jim schaute sich den Abfall an, dann betrachtete er mich und dann schaute er wieder den Plunder an. Der Traum hatte sich so in seinem Kopf festgesetzt, dass er ihn offenbar nicht so schnell wieder loswerden und stattdessen die Tatsachen einordnen konnte.

Als er sich aber schließlich alles zurechtgelegt hatte, schaute er mich unverwandt und ohne zu lächeln an und sagte: »Was das bedeutet? Das werd ich dir sagen. Als ich von der Arbeit und von dem dauernden Rufen nach dir ganz erschöpft gewesen bin, da hab ich mich schlafen gelegt und das Herz ist mir gebrochen, weil ich dich verloren hatte, nicht wegen dem Floß und was aus mir werden wird. Und als ich aufgewacht bin und als ich gesehen hab, dass du wieder da bist, heil und gesund, da sind mir die Tränen gekommen und ich hätt mich auf die Knie werfen und dir die Füße küssen können, so dankbar bin ich gewesen. Aber du hast nur daran denken können, wie du den alten Jim zum Narren halten und ihm die Hucke voll lügen kannst. Das Zeugs da ist Abfall. Und Abfall, das sind Leute, die ihre Freunde mit Dreck bewerfen und sie beschämen.«

Dann stand er langsam auf, ging zum Wigwam hinüber und verschwand darin, ohne noch ein einziges Wort zu sagen. Aber das hatte schon genügt.

Ich kam mir so gemein vor, dass ich am liebsten ihm die Füße geküsst hätte, damit er das nur wieder zurückgenommen hätte.

Es hat eine Viertelstunde gedauert, bis ich mich dazu aufraffen und mich vor einem Nigger demütigen konnte, aber ich hab's getan und ich hab's auch später nie bereut. Ich hab ihm nie wieder einen gemeinen Streich gespielt und ich hätt's auch vorher nicht getan, wenn ich nur geahnt hätte, dass ihn das so tief treffen würde.

16. Kapitel

Wir haben fast den ganzen Tag geschlafen und sind in der Nacht dicht hinter einem unheimlich langen Floß aufgebrochen, das sich wie eine Prozession an uns vorübergeschoben hatte. Es hatte an jedem Ende vier lange Ruder und wir schätzten, dass es sicher mindestens dreißig Mann transportieren konnte. Auf dem Floß standen fünf große Zelte, weit voneinander entfernt, in der Mitte flackerte ein offenes Lagerfeuer und an jedem Ende stand ein hoher Flaggenmast. Das war ganz schön eindrucksvoll, auf so nem Schiff Flößer zu sein, das bedeutete schon was.

Wir trieben um eine breite Flussbiegung und der Nachthimmel bezog sich und es wurde heiß. Der Fluss war hier sehr breit und die Ufer waren an beiden Seiten dicht bewaldet. Man konnte kaum eine Baumlücke sehen und ein Licht schon gar nicht. Wir unterhielten uns über Cairo und überlegten uns, ob wir's wohl erkennen würden, wenn wir endlich dort ankämen. Ich hab gesagt, das würden wir wahrscheinlich gar nicht tun, denn ich hatte sagen hören, dass es nur aus einem Dutzend Häusern bestand, und wenn da nicht zufällig jemand ein Licht angemacht hatte, wie sollten wir dann merken, dass wir an einer Ortschaft vorbeitrieben? Jim hat gesagt, wenn zwei große Ströme zusammenflössen, dann würde man das ganz bestimmt merken. Aber ich hab gesagt, vielleicht würden wir uns nur einbilden, wir führen an ner Inselspitze vorbei und kämen wieder an denselben alten Fluss. Das hat Jim Sorgen gemacht und mir auch. Es erhob sich also die Frage, was wir machen sollten. Ich hab vorgeschlagen, wir sollten zum Ufer paddeln, sowie wir ein Licht erblickten, und sollten ihnen erzählen, mein Alter käme mit ner Handelsschute nach und sei noch neu im Geschäft und wollte gerne wissen, wie weit es noch nach Cairo sei. Jim hat das für eine gute Idee gehalten und deshalb haben wir ein Pfeifchen geschmaucht und haben abgewartet.

Alles, was wir jetzt zu tun hatten, war, scharf nach der Stadt Ausschau zu halten, damit wir nicht vorbeitrieben, ohne es zu merken. Jim hat gesagt, er würde sie ganz bestimmt auf den ersten Blick erkennen, denn in dem Augenblick, wo er sie sähe, sei er ja ein freier Mensch, aber wenn er sie verpasste, dann wär er wieder im Sklavenland und mit der Freiheit wär's vorbei. Alle naslang ist er hochgesprungen und hat gesagt: »Da ist es!«

Es ist es aber nie gewesen. Es sind Irrlichter gewesen oder Leuchtkäfer und deshalb hat er sich immer wieder hingesetzt und hat weiter Ausschau gehalten. Jim hat gesagt, es macht ihn ganz zittrig und fiebrig, der Freiheit so nahe zu sein. Na, ich kann euch sagen, mich hat's auch ganz zittrig und fiebrig gemacht, ihn so reden zu hören, denn ich fing allmählich an zu kapieren, dass er tatsächlich fast frei war – und wem würden sie die Schuld dafür geben? Ja, natürlich mir. Das konnt ich nicht aus meinem Gewissen treiben, auf keine Art und Weise. Das hat mir so auf der Seele gelegen, dass ich gar keine Ruhe hatte. Ich konnte nicht mehr still auf einem Fleck sitzen bleiben. Vorher war mir das noch gar nicht so klar gewesen, was ich da eigentlich angerichtet hatte. Aber jetzt war's mir sonnenklar und der Gedanke daran verließ mich nicht und machte mir schwer zu schaffen. Ich versuchte mir einzureden, dass es doch nicht meine Schuld gewesen ist, denn ich hab Jim ja nicht dazu gebracht, von seinem rechtmäßigen Eigentümer wegzurennen. Aber das hatte gar keinen Zweck, jedes Mal hat sich mein Gewissen wieder aufgerichtet und hat mir gesagt: Aber du hast doch gewusst, dass er in die Freiheit fliehen wollte, und du hättest ihn ans Ufer paddeln und jemandem Bescheid sagen können. Jaja, das stimmte, da konnt ich mich nicht vorbeimogeln. Das war der wunde Punkt. Und das Gewissen sagt weiter zu mir: Was hat dir denn die arme Miss Watson getan, dass du ihren Nigger direkt vor deinen Augen hast auskneifen lassen und kein Sterbenswörtchen davon gesagt hast? Was hat dir die arme alte Frau denn getan, dass du sie so hinterhältig behandelst? Sie hat versucht dir das Lesen beizubringen, sie hat versucht dir Manieren beizubringen, sie hat versucht auf jede erdenkliche Weise so gut zu dir zu sein, wie sie es eben verstanden hat. Das hat sie nämlich getan.

Ich hab mich so niederträchtig und so elend gefühlt, dass ich am liebsten tot gewesen wär. Ich rannte ganz kribbelig auf dem Floß hin und her und beschimpfte mich in Gedanken und Jim schoss ganz kribbelig hinter mir her. Keiner von uns beiden konnte still sitzen. Jedes Mal, wenn er herumfuhr und gesagt hat: »Da ist Cairo!«, ist es mir durch alle Glieder gefahren und ich hab gedacht, wenn das wirklich Cairo ist, dann muss ich vor lauter Jammer und Elend sterben.

Während ich die Gedanken in meinem Kopf gewälzt habe, hat Jim die ganze Zeit laut gesprochen. Er hat gesagt, das Erste, was er in einem freien Staat tun wollte, das wär, Geld zu sparen und keinen einzigen Cent auszugeben, und wenn er dann genug hätte, dann würd er sich seine Frau freikaufen, die einem Farmer in der Nähe von Miss Watson gehörte. Und dann wollten sie schuften, damit sie ihre beiden Kinder freikaufen könnten, und wenn ihr Herr sie nicht verkaufen wollte, dann wollten sie einen von den Leuten, die für die Sklavenbefreiungsidee sind, dazu bringen, die Kinder zu stehlen.

Als ich das gehört hab, da ist es mir eiskalt den Rücken runtergelaufen. In seinem ganzen früheren Leben hätt er es nicht gewagt, so zu reden. Da sieht man, wie ihn das in der Minute, in der er sich für frei gehalten hat, verändert hat. Es war genauso, wie es das alte Sprichwort sagt: Wenn du einem Nigger den kleinen Finger gibst, dann nimmt er die ganze Hand. Aha, denk ich, das kommt also raus, wenn ich nicht ordentlich nachdenke. Hier haben wir also diesen Nigger, dem ich sozusagen zur Flucht verholfen hab, und jetzt ist er fest entschlossen und sagt, dass er seine Kinder stehlen will – Kinder, die einem Mann gehören, den ich nicht einmal kenne. Nem Mann, der mir nicht mal was getan hat.

Ich bin sehr traurig gewesen so was von Jim hören zu müs-

sen, so weit war er schon heruntergekommen. Mein Gewissen hat mich noch heißer als sonst gezwickt, bis ich schließlich zu ihm gesagt habe: »Lass mich doch in Ruhe! Es ist ja noch nicht zu spät – ich kann ihn beim ersten Licht ans Ufer paddeln und kann dann Bescheid sagen.« Da hab ich mich gleich ganz erleichtert und glücklich gefühlt. All meine Sorgen waren wie weggepustet. Ich hab weiter scharf nach einem Licht Ausschau gehalten und hab vor mich hin gesummt. Nach einer Weile ist eins aufgeblinkert. Jim hat fröhlich gerufen: »Wir sind in Sicherheit, Huck, wir sind in Sicherheit! Mach nen Luftsprung und knall die Hacken zusammen, das ist das gute alte Cairo, endlich! Ich hab's doch gewusst!«
Da hab ich gesagt: »Ich nehm das Kanu und schau nach, Jim. Vielleicht stimmt es doch nicht, verstehst du?«
Er sprang auf und machte das Kanu startbereit, legte seine alte Jacke auf den Boden, damit ich gemütlicher sitzen konnte, und gab mir das Paddel. Als ich abstieß, da hat er gesagt: »Nun werd ich bald vor Freude schreien und dann werd ich sagen, das hab ich alles dem alten Huck zu verdanken. Ich bin ein freier Mann, aber ohne Huck hätt ich nie frei werden können. Alles hat Huck gemacht. Das wird dir Jim niemals vergessen, Huck. Du bist der beste Freund, den Jim jemals gehabt hat. Und du bist der einzige Freund, den der alte Jim jetzt hat.«
Ich hatte mich so beeilt wegzukommen, weil ich ihn verraten wollte. Aber als er das jetzt gesagt hat, da hab ich den ganzen Schwung wieder verloren. Ich bin also ganz langsam gefahren und wusste gar nicht mehr genau, ob ich mich nun freuen

sollte, dass ich losgefahren war, oder nicht. Als ich vielleicht fünfzig Meter vom Floß weg war, da hat Jim mir nachgerufen: »Da fährt er nun, der alte treue Huck, der einzige weiße Mann, der dem alten Jim sein Versprechen gehalten hat.«

Du liebe Güte, was hab ich mich da elend gefühlt! Aber ich hab mir gesagt, ich muss es einfach tun. Ich kann mich da nicht rausmogeln. Und gerade in dem Augenblick kommt ein Boot mit zwei Männern drauf vorbei, die beide Flinten hatten, und sie haben angehalten und ich hab angehalten. Einer von ihnen hat gesagt: »Was ist denn das da drüben?«

»Ein Stück von einem Floß«, hab ich geantwortet.

»Gehörst du dazu?«

»Ja, Sir.«

»Sind da noch Leute drauf?«

»Nur einer, Sir.«

»Heut Nacht sind nämlich fünf Nigger ausgerissen, gerade hinter der Flussbiegung. Ist dein Mann weiß oder schwarz?«

Ich hab nicht direkt antworten können. Ich hab's versucht, aber ich hab die Worte nicht über die Lippen gebracht. Ich hab ein oder zwei Sekunden lang damit gekämpft, aber ich war nicht stark genug – ich hab ein Hasenherz gehabt. Ich seh, dass ich zu schwach bin, und da geb ich's einfach auf und sag: »Er ist weiß.«

»Ich glaub, wir sehen mal selber nach.«

»Das wär gut, wenn Sie das tun wollten«, sag ich, »denn das da drüben ist mein Vater und vielleicht können Sie mir auch helfen das Floß da drüben am Ufer anzulegen, wo das Licht ist. Er ist nämlich krank – und meine Mutter und Mary Ann auch.«

»Ach zum Teufel! Wir haben's eilig, Junge. Aber es bleibt uns wohl nichts anderes übrig, wir müssen dir helfen. Komm – halt dich mit dem Paddeln ran und lass uns rüberfahren.«

Ich packte mein Paddel und sie legten sich in die Riemen. Als wir ein oder zwei Schlag gemacht hatten, sag ich: »Mein Vater wird euch mächtig dankbar sein, das kann ich euch sagen. Bis jetzt sind sie immer ausgerissen, wenn ich wen gebeten habe das Floß an Land ziehen zu helfen. Und alleine schaffe ich das nicht.«

»Aber hör mal, das ist aber höllisch gemein. Und auch komisch. Sag mal, Junge, was ist denn mit deinem Vater los?«

»Er ist – ach – der – ach, es ist weiter nichts.«

Sie hörten mit dem Rudern auf. Es war schon nicht mehr sehr weit vom Floß. Da sagt der eine: »Junge, das ist eine Lüge. Was ist also wirklich mit deinem Vater los? Gib jetzt eine ehrliche Antwort, das ist das Beste für dich!«

»Bestimmt, Sir, das will ich auch, ganz ehrlich – aber lassen Sie uns dann bitte nicht im Stich. Er hat nämlich die – die – ach, meine Herren, wenn Sie nur noch ein Stückchen nach vorn rudern würden, dann kann ich Ihnen die Leine zuwerfen und dann brauchen Sie gar nicht näher an das Floß ran – ach, bitte.«

»Dreh bei, John, dreh bei!«, sagt der andere. Sie ließen ihr Boot rückwärts laufen. »Bleib bloß weg, Junge – halt dich Luv. Verflucht noch mal, ich glaube bald, der Wind hat es schon zu uns rübergeblasen. Dein Vater hat die Blattern, das weißt du haargenau. Warum rückst du denn nicht mit der Sprache raus? Willst du etwa alle anstecken?«

»Ach«, sag ich und heule los, »bisher hab ich's ja immer allen gesagt und dann sind sie einfach auf und davon und haben uns im Stich gelassen!«

»Armer Teufel, aber so ist das eben. Das tut uns ja auch Leid, aber wir – ach verflixt, wir wollen einfach keine Blattern kriegen, verstehst du? Aber hör mal zu, ich will dir sagen, was du machen musst. Versuch nicht alleine zu landen, denn dann geht alles zu Bruch. Lass das Floß noch ungefähr zwanzig Meilen treiben, dann kommst du zu einer Stadt auf der linken Seite vom Fluss. Bis dahin wird die Sonne schon lange aufgegangen sein, und wenn du da Hilfe holen willst, dann erzähl den Leuten, dass deine Leute Schüttelfrost und Fieber haben. Sei bloß nicht wieder so dumm und lass die Leute merken, was wirklich los ist! Also, jetzt haben wir versucht dir einen Gefallen zu tun, sei du jetzt so lieb und leg die zwanzig Meilen zwischen uns. Es hätte auch gar keinen Sinn, wenn ihr da drüben anlegt, wo das Licht ist – das ist nur ein Holzhof. Hör mal – ich glaub, dein Vater ist nicht gerade mit Reichtum gesegnet und ich muss zugeben, dass er ziemliches Pech hat. Hier – ich leg ein goldenes Zwanzigdollarstück auf dieses Brett, nimm dir das, wenn's bei dir vorbeitreibt. Ich komm mir mächtig gemein vor, dass ich dich so im Stich lasse, aber mein Gott, mit Blattern soll man nicht spaßen, verstehst du das?«

»Warte mal, Parker«, sagte der andere Mann, »hier ist noch ein Zwanziger, leg den für mich auf das Brett. Leb wohl, mein Junge und mach es so, wie's dir Mr Parker geraten hat, dann wird schon alles in Ordnung kommen.«

»Ganz gewiss, mein Junge – leb wohl, leb wohl. Und wenn du einen entsprungenen Nigger siehst, dann hol dir Hilfe und schnapp ihn dir, damit kannst du dir n bisschen Geld verdienen.«

»Auf Wiedersehen, Sir«, sag ich, »ich lass keinen Ausreißer vorbei, an mir soll's nicht liegen.«

Damit ruderten sie davon und ich kletterte wieder aufs Floß, wobei ich mir ganz schlimm und gemein vorkam, weil ich ganz genau wusste, dass ich was Falsches getan hatte. Ich hab aber eingesehen, dass es für mich gar keinen Zweck hat, wenn ich versuche das Rechte zu tun. Wenn man nicht von klein auf mit dem Rechten anfängt, dann schafft man's nie – und wenn man dann in die Klemme kommt, dann hat man nichts, was einem den Rücken stärkt und woran man sich halten kann, und dann wird man untergebuttert. Dann hab ich einen Augenblick lang nachgedacht und sag mir: Halt, halt! Nehmen wir mal an, du hättest das Rechte getan und Jim verraten. Hättest du dich dann besser gefühlt als jetzt? Nein, sag ich, ich hätt mich elend gefühlt – ich hätt mich genauso elend wie jetzt gefühlt. Na also, sag ich, was hat's denn dann für einen Zweck zu lernen, was das Rechte ist, wenn es so viel Mühe macht, das Rechte zu tun, und gar keine Mühe das Falsche zu tun, und wenn beides zum Schluss auf das Gleiche rausläuft? Da saß ich plötzlich fest. Darauf wusste ich keine Antwort. Deshalb hab ich beschlossen, ich würd mir darüber nicht mehr den Kopf zerbrechen, sondern von nun an immer das tun, was im Augenblick immer am bequemsten ist.

Ich bin zum Wigwam gegangen. Jim ist nicht da gewesen. Ich

hab mich überall umgeschaut, aber ich konnte ihn nicht finden. Da hab ich gerufen: »Jim!«

»Hier bin ich, Huck. Sind sie jetzt nicht mehr zu sehen? Red nicht so laut!«

Er war im Fluss, unter dem Heckruder, nur seine Nase guckte raus, ich hab ihm gesagt, dass sie außer Sicht seien, und da ist er an Bord geklettert. Er sagt: »Ich hab gehört, was ihr geredet habt, und da bin ich in den Fluss geschlüpft und wär zum Ufer geschwommen, wenn sie an Bord gekommen wären. Wenn sie dann weg gewesen wären, dann hätt ich wieder zum Floß zurückschwimmen wollen. Aber lieber Gott, was hast du sie an der Nase herumgeführt, Huck! Das ist vielleicht ein kluger Kniff gewesen! Ich sag dir, Kind, ich glaub, das hat den alten Jim gerettet – und das wird dir der alte Jim auch niemals vergessen, mein Süßer.«

Dann haben wir uns über das Geld unterhalten. Es war ein ziemlich guter Fang, zwanzig Dollar pro Nase. Jim hat gesagt, dafür könnten wir uns jetzt ne Reise auf nem Deck von nem Dampfer leisten und das Geld würde auch so weit reichen, wie wir in die freien Staaten hineinfahren wollten. Er sagte, wir müssten ja nur noch höchstens zwanzig Meilen mit dem Floß fahren, aber er wünschte wirklich, wir wären schon da.

Bei Tagesanbruch legten wir an und Jim achtete ganz pingelig darauf, dass wir das Floß auch gut versteckten. Dann kramte er den ganzen Tag in unserem Zeugs herum, verpackte alles in Bündel und machte alles so weit fertig, dass wir mit der Flößerei Schluss machen konnten.

Als es dann hell wurde, strömte natürlich das klare Ohio-

Wasser am Ufer vorbei und draußen war der alte vertraute Schlamm. Es war also aus mit Cairo.

Wir haben die Sache dann gründlich besprochen. Es hatte keinen Sinn, an Land zu gehen, und flussaufwärts konnten wir mit dem Floß auch nicht. Es gab nur eine einzige Möglichkeit auf die Dunkelheit zu warten und im Kanu zurückzupaddeln und es darauf ankommen zu lassen. Wir haben also den ganzen Tag im Schatten von einem Pappeldickicht geschlafen, um Kräfte zu sammeln, und als wir bei Anbruch der Nacht zum Floß zurückgegangen sind, da war das Kanu weg!

Das hat uns eine ganze Zeit lang die Sprache verschlagen. Es gab ja auch nichts zu sagen. Wir haben beide ganz genau gewusst, dass es wieder das Werk der Haut von der Klapperschlange war. Was hätte man dazu noch sagen sollen? Es hätte nur so ausgesehen, als ob wir was dran auszusetzen hätten, und das hätte noch mehr Unglück angezogen – und das wär dann immer so weitergegangen, bis wir endlich gelernt hätten den Mund zu halten.

Nach einer Weile haben wir uns dann darüber unterhalten, was wir jetzt am besten tun sollten, und wir haben bald entdeckt, dass es keinen anderen Weg gab, als mit dem Floß weiterzutreiben, bis wir eine Gelegenheit hätten ein Kanu zu kaufen und damit zurückzufahren. Und eins auszuleihen, wenn niemand in der Nähe ist, so, wie das mein Alter immer getan hatte, das wollten wir nicht tun, damit hätten wir uns die Leute auf den Hals gehetzt.

Wir stießen also nach Einbruch der Dämmerung mit unserem Floß ab. Kanus kauft man gewöhnlich an den Plätzen, wo die

Flöße am Ufer liegen. Wir haben aber nirgendwo Flöße vor Anker liegen sehen. Deshalb sind wir drei Stunden und länger weitergefahren. Na, die Nacht wurde grau und die Luft wurde ziemlich dick und das ist nach Nebel wirklich das Schlimmste. Man kann den Umriss vom Fluss nicht mehr erkennen und vor allem keine Entfernung schätzen. Es ist sehr spät und ganz still gewesen und dann ist ein Dampfer flussaufwärts gekommen. Wir haben die Laterne angezündet und haben gedacht, er würde uns schon sehen. Gewöhnlich fuhren die Dampfer stromaufwärts nicht sehr dicht an uns vorbei, sie richteten sich vielmehr nach den Sandbänken und suchten nach stillem Wasser unter dem Bug. Aber in Nächten wie dieser stampften sie mitten in der Fahrtrinne gegen den ganzen Strom.

Wir konnten den Dampfer näher stampfen hören, aber gesehen haben wir ihn erst, als er schon ganz dicht dran war. Er hat direkt auf uns zugehalten. Das tun sie manchmal, weil sie ausprobieren wollen, wie dicht sie an einem vorbeikommen können. Manchmal schlägt das Rad ein Ruder ab und dann steckt der Pilot den Kopf raus und lacht und hält das Ganze für einen ungeheuren Witz. Na, dieser Dampfer kommt also auch an und wir haben noch gesagt, der will sicher auch versuchen uns zu rasieren. Aber er hat nicht so ausgesehen, als ob er ausweichen wollte. Er war ein dicker Brocken und er ist auch noch in aller Eile angeschnauft gekommen, sah wie eine schwarze Wolke mit lauter Glühwürmchen drinnen aus. Aber plötzlich hat er ganz gewaltig und drohend vor uns aufgeragt, eine lange Reihe von sperrangelweit offenen Kesselklappen hat wie feuerrote Zähne geglüht und sein gewaltiger Bug und die Reling haben direkt über uns geschwebt. Dann hat uns jemand was zugeschrien, die Schiffsglocke hat geläutet, damit die Maschinen gestoppt wurden, ein Durcheinander von Flüchen ertönte, Dampf hat gezischt – und während Jim auf der einen und ich auf der anderen Seite über Bord gegangen sind, ist der Dampfer mitten in unser Floß gekracht.

Ich hab getaucht, und zwar so tief wie möglich, denn das zehn Meter große Schaufelrad musste ja über mich hinweggehen und ich wollte gern, dass es ordentlich viel Platz hatte. Ich hab immer schon eine Minute lang unter Wasser bleiben können, aber diesmal bin ich bestimmt anderthalb Minuten unten geblieben. Dann bin ich nach oben geschossen, denn ich wär fast geplatzt. Ich bin bis an die Brust herausgeschossen und schnaubte das Wasser aus der Nase und prustete. Natürlich herrschte eine reißende Strömung und natürlich hat der Dampfer zehn Minuten nach dem Halt die Maschine schon wieder in Gang gesetzt, denn um Flößer haben sie sich nie gekümmert. Der Dampfer stampfte also weiter den Fluss hinauf, und wenn ich ihn in der dicken Luft auch nicht sehen konnte, so hab ich ihn doch hören können. Ich hab ungefähr ein Dutzend Mal nach Jim gerufen, aber ich hab keine Antwort bekommen. Deshalb hab ich nach einer Planke gegriffen, die mich angestoßen hatte, während ich Wasser trat, und schwamm aufs Ufer zu, indem ich sie immer vor mir herschob. Ich hatte aber bald heraus, dass die Strömung aufs linke Ufer zutrieb, was bedeutete, dass ich in einer Querströmung war, und deshalb wechselte ich den Kurs und schwamm in diese Richtung.

Es war eine von diesen langen Querströmungen, die ganz allmählich rübergeführt hat und ungefähr zwei Meilen lang gewesen ist. Ich hab also ziemlich lange gebraucht, bis ich glücklich drüben war. Ich bin heil aus dem Wasser gekommen und bin die Uferböschung raufgeklettert. Weit hab ich nicht sehen können, aber ich hab mich vielleicht eine viertel Meile weit auf ziemlich unebenem Boden vorwärts getastet. Erst nach langer Suche stieß ich endlich wieder auf Jim. Seine Stimme klang mir so schön wie nie zuvor. Er sagte: »Gott segne dich, mein Kind, ich war schon ganz sicher, dass du wieder tot bist. Mein Gott, was bin ich froh, dass ich dich wieder hab, mein Süßer.«

Ich sag: »Ach ja – das ist wirklich gut. Jetzt lass uns aber keine Zeit verlieren, Jim, wir müssen so schnell wie möglich weg hier.«

Wir fanden tatsächlich unser Floß wieder, das ganz schön was abgekriegt hatte, aber schwimmen konnte es noch. Unsere Sachen waren alle futsch. Als das Floß zwei Meilen flussabwärts getrieben war und wir uns mitten auf dem Mississippi befanden, wurde mir etwas leichter ums Herz, denn wir hielten uns jetzt wieder für frei und sicher. Überall sonst ist es so eng und stickig, nur auf einem Floß nicht. Auf einem Floß fühlt man sich ungeheuer frei und leicht und gemütlich.

17. Kapitel

So vergingen zwei oder drei Tage und Nächte. Ich möchte fast sagen, sie schwammen dahin, denn sie glitten so ruhig und sanft und lieblich vorüber. Und so haben wir die Zeit verbracht: Der Strom ist hier unten ungeheuerlich breit – manchmal anderthalb Meilen. Wir haben uns des Nachts treiben lassen und tagsüber haben wir irgendwo angelegt und uns versteckt.

Sowie die Nacht zur Neige ging, haben wir mit dem Navigieren aufgehört und festgemacht – fast immer im toten Wasser unter einem Struwwelkopf. Dann haben wir Pappelzweige oder Weiden abgeschlagen und das Floß damit abgedeckt. Dann legten wir die Angelschnüre aus. (Inzwischen hatten wir uns auch wieder ein paar Sachen besorgt.) Als Nächstes glitten wir in den Fluss und sind geschwommen, um uns zu erfrischen und abzukühlen. Dann haben wir uns auf den Sandboden gesetzt, wo das Wasser kaum knietief war, und haben zugeschaut, wie der Tag anbrach. Nirgendwo ein Laut – alles vollkommen still, als ob die ganze Welt im Schlafe läge, nur manchmal vielleicht das Knarren von den Ochsenfröschen. Wenn man über das Wasser blickte, sah man zuerst so ne verschwommene Linie – das sind die Wälder am anderen Ufer gewesen – sonst konnte man nichts erkennen. Dann eine blasse Stelle im Himmel – dann noch mehr blasses, mattes Licht, das sich immer mehr ausbreitet. Dann wird der Strom irgendwie sanft, nicht mehr schwarz, sondern grau, man konnte kleine dunkle Flecken treiben sehen, ganz in der Ferne, das waren die Lastkähne oder so was Ähnliches und dann lange schwarze Striche – Flöße. Manchmal konnte man ein Ruder quietschen hören oder das undeutliche Gemurmel von Stimmen – denn es war so still, dass man jeden Laut aus der Ferne hörte. Und allmählich konnte man irgendwo auf dem Wasser einen Strich erkennen, dem man sofort ansah, dass dort ein Baumstamm in der starken Strömung lag, die sich daran brach, und deshalb sah der Strich eben so aus. Man sah, wie sich der Nebel auf dem Wasser kräuselte, wie der Osten rot wurde und danach der Fluss und man konnte eine Blockhütte am Waldrand erkennen, ganz drüben am anderen Ufer vom Fluss, das war wahrscheinlich ein Holzplatz und die Betrüger hatten die Bretter so locker aufgeschichtet, dass man überall noch einen Hund hindurchwerfen konnte. Schließlich ist's dann heller Tag und alles lacht im Sonnenlicht und die Singvögel stimmen mit ihrem Zwitschern ein. Ein bisschen Rauch konnte jetzt nicht auffallen, deshalb pflegten wir ein paar Fische von den Haken zu holen und uns ein warmes Frühstück zu kochen. Danach betrachten wir die Einsamkeit des Stromes und faulenzen so rum, bis wir schließlich einschlafen. Wenn wir dann wieder aufwachen, dann schauen wir uns um, was uns geweckt hat, und vielleicht sehen wir dann einen Dampfer, der den Strom heraufgeschnaubt kommt, so weit drüben auf der anderen Seite, dass man gar nicht erkennen kann, ob er Heck- oder Seitenräder hat. Dann ist ungefähr eine Stunde lang nichts zu hören und nichts zu sehen – nur die tiefste Einsamkeit. Als Nächstes sieht man dann, wie ein Floß weit drüben vorbeigleitet, und vielleicht steht ein Grünschnabel von einem Seemann drauf und hackt Holz, denn das tun sie eigentlich immer auf einem Floß; man sieht die Axt aufblitzen und niederzischen – aber hören kann man nichts. Man sieht die Axt wieder in die Höhe fahren, und wenn sie genau über dem Kopf von dem Mann ist, dann hört man erst das »Krach!« – so lange hat der Ton gebraucht, um über das Wasser zu kommen. So verbrachten wir den Tag, faulenzten herum, lauschten in die Stille.

Einmal ist ein dichter Nebel aufgestiegen und die Flöße und die anderen Fahrzeuge, die vorübergetrieben sind, haben auf Blechnäpfe geschlagen, damit sie die Dampfer nicht in den Grund bohrten. Ein Lastkahn oder ein Floß ist einmal so dicht an uns vorübergefahren, dass wir sie reden und fluchen und lachen gehört haben – jedes Wort, aber sehen konnten wir nicht das Geringste. Dabei wurde einem ganz unheimlich zu Mute, denn es war so, als ob Geister durch die Luft schwebten. Jim sagte, er glaubte auch, dass es Geister wären. Aber ich hab gesagt: »Nein, Geister würden doch nicht sagen: ›Verflixt und zugenäht mit diesem gottverdammten Nebel!‹«

Wenn es Nacht wurde, stießen wir vom Ufer ab; wenn wir das Floß bis zur Mitte des Stromes gebracht hatten, überließen wir es sich selbst und die Strömung mochte es dahin treiben, wo sie's hin haben wollte. Wir zündeten unsere Pfeifen an, ließen die Füße ins Wasser baumeln und unterhielten uns über alles Mögliche – wir sind immer nackt gewesen, Tag und Nacht, so weit uns die Stechmücken in Ruhe ließen. Sowieso machte ich mir nicht viel aus Kleidern.

Manchmal hatten wir lange Zeit den Strom ganz für uns allein. Drüben überm Wasser lagen das Ufer und die Inseln, manchmal blitzte ein Licht auf – eine Kerze im Fenster einer Blockhütte – und manchmal konnte man auch auf dem Wasser ein oder zwei Lichter sehen – das waren natürlich ein Floß oder ein Lastkahn; manchmal hörten wir von einem dieser Fahrzeuge auch ein Lied oder eine Geigenmelodie herüberklingen. Es ist zu schön, auf einem Floß zu leben. Über uns hatten wir den Himmel, über und über mit Sternen besät, und wir lagen gern auf dem Rücken und blickten hinauf und unterhielten uns darüber, ob sie geschaffen oder bloß einfach so da waren. Jim behauptete, sie wären geschaffen, aber ich beharrte darauf, dass sie zufällig von Natur aus da wären. Ich meinte, es hätte zu lange gedauert, um so viele herzustellen. Jim war der Ansicht, der Mond hätte sie auch gelegt haben können, und das klang auch ganz vernünftig, deshalb hab ich nicht widersprochen, denn ich hab mal gesehen, wie ein Frosch fast so viele Eier gelegt hat, und das bewies, dass das möglich wäre. Wir haben auch die Sternschnuppen beobachtet und haben gesehen, wie sie nach unten zischten. Jim hat behauptet, die wären schlecht geworden und würden deshalb aus dem Nest geschmissen.

Ein- oder zweimal in der Nacht sahen wir immer einen Dampfer durch das Dunkel gleiten und er spie ab und zu ganze Funkenschauer aus seinen Schornsteinen, die sich wie ein Regen in den Fluss ergossen und ganz wunderschön aussahen. Dann bog der Dampfer um eine Krümmung des Flusses, seine Lichter verloschen, das Stampfen hörte auf, der Fluss lag wieder ganz still da, und wenn der Dampfer schon lange verschwunden war, dann erreichten uns seine Wellen erst und ließen das Floß ein bisschen tanzen und danach hörte man, wer weiß wie lange, keinen einzigen Laut mehr, außer vielleicht das Gequake der Frösche oder so etwas Ähnliches.

Nach Mitternacht gingen die Leute am Ufer alle schlafen und dann war es dort zwei oder drei Stunden lang ganz dunkel – keine Funken mehr in den Hüttenfenstern. Diese Funken sind unsere Uhr gewesen – wenn der erste wieder aufblinkerte, dann bedeutete das, dass der Morgen kam, und dann suchten wir uns immer gleich einen Platz, wo wir anlegen und uns verstecken konnten.

Eines Morgens fand ich bei Tagesanbruch ein Kanu und kreuzte durch einen schmalen Kanal zum Hauptufer – das sind nur zweihundert Meter gewesen – und bin dann noch eine Meile weit durch einen Zypressenhain einen Bach hinaufgepaddelt, um zu sehen, ob ich nicht irgendwo n paar Beeren finden würde. Als ich grade an eine Stelle gekommen war, wo ein Pfad für die Kühe durch den Bach führt, da sind zwei Männer angerast gekommen, so schnell sie ihre Beine trugen. Ich fürchtete schon, jetzt wär es aus mit mir, denn immer, wenn jemand hinter jemandem her war, hab ich denken müssen, dass sie mich oder vielleicht auch Jim schnappen wollten. Ich wollte mich schon rasch aus dem Staube machen, aber da waren sie schon ganz in meiner Nähe, riefen zu mir rüber und flehten mich an ihnen das Leben zu retten. – Sie haben gesagt, sie hätten nichts verbrochen und würden deswegen verfolgt – sagten, Männer mit Hunden wären hinter ihnen her. Sie wollten direkt ins Boot springen, aber ich hab gesagt: »Lasst das lieber! Noch kann ich die Hunde und die Pferde nicht hören, ihr habt noch Zeit durch das Gestrüpp zu kriechen und ein Stück am Fluss entlangzulaufen. Dann müsst ihr ins Wasser steigen und zu mir rüberwaten und einsteigen – das lenkt die Hunde von der Fährte ab.«

Das haben sie auch getan, und sowie sie an Bord waren, bin ich losgesaust, um zu unserem Struwwelkopf zu kommen, und nach etwa fünf oder zehn Minuten haben wir die Hunde und die Männer in der Ferne rufen hören. Wir haben auch gehört, wie sie zum Bach gekommen sind, konnten sie aber nicht sehen. Sie schienen Halt zu machen und sich da ne Weile rumzutreiben, aber weil wir uns die ganze Zeit immer weiter von ihnen entfernten, konnten wir sie zum Schluss kaum mehr hören. Als wir eine Meile Wald hinter uns gebracht hatten und wieder in den Fluss eingebogen waren, schien alles ruhig zu sein und wir paddelten zum Struwwelkopf hinüber, versteckten uns in den Pappelzweigen und waren in Sicherheit.

Einer von den Männern war gegen siebzig oder noch älter, er hatte einen kahlen Schädel und einen ganz grauen Bart. Er trug einen alten zerbeulten Hut mit einer Krempe und ein schmieriges blaues Wollhemd und zerlumpte alte blaue Jeansreithosen, die er sich in seine Stiefelschäfte gestopft hatte, und handgestrickte Hosenträger – nein, nur einen einzigen. Überm Arm trug er einen alten blauen Jeansmantel mit langen Schößen und blanken Messingknöpfen und beide schleppten dicke, fette, schäbige Reisetaschen.

Der andere Bursche war so um dreißig und ganz gewöhnlich angezogen. Nach dem Frühstück legten wir uns alle hin und unterhielten uns und dabei kam als Erstes raus, dass sich die beiden Kerle überhaupt nicht kannten.

»Wie sind Sie denn in Schwierigkeiten gekommen?«, fragt der Kahlkopf den anderen Burschen.

»Tja, ich hab einen Artikel verkauft, der nimmt den Zahnstein von den Zähnen – und das tut er auch wirklich, aber er nimmt meistens den Zahnschmelz auch gleich mit – und ich bin ungefähr eine Nacht länger geblieben, als ich hätte bleiben sollen, und ich wollte mich grade aus dem Staube machen, da bin ich auf dem Pfad hinter der Stadt auf Sie gestoßen und Sie haben mir gesagt, sie kämen, und haben mich gebeten Ihnen zu helfen fortzukommen. Da hab ich Ihnen dann gesagt, dass ich selbst mit Unannehmlichkeiten rechnen müsste und mich am besten gleich mit Ihnen auf die Socken machen wollte. Das ist die ganze Geschichte – wie ist denn Ihre?«

»Gott, ich hatte dort ein kleines Abstinenzler-Treffen veranstaltet, ungefähr eine Woche lang, und die Weiber hatten mich alle ins Herz geschlossen, die großen und die kleinen, denn ich hab den Saufköppen ganz gehörig eingeheizt, das kann ich Ihnen sagen, und ich hab jede Nacht gut und gerne fünf bis sechs Dollar eingenommen – zehn Cent pro Nase;

Kinder, Nigger und Frauen frei – und das Geschäft ist die ganze Zeit noch aufgeblüht; aber dann ist da gestern Abend irgendwie das Gerücht aufgekommen, dass ich mir heimlich die Zeit mit der Flasche vertriebe. Heut in der Früh ist ein Nigger gekommen und hat mir zugesteckt, dass sich die Leute in aller Stille mit ihren Hunden und Pferden zusammenrotteten. Sie wollten mir ne halbe Stunde Vorsprung geben und dann wollten sie mich hetzen, wenn das klappte. Und wenn sie mich erwischen würden, dann wollten sie mich teeren und federn und auf ner Stange reiten lassen. Da hab ich gar nicht erst aufs Frühstück gewartet. Der Appetit war mir vergangen.«

»Alter«, sagt der Jüngere, »ich glaub, wir sollten uns zusammentun, was halten Sie davon?«

»Ich wär nicht abgeneigt. Was machen Sie denn so – hauptsächlich?«

»Von Beruf bin ich Zeitungsdrucker, ich beschäftige mich aber auch ein wenig mit Arzneimitteln, für die man keine Rezepte braucht, bin gelegentlich Schauspieler, Tragödie, verstehen Sie? Versuch es mit Magnetismus und Wahrsagekunst, wenn sich eine Gelegenheit bietet, unterrichte zur Abwechslung in der Gesangs-Geografie, lasse hin und wieder einen Vortrag steigen – oh, ich mache allerlei – wie's mir gerade unter die Finger kommt, solang es nicht in Arbeit ausartet. Und was ist Ihr Gebiet?«

»Ich hab mich seinerzeit beträchtlich in die Heilkunst vertieft. Handauflegen, das ist meine Stärke – gegen Krebs und Paralyse und Ähnliches. Beim Wahrsagen verdien ich auch ganz gut, wenn ich nur jemanden habe, der mir vorher die Tatsachen ausbaldowert. Predigen liegt mir auch und vor allem die Veranstaltung von Gebetsgottesdiensten im Freien und so ein bisschen Missionsarbeit.«

Eine Zeit lang sagte keiner was, dann stieß der junge Mann einen Seufzer aus und hat gesagt: »Ach!«

»Weswegen seufzen Sie denn so?«, fragt der Glatzkopf.

»Sollte ich nur gelebt haben, um so ein Leben zu führen und zu einer solchen Gesellschaft herabgesunken zu sein?« Und er fing an sich mit einem Lumpen die Augenwinkel zu reiben.

»Verflucht noch mal, ist Ihnen diese Gesellschaft denn nicht gut genug?«, sagt der Glatzkopf ganz aufgebracht.

»Ja, für mich ist sie gut genug, sie ist so gut, wie ich sie verdiene, denn wer hat mich so tief hinuntergezogen, wo ich doch so hoch oben war? Das hab ich mir selber angetan. Ich mache Ihnen daraus keinen Vorwurf, Gentlemen, ich bin weit entfernt davon, ich mache niemandem einen Vorwurf. Ich hab das alles verdient. Soll die kalte Welt sich nur von ihrer schlimmsten Seite zeigen, das eine weiß ich ganz gewiss – irgendwo ist ein Grab für mich bereit. Möge die schnöde Welt weitergehen, wie sie immer weitergegangen ist, möge sie mir das Letzte rauben: geliebte Menschen, Besitz und alles – das kann sie mir nicht nehmen. Eines Tages werde ich mich darin zur Ruhe legen und alles vergessen und mein armes gebrochenes Herz wird Frieden finden.«

Er wischte sich immer noch die Augen.

»Zum Teufel mit Ihrem gebrochenen Herzen«, schimpfte der

Glatzkopf, »warum schütten Sie denn Ihr armes gebrochenes Herz ausgerechnet vor uns aus? Wir haben doch nichts damit zu schaffen.«

»Nein, das weiß ich wohl. Ich gebe euch ja keine Schuld, Gentlemen. Ich hab mich selbst so weit gebracht – ja, ich ganz allein. Es ist nur gerecht, dass ich jetzt leide – vollkommen gerecht –, ich will auch nicht mehr klagen.«

»Von wo sind Sie denn so hoch heruntergepurzelt?«

»Ach, das würden Sie mir doch nicht glauben. Die Welt schenkt niemals Glauben – lassen wir das – es spielt keine Rolle. Das Geheimnis meiner Geburt –«

»Das Geheimnis von Ihrer Geburt? Wollen Sie sagen, dass –«

»Gentlemen«, sagt da der junge Mann in tiefem Ernst, »ich will es Ihnen enthüllen, denn ich fühle deutlich, dass ich zu Ihnen volles Vertrauen haben kann. Von Rechts wegen bin ich ein Herzog!«

Als Jim das gehört hat, da sind ihm die Augen fast aus dem Kopf gesprungen und ich glaube, meine taten das auch.

Dann hat der Glatzkopf gesagt: »Nein! Ist das denn die Möglichkeit!«

»Ja. Mein Urgroßvater, der älteste Sohn des Herzogs von Bridgewater, ist Ende des vorigen Jahrhunderts in dieses Land geflohen, um die reine Luft der Freiheit atmen zu können. Er hat sich hier vermählt, ist hier gestorben und hinterließ einen Sohn. Zur gleichen Zeit ist sein eigener Vater gestorben. Der zweite Sohn des verblichenen Herzogs setzte sich in den Besitz des Titels und des Grund und Bodens – während der noch unmündige echte Herzog übergangen wurde. Ich bin der direkte Nachkomme dieses Sohnes – ich bin der rechtmäßige Herzog von Bridgewater; und hier stehe ich nun, verlassen und aus meinem hohen Stand verdrängt, gehetzt und gejagt von der Menschheit, verachtet von der schnöden Welt, zerlumpt, abgerissen, mit gebrochenem Herzen und herabgesunken in die Gesellschaft von Landstreichern auf einem Floß!«

Jim tat er aus ganzem Herzen Leid und mir ging's genauso. Wir versuchten ihn zu trösten, aber er hat gesagt, das hätte keinen Sinn, es gäbe keinen Trost mehr für ihn, dann hat er noch gesagt, wenn wir ihn anerkennen würden, das täte ihm wohler als alles andere. Da haben wir natürlich gesagt, das wollten wir gerne tun, wenn er uns erklärte, wie man das macht. Er hat gesagt, wir müssten uns verneigen, wenn wir mit ihm sprächen und »Euer Gnaden« zu ihm sagen oder »Eure Lordschaft« oder »My Lord« – und er hätte auch nichts dagegen, wenn wir ihn schlicht mit Bridgewater anredeten, denn das wär sowieso ein Titel und kein Name und einer von uns müsste ihn immer bei Tisch bedienen und kleine Handreichungen für ihn erledigen.

Na, das war ja ganz einfach und deshalb haben wir das auch gemacht. Beim Essen hat Jim die ganze Zeit hinter ihm gestanden und hat ihn bedient und hat immer gesagt: »Möchte Euer Gnaden dieses oder jenes haben oder befehlen Euer Gnaden das?« Und immer so weiter und man konnte ihm ansehen, was ihm das für einen Spaß machte.

Der Alte wurde mit der Zeit ziemlich schweigsam – er hatte gar nicht viel zu sagen und bei dem ganzen Getue um diesen

Herzog sah er nicht grade besonders glücklich aus. Er schien irgendetwas auf dem Herzen zu haben. Und im Lauf des Nachmittags hat er dann gesagt: »Schauen Sie mal her, Bilgewater«, sagt er, »Sie tun mir natürlich in der tiefsten Seele Leid, aber Sie sind nicht der einzige Mensch auf Erden, der solchen Kummer hat.«

»Nein?«

»Nein, nicht im Geringsten. Sie sind nicht der einzige Mensch, der zu Unrecht von seinem hohen Stande herabgestürzt worden ist.«

»Ach!«

»Nein, Sie sind nicht der einzige Mensch mit einer geheimnisvollen Geburt.« Und damit fing er doch wahrhaftig an zu heulen.

»Halt! Was meinen Sie damit?«

»Bilgewater, kann ich Ihnen trauen?«, fragte der alte Mann und schluchzte dabei noch ein bisschen.

»Bis zum bitteren Ende!« Er ergriff die Hand des alten Mannes, presste sie heftig und sagte: »Das Geheimnis Ihres Seins: Sprechen Sie!«

»Bilgewater, ich bin der letzte Thronfolger.«

Da könnt ihr euch drauf verlassen, dass Jim und mir wieder die Augen fast aus dem Kopf fielen.

Dann hat der Herzog gesagt: »Sind Sie das?«

»Ja, mein Freund, es ist nur allzu wahr. Ihre Augen blicken genau in diesem Moment auf den armen verschwundenen Thronfolger Lui XVII., Sohn von Lui XVI. und Mary Antonette.«

»Wie! In Ihrem Alter? Nein! Sie haben wohl sagen wollen, Sie sind der verstorbene Karl der Große, Sie müssen ja mindestens sechs- oder siebenhundert Jahre alt sein, mindestens!«

»Das hat der Kummer getan, Bilgewater, das hat der Kummer getan, der Kummer hat mir die Haare grau gemacht und vor der Zeit die Locken dahingerafft. Jawohl, Gentlemen, Sie sehen in Blue Jeans und Jammer den herumirrenden, verbannten, vom Schicksal gebeutelten und schwer geprüften rechtmäßigen König von Frankreich vor sich.«

Na, er heulte so und pustete sich so auf, dass Jim und ich gar nicht wussten, was wir jetzt machen sollten, er tat uns schrecklich Leid – und wir waren auch ganz froh und stolz, dass wir ihn bei uns hatten. Deshalb haben wir's wie vorher mit dem Herzog gemacht und haben versucht nun ihn zu trösten. Aber er hat gesagt, das hätte keinen Zweck, nur der Tod und die Erlösung könnten ihm noch wohl tun. Er gab jedoch zu, es würde seinen Kummer erleichtern und ihm wenigstens für eine Weile Genugtuung verschaffen, wenn ihn die Menschen seinem Rang entsprechend behandelten, wenn sie also das eine Knie beugten, wenn sie sich mit ihm unterhielten, und immer »Eure Majestät« zu ihm sagten, ihn bei allen Mahlzeiten als Ersten bedienten und sich in seiner Gegenwart nicht hinsetzten, bis er es ihnen erlaubt hätte. Deshalb fingen Jim und ich an ihn mit Majestät anzureden und dies und das für ihn zu erledigen und wir blieben stehen, bis er uns erlaubte uns zu setzen. Das tat ihm außerordentlich gut und er ist ganz heiter und vergnügt geworden. Nur der Herzog, der zog so ein saures Gesicht und sah nicht ein bisschen zufrieden aus, weil sich die Dinge so entwickelt hatten. Der König behandelte ihn jedoch sehr huldvoll und erzählte, dass sein Vater sehr viel vom Urgroßvater des Herzogs und von allen anderen Herzögen von Bridgewater gehalten hatte und dass es ihnen immer freigestanden hätte, in sein Schloss zu kommen. Der Herzog blieb jetzt eine ganze Weile beleidigt, bis der König schließlich gesagt hat: »Wir müssen wohl oder übel eine verdammt lange Zeit auf diesem verfluchten Floß bleiben, mein lieber Bilgewater, und es hat doch keinen Sinn, wenn Sie die ganze Zeit verschnupft sind. Das macht uns das Leben nur ungemütlich. Es ist nicht meine Schuld, dass ich nicht als Herzog geboren wurde, und es ist nicht Ihre Schuld, dass Sie nicht als König geboren worden sind – warum sollen wir uns darüber grämen? Das Beste aus dem Leben machen, das sag ich immer – das ist mein Motto. Wir haben's hier nicht schlecht getroffen – genug zu essen und ein faules Leben –, kommen Sie, lassen Sie uns einander die Hand reichen, Herzog, lassen Sie uns gute Freunde sein.«

Der Herzog schlug ein und Jim und ich sind dabei ganz erleichtert gewesen. Die Missstimmung war verflogen und wir konnten wieder aufatmen, denn eine Verstimmung auf dem Floß, das war immer ein unangenehmes Geschäft. Denn was man auf einem Floß vor allem braucht, ist gegenseitige Zufriedenheit, Gerechtigkeit und Freundlichkeit.

Es hat auch nicht lange gedauert, da ist mir klar geworden, dass diese beiden Lügenbeutel überhaupt keine Könige und Herzöge gewesen sind, sondern ganz gewöhnliche Beutelschneider und Betrüger. Ich hab aber nichts gesagt und hab es mir nicht anmerken lassen. Ich hab es für mich behalten. Das ist immer das Beste: Dann gibt es keinen Streit und man kriegt keinen Ärger. Wenn es ihnen Spaß machte, sich mit König und Herzog anreden zu lassen, so hatt ich nichts dagegen, solange auf diese Weise Ruhe und Frieden herrschte. Wenn ich irgendetwas von meinem Alten gelernt hatte, so ist es das: Mit Leuten seines Schlages kommt man am besten zurecht, wenn man ihnen ihren Willen lässt. Es hatte auch gar keinen Zweck, Jim aufzuklären, und deshalb hab ich ihm nichts gesagt.

18. Kapitel

Sie haben uns dann unheimlich viele Fragen gestellt, sie haben wissen wollen, warum wir das Floß so zudeckten und warum wir tagsüber am Ufer lägen, statt zu fahren – und ob Jim vielleicht ein fortgelaufener Niggersklave wär. Da hab ich gesagt: »Du liebe Güte, würde ein entlaufener Sklave ausgerechnet in den Süden fahren?«

»Nein«, da mussten sie zugeben, dass er das nicht tun würde. Ich musste aber irgendwelche Erklärungen geben und deshalb hab ich gesagt: »Meine Familie hat in Pike County gelebt, in Missouri, wo ich auch geboren bin. Aber dann sind alle gestorben, bis auf mich und meinen Alten und meinen Bruder Ike. Mein Vater, der hat sich gedacht, er will da oben fort und wieder runter und zu Onkel Ben ziehen, der einen kleinen Hof mit einem Pferd am Fluss hat, vierundvierzig Meilen unterhalb von Orleans. Papa ist ziemlich arm gewesen und Schulden hat er auch gehabt. Als er sie alle bezahlt hatte, da ist nicht viel übrig geblieben, nur sechzehn Dollar und Jim, unser Nigger. Das hat natürlich nicht für die Dampferreise von vierzehnhundert Meilen gereicht, auch nicht für ne andere Reise. Na, und wie dann der Fluss gestiegen ist, da hat Papa eines Tages Glück gehabt; er hat dieses

Stück von einem Floß erwischt und da haben wir gedacht, wir fahren damit nach Orleans. Die Glückssträhne von meinem Alten hat aber nicht lange angehalten. Eines Nachts ist ein Dampfer vorne über das Floß gefahren und wir sind alle über Bord gegangen und unter dem Rad durchgetaucht. Jim und ich, wir haben das ganz gut überstanden, aber mein Alter war besoffen und Ike, der war erst vier Jahre alt, die beiden sind also nicht wieder aufgetaucht. Na, in den nächsten ein oder zwei Tagen hatten wir unaufhörlich Ärger, denn die Leute kamen immer mit ihren Booten angefahren und haben versucht Jim von mir wegzunehmen, weil sie sich eingebildet haben, er wär ein entlaufener Nigger. Deshalb fahren wir jetzt bei Tage gar nicht mehr. In der Nacht lassen sie uns in Ruh.«

Da hat der Herzog gesagt: »Überlasst das nur mir, einen Weg auszutüfteln, wie wir auch tagsüber fahren können, wenn wir wollen. Ich werde über die ganze Geschichte nachdenken – ich werd mir schon einen Plan ausdenken, mit dem wir das in Ordnung bringen. Für heute wollen wir's aber lassen, denn die Stadt da drüben wollen wir lieber nicht bei Tageslicht passieren, das könnte uns vielleicht nicht recht bekommen.«

Gegen Abend bezog sich der Himmel und es sah nach Regen aus. Das Wetterleuchten zuckte schon tief unten über dem Horizont, die Blätter fingen an zu beben und zu rascheln und man konnte auf einen Blick sehen, dass sich da etwas Böses zusammenbraute. Der Herzog und der König machten sich also daran, unseren Wigwam zu begutachten, und untersuchten unsere Betten. Mein Bett war ein Strohsack – viel besser als der von Jim, der einen Sack mit Maishülsen hatte. In dem Maisstroh sind immer noch Kolben, die einen drücken und weh tun, und wenn man sich umdreht, dann raschelt das Maisstroh immer so, als ob man sich in einem Laubhaufen wälzt. Das ist so laut, dass man davon aufwacht. Na, der Herzog hat also die Gnade mein Bett zu nehmen, aber der König war damit nicht einverstanden. Er hat gesagt: »Ich sollte doch meinen, dass der Rangunterschied Ihnen nahe gelegt hätte, dass sich ein Maisstrohbett nicht für mich schickt. Euer Gnaden werden sich selber mit dem Maisstrohbett zufrieden geben müssen.«

Jim und ich schwitzten einen Augenblick wieder Blut und Wasser, denn wir hatten Angst, dass sie sich in die Haare geraten würden. Deshalb waren wir heilfroh, als der Herzog geantwortet hat: »Es ist nun mal mein Schicksal, immer und ewig unter dem eisernen Absatz der Unterdrückung zermalmt zu werden. Das Unglück hat meinen einst so stolzen Geist gebrochen. Ich gebe nach, ich unterwerfe mich, das ist mein Schicksal. Ich stehe allein in der Welt, lasst mich leiden, ich kann's ertragen.«

Sobald es schön finster war, machten wir uns auf den Weg. Der König befahl uns, wir sollten auf die Flussmitte zusteuern und erst ein Licht setzen, wenn wir die Stadt ein gutes Stück hinter uns hätten. Nach einer Weile erblickten wir einen kleinen Lichterteppich – das ist die Stadt gewesen, versteht ihr – und glitten ungefähr eine halbe Meile davon entfernt vorbei. Eine Dreiviertelmeile später hängten wir unsere

Signallaterne auf und gegen zehn Uhr hat es angefangen, wie toll zu schütten und zu stürmen und zu donnern und zu blitzen. Da hat uns der König befohlen, wir sollten Wache halten, bis sich das Wetter gebessert hat. Er und der Herzog sind in unseren Wigwam gekrochen und haben sich schlafen gelegt. Ich hatte die Wache bis Mitternacht, aber ich wäre sowieso nicht reingegangen, selbst wenn ich ein Bett gehabt hätte, denn so ein Unwetter erlebt man nicht jeden Tag von der Woche. Meine Güte, was hat der Wind vielleicht geheult! Und alle ein oder zwei Sekunden ist ein so blendendes Licht aufgezuckt, dass alle weißen Wellenköpfe im Umkreis von einer halben Meile aufgeleuchtet sind. Und die Inseln hat man hinter dem Regenschleier wie in einer Staubwolke gesehen und die Bäume sind vom Sturm hin und her gerissen worden. Und dann kommt ein Krach! – Bumm! Bumm! Und der Donner grollt und rumpelt über alles, verklingt wieder, aber Zisch! Schon kommt der nächste Blitz und der nächste Donnerschlag. Die Wellen spülen mich manchmal fast vom Floß, aber ich hatte nichts an und deshalb war mir das gleich. Die Baumstämme machten uns keine Sorgen, denn die Blitze waren so hell und zischten so beständig über den Himmel, dass wir die Stämme immer gut erkennen und entweder wegstoßen oder ihnen ausweichen konnten.
Ich hatte die mittlere Wache, das wisst ihr ja, aber ich war unterdessen so müde geworden, dass Jim gesagt hat, er wollte die erste Wache für mich übernehmen. In dieser Beziehung war Jim immer mächtig gutmütig. Ich bin also in den Wigwam gekrabbelt, aber der König und der Herzog hatten sich

so breit gemacht, dass gar kein Platz mehr für mich da war. Deshalb hab ich mich draußen hingelegt – der Regen hat mich nicht gestört, denn es ist ja warm gewesen und die Wellen sind im Augenblick nicht mehr so hoch gegangen. Gegen zwei schwollen sie allerdings wieder an und Jim hatte mich schon wecken wollen, ließ es aber bleiben, weil er dachte, noch gingen sie nicht so hoch, dass sie Unheil anrichteten. Da hat er sich aber geirrt gehabt, denn ganz plötzlich kam ein regelrechter Brecher und spülte mich über Bord. Jim ist vor Lachen fast gestorben. Es gibt sowieso keinen Nigger, den man leichter zum Lachen bringen kann.

Dann hab ich die Wache übernommen und Jim hat sich hingelegt und hat gleich losgeschnarcht. Nach einer Weile hat der Sturm dann nachgelassen und schließlich ganz aufgehört. Als sich das erste Licht in einer Hütte sehen ließ, da hab ich ihn aufgeweckt und wir haben das Floß für den Tag in ein Versteck geführt.

Der König hat nach dem Frühstück ein vergammeltes und zerfleddertes Kartenspiel rausgeholt und er und der Herzog haben eine Zeit lang Seven-up gespielt, das Spiel zu fünf Cent. Als sie's satt hatten, haben sie einen Schlachtplan entwerfen wollen, wie sie das genannt haben. Der Herzog hat in seiner Reisetasche herumgekramt und hat einen ganzen Haufen bedruckter Zettel hervorgezogen, die er laut vorgelesen hat. Auf einem stand: »Der berühmte Doktor Armand de Montalban aus Paris hält einen Vortrag über die Phrenologie . . . an dem und dem Ort, an dem und dem Tag, Eintritt zehn Cent und Charakterbilder zu fünfundzwanzig Cent das Stück.« Der Herzog hat gesagt, der Doktor Sowieso, das sei er. Auf einem anderen Zettel war er der weltbekannte Shakespeare-Darsteller Garrick der Jüngere vom Drury-Lane-Theatre in London. Auf den anderen Zetteln trug er noch viele andere Namen und hat alle möglichen Wunderdinge gemacht, zum Beispiel Wasser und Gold mit einer Wünschelrute gefunden, Hexenzauber unwirksam gemacht und so weiter. Schließlich hat er gesagt: »Die Muse der Schauspielkunst ist mir jedoch die liebste. Haben Königliche Hoheit jemals die Bretter betreten?«

»Nein«, antwortete der König.

»Und dann werdet Ihr es tun, eh Ihr drei Tage älter seid, gestürzte Größe«, sagt der Herzog, »in der ersten anständigen Stadt, vor der wir ankern werden, wollen wir uns einen Saal mieten und den Degenkampf aus Richard III. und die Balkonszene aus Romeo und Julia aufführen. Was halten Sie davon?«

»Da mach ich mit, ruff uff die Bretter, ich tu alles, was was einbringt, Bilgewater, aber wissen Sie, vom Theaterspielen versteh ich nicht viel, hab noch nicht viel gesehen. Ich bin noch zu klein gewesen, als mein Papachen sie in sein Schloss geholt hat. Glauben Sie, dass Sie mir das lernen können?«

»Aber leicht!«

»Na gut. Ich bin sowieso ganz scharf auf mal was Neues. Dann lassen Sie uns mal gleich anfangen.«

Der Herzog hat ihm also ganz genau erklärt, wer Romeo gewesen ist und wer Julia gewesen ist, und hat dann hinzugesetzt, dass er meistens den Romeo spielte, weswegen der König Julia sein müsste.

»Aber wenn die Julia so ne junge Schnepfe ist, Herzog, dann seh ich doch vielleicht mit meinem kahlen Schädel und meinem Bart ein bisschen merkwürdig aus.«

»Ach, da brauchen Sie sich keine Sorgen zu machen – so was fällt diesen Landpomeranzen gar nicht auf. Und außerdem, wissen Sie, werden Sie ein Kostüm anhaben, das verändert wirklich alles. Julia steht auf ihrem Balkon, das Mondlicht zu genießen, bevor sie schlafen geht, und sie trägt dabei ihr Nachthemd und eine gefältelte Nachthaube. Hier sind die Kostüme für die Rollen.«

Er zog zwei oder drei Gewänder aus Gardinenstoff heraus, von denen er sagte, das wären die mittelalterlichen Rüstungen für Richard III. und die anderen Burschen, und ein langes weißes Baumwollnachthemd mit einer Rüschennachthaube, die dazu passte.

Der König war zufrieden und deshalb zog der Herzog sein Buch heraus und las die Rollen ungeheuer hoch tönend und schwülstig vor. Dabei stolzierte er gleichzeitig herum und schauspielerte und zeigte, wie es gemacht werden musste. Dann gab er dem König das Buch und sagte ihm, er sollte seine Rolle auswendig lernen.

Ungefähr drei Meilen unterhalb der Flussbiegung lag ein kleines Kleckernest und nach dem Mittagessen verkündete der Herzog, er hätte jetzt rausbekommen, wie man auch bei Tage fahren könnte, ohne Jim in Gefahr zu bringen. Er schlug also vor, er wollte in die Stadt gehen und die Angelegenheit in Ordnung bringen. Der König beschloss, er wollte auch mitgehen und sich umschauen, ob er nicht auf irgendwas Lohnendes stoßen würde. Wir hatten keinen Kaffee mehr, deshalb hat Jim gesagt, ich sollte lieber mit den beiden im Kanu fahren und welchen besorgen.

Als wir hinkamen, hat sich gar nichts gerührt. Die Straßen waren leer und so völlig tot und still wie am Sonntag. Wir haben einen kranken Neger getroffen, der auf einem Hinterhof in der Sonne gelegen hat, und der hat uns erzählt, dass alle, die nicht zu jung oder zu krank oder zu alt wären, sich zu einem Gottesdienst im Freien versammelt hätten, ungefähr zwei Meilen von hier im Walde. Der König ließ sich den genauen Weg beschreiben und schlug vor, er wolle auch zu dieser Versammlung gehen und sie kräftig bearbeiten und ich könne mit.

Der Herzog erklärte, er wolle eine Druckerei ausfindig machen. Die haben wir bald gefunden und es war ein ziemlich kleiner Betrieb, im ersten Stock über einer Tischlerwerkstatt. Die Tischler und die Drucker waren auch alle miteinander zu der Versammlung gegangen und die Türen waren nicht versperrt. Es war eine ziemlich liederliche und verdreckte Werkstatt, überall Tintenflecken und Anschlagzettel mit Bildern von Pferden und entlaufenen Negern an den Wänden. Der Herzog zog sich den Rock aus und sagte, bei ihm ginge alles klar. Da haben wir uns verdrückt, ich und der König, und sind zu der Versammlung gegangen.

Als wir nach einer halben Stunde dort angekommen sind, waren wir ganz gehörig durchgeschwitzt, denn es war ein schrecklich heißer Tag. Es hatten sich dort mindestens tausend Leute aus einem Umkreis von zwanzig Meilen versammelt. Der Wald war voll von Wagen und Pferden, die überall an den Bäumen angebunden waren, aus den Wagenkrippen fraßen und mit den Hufen aufstampften, um die Fliegen zu vertreiben. Es gab Zelte, die aus Stangen und Zweigen aufgeschlagen waren, wo Limonade und Pfefferkuchen verkauft wurden und ganze Berge von Melonen und grünen Maiskolben und lauter solchen Sachen.

Die Predigt war schon im Gange, auch unter solchen Zelten, nur dass sie viel größer waren und viele Leute fassen konnten. Die Bänke bestanden aus rohen Schalbrettern und in die runde Seite hatten sie einfach Löcher reingebohrt und vier Stöcke als Beine hineingetrieben. Lehnen hatten sie keine. Die Prediger standen immer am Ende von einem Zelt auf hohen Plattformen. Die Frauen trugen Sonnenhüte und manche hatten wollene Kleider an, andere gestreifte Ginghamkleider und ein paar von den jungen Frauen Baumwollkleider. Ein paar junge Burschen sind barfuß gekommen und es gab Kinder, die gar nichts anhatten, nur ein Leinenhemd. Ein paar von den alten Frauen haben gestrickt und von den jungen Leuten haben sich manche heimlich den Hof gemacht.

In dem ersten Zelt hat der Prediger gerade einen Choral eingeübt. Er hat immer nur zwei Zeilen gesagt, die haben dann alle gesungen und das hörte sich großartig an, weil es so viele Leute waren und weil sie so richtig ergriffen gesungen haben. Dann hat er wieder zwei Zeilen zum Nachsingen aufgesagt – und so ist es immer weitergegangen. Die Leute sind immer lebhafter geworden und haben immer lauter gesungen.

Zum Schluss fingen manche an zu stöhnen und andere haben angefangen zu schreien.
Dann hat der Prediger mit seiner Predigt angefangen und da ging es erst richtig los. Er schwankte hin und her, zuerst auf die eine Seite von der Plattform und dann auf die andere, dann hat er sich vornübergebeugt und die Arme und der ganze Körper waren dauernd in Bewegung, und die Sätze, die hat er richtig aus Leibeskräften gebrüllt; und seine Bibel, die hat er dazwischen immer hochgehalten und aufgeklappt und dann hat er sie gewissermaßen rumgezeigt, hierhin und dahin, und hat dabei geschrien: »Das ist die eherne Schlange in der Wüste! Blicket auf sie und lebt!« Und die Leute haben gerufen: »In Ewigkeit – a-a-a-men!« So hat er immer weitergemacht und die Leute haben gestöhnt und geschluchzt und immer wieder amen gesagt.
»Oh, tretet heran zu den Bänken der Büßer! Tretet heran, ihr, die ihr schwarz seid von Sünden! (amen!) Tretet her, die ihr mühselig und beladen seid, die Blinden, her zu mir! (amen!) Kommet, die ihr arm und bedürftig seid, ihr, die ihr in Schmach versinkt! (a-ha-ha-hamen!) Kommet alle her, die ihr erschöpft und leidend seid! Kommet her mit eurer verzweifelten Seele! Kommet her in euren Lumpen und Sünden, im Schmutz! Das Wasser, das euch reinigen wird, ist frei, die Tore des Himmels stehen euch offen! Oh, tretet ein und ruht euch aus!« (a-ha-hamen! In Ewigkeit – amen! Halleluja!)
So ging es weiter. Zum Schluss konnte man wegen des Geschreis und des Geheuls gar nicht mehr verstehen, was der Prediger sagte. Die Leute sprangen auf, überall und in gro-

ßen Scharen, und drängelten sich mit aller Macht nach vorne zu der Bank für die reuigen Büßer und die Tränen liefen ihnen dabei über die Backen. Und als die Büßer allesamt bei den vorderen Bänken angekommen waren, da haben sie gesungen und gerufen und haben sich wie verrückt aufs Stroh geworfen.

Na, eh ich mich versah, war der König mittendrin. Und er legte so los, dass er alle anderen übertönte, und als Nächstes sprang er auf die Plattform und der Prediger, der bat ihn zu den Leuten zu sprechen, und das hat er auch ohne viel Umschweife getan. Er hat ihnen erzählt, er sei ein Seeräuber – das sei er dreißig Jahre lang gewesen, draußen auf dem Indischen Ozean, und seine Crew hätte sich im letzten Frühjahr in einem Gefecht erheblich gelichtet und jetzt sei er wieder heimgekommen, eigentlich, um neue Leute zu werben, aber dem Himmel sei Dank, er wär in der vorigen Nacht ausgeraubt worden und sie hätten ihn ohne einen einzigen Cent vom Dampfer an Land gesetzt und er sei so froh darüber, es sei wirklich der größte Segen, der ihm jemals zuteil geworden wäre, denn jetzt sei er ein anderer Mensch geworden und zum ersten Mal in seinem ganzen Leben wirklich glücklich und er wolle, so arm, wie er wäre, gleich wieder aufbrechen und sich den ganzen Weg zurück zum Indischen Ozean durchkämpfen, und er wolle den Rest seiner Tage damit verbringen, die Seeräuber auf den rechten Pfad zu leiten, er könne das besser als irgendwer sonst, weil er mit allen Seeräubermannschaften auf diesem Ozean bestens bekannt und vertraut wäre, und wenn es auch lange dauern würde, bis er so gänzlich ohne Mittel wieder dorthin gelangen würde, so würde er sich doch nicht davon abhalten lassen und jedes Mal, wenn er einen Seeräuber bekehrt haben würde, dann wollte er zu ihm sagen: »Nicht mir musst du danken, nicht mein Verdienst ist es gewesen, der Dank gebührt den lieben guten Menschen von der Bußversammlung in Pokeville, den wahrhaften Brüdern und Wohltätern der Menschheit – und ihrem lieben guten Prediger, der der treueste Freund ist, den ein Seeräuber jemals gehabt hat.«

Bei diesen Worten ist er in Tränen ausgebrochen und die anderen stimmten in sein Schluchzen ein. Dann hat irgendeiner gerufen: »Wir wollen für ihn sammeln! Wir wollen für ihn sammeln!« Na ja, und da hat sich ein halbes Dutzend Leute vorgedrängelt, um das zu übernehmen, aber dann hat wieder jemand gerufen: »Er soll einfach seinen Hut rumgeben!« Damit waren alle einverstanden und der Prediger auch.

So ist der König also mit seinem Hut durch die Menge gewandert, hat sich dabei die Augen gerieben, hat die Leute gesegnet, hat sie gepriesen und sich bei ihnen bedankt, weil sie so gut zu den armen Seeräubern dort draußen in der Ferne waren. Und ununterbrochen haben sich die niedlichsten Mädchen, denen die Tränen übers Gesicht liefen, nach vorne gedrängelt und ihn gebeten, ob sie ihn nicht küssen dürften, damit sie immer an ihn denken könnten, und er hat das immer erlaubt. Manche hat er mindestens fünf- oder sechsmal umarmt und abgeküsst – und dann ist er eingeladen worden eine ganze Woche lang zu bleiben und alle wollten, dass er als Gast in ihrem Hause wohnte, und jeder hat gesagt, es würde ihm eine Ehre sein. Aber er hat erwidert, dieses sei doch der letzte Tag der Bußversammlung und da könne er doch nichts Gutes mehr tun und außerdem brenne er jetzt darauf, direkt zum Indischen Ozean zurückzukommen und mit seinem Segenswerk bei den Seeräubern zu beginnen.

Als wir wieder auf dem Floß gewesen sind und als er Kassensturz gemacht hat, da hat sich herausgestellt, dass er siebenundachtzig Dollar und fünfundsiebzig Cent gesammelt hatte. Außerdem hatte er noch einen Zwölfliterkrug mit Whisky mitgehen lassen, den er auf dem Heimweg durch den Wald unter einem Wagen erspäht hatte. Der König meinte, alles in allem hätte dieser Tag seine gesamte bisherige Missionstätigkeit übertroffen. Er hat gesagt, darüber brauche man gar nicht weiter zu reden, bei der Arbeit auf solchen Versammlungen wären die Heiden im Vergleich mit den Seeräubern eben keinen Pfifferling wert.

Der Herzog hatte sich eingebildet, er selber hätte ganz gut abgeschnitten, aber als der König aufgetaucht war, da hielt er nicht mehr so viel davon. Er hatte in der Druckerei zwei kleine Aufträge für Farmer gesetzt und gedruckt – Pferdeverkaufszettel – und dafür das Geld eingestrichen, vier Dollar. Dann hatte er noch Zeitungsanzeigen im Wert von zehn Dollar angenommen, wobei er gesagt hatte, wenn im Voraus gezahlt würde, dann kosteten sie nur vier Dollar, und das hätten die Leute auch gemacht. Der Jahresabonnementpreis für die Zeitung betrug zwei Dollar, er hatte aber zwei Abonnements zu je einem halben Dollar wieder unter der Bedingung angenommen, dass sie es ihm im Voraus zahlten. Sie wollten wie üblich mit Anmachholz und Zwiebeln zahlen, aber er hat ihnen erklärt, er hätte das Geschäft grade erst gekauft und den Preis so weit runtergedrückt, wie er sich das leisten könne, aber das ginge eben nur bei Barzahlung. Dann hatte er selber noch ein kleines Gedicht gedichtet, einfach so aus dem Kopf, in drei Strophen – ganz süß und melancholisch, hatte ihm den Titel gegeben »Ja, brich mir doch das Herz, du schnöde Welt«, hatte es fix und fertig gesetzt zurückgelassen, sodass sie es nur noch zu drucken brauchten, und hatte ihnen nichts dafür berechnet. Na gut, er hatte auch neuneinhalb Dollar eingenommen und erklärte uns, dafür hätte er eine ganz anständige Tagesarbeit geleistet.

Dann zeigte er uns noch eine kleine Sache, die er umsonst gedruckt hatte, weil sie für uns war. Sie zeigte das Bild von einem entsprungenen Nigger, der sein Bündel an einem Stock über der Schulter trug, und da drunter stand: »Zweihundert Dollar Belohnung«. Die Beschreibung passte genau auf Jim und passte bis aufs letzte i-Tüpfelchen. Es hieß, er sei von einer Plantage bei St. Jacques, vierzig Meilen südlich von New Orleans, im vorigen Winter entlaufen und hätte sich vermutlich nach Norden geschlagen, und wer ihn finge und zurückbrächte, der bekäme die Belohnung und die Kosten erstattet.

»So«, hatte der Herzog gesagt, »jetzt können wir, wenn wir wollen, auch bei Tage fahren. Wenn wir jemanden kommen sehen, dann können wir Jim einfach an Händen und Füßen mit einem Strick fesseln, legen ihn in den Wigwam, zeigen immer diesen Fahndungszettel und sagen, wir hätten ihn weiter flussaufwärts eingefangen und wären zu arm, um auf einem Dampfer zu fahren, deshalb hätten wir uns dieses kleine Floß von Freunden geliehen und führen jetzt nach Süden, um uns die Belohnung abzuholen. Handschellen und Ketten würden sich bei Jim ja noch viel besser machen, aber das würde nicht zu der Geschichte von unserer Armut passen. Das sieht schon fast wie Schmuck und Juwelen aus. Stricke sind genau das Richtige – wir müssen die Echtheit wahren, wie es auf den Brettern heißt.«

Wir haben alle gesagt, der Herzog wäre wirklich ungeheuer schlau und gescheit, und jetzt könnt es gar keine Unannehmlichkeiten mehr geben, weil wir tagsüber führen. Wir schätzten, dass wir in dieser Nacht genug Meilen schafften, um aus dem Bereich von dem Aufruhr zu kommen, den der Herzog in der kleinen Stadt sicher durch seine Arbeit in der Druckerei verursachen würde – danach konnten wir dann immer losbrausen, wann wir wollten. Wir legten uns hin und verhielten uns ganz still, wir stießen erst ab, als es fast zehn Uhr war, glitten dann so weit wie möglich von der Stadt entfernt an ihr vorbei und hängten unsere Laterne erst später auf.

Als mich Jim um vier Uhr weckte, weil ich die Wache übernehmen sollte, da sagt er: »Huck, glaubst du, dass wir auf dieser Reise noch mehr von solchen Königen über den Weg laufen?«

»Nein«, sag ich, »ich glaube nicht.«

»Na gut«, antwortete er, »dann ist ja alles in Ordnung. Ein oder zwei von solchen Königen stören mich nicht, aber das reicht auch völlig aus. Der eine ist sternhagelvoll und der Herzog sieht auch nicht viel besser aus.«

19. Kapitel

Wirklich, mit den beiden machten wir noch allerhand durch. Denn sie schlugen in den Kleckerorten, an denen wir vorbeikamen, großmächtige Plakate an, für ein Theaterstück mit lauter berühmten unvergleichlichen Schauspielern aus einem Theater in London. Aber wenn dann ein Theatersaal rammeldickevoll war, hüpfte nur der König über die Bühne, splitternackt und grässlich geschminkt und behangen, und machte so unanständige Sprünge, dass sich die Leute gar nicht mehr halten konnten vor Lachen, und dann trat der Herzog auf und verkündete, dass die unvergleichlichen Schauspieler aus London leider doch nicht gekommen wären, und ehe sich die Zuschauer gefasst hatten, waren die beiden mit der vollen Abendkasse weg.

Das ging manchmal gut, manchmal nur haarscharf, aber sie gaunerten sich immer gerade noch durch.

An einem Tag haben wir gegen Abend mitten im Strom an einer kleinen mit Weiden bestandenen Insel festgemacht, wo auf beiden Flussufern eine Ortschaft gelegen hat, und der Herzog und der König haben gleich angefangen allerhand Pläne für die Arbeit in diesen Städten zu schmieden. Jim hat auch mit dem Herzog geredet und hat gesagt, es würde hoffentlich nicht länger als ein paar Stunden dauern, denn es sei doch ziemlich lästig und langweilig für ihn, wenn er den ganzen Tag gefesselt im Wigwam liegen müsste. Wenn wir ihn allein gelassen haben, dann haben wir ihn immer fesseln müssen, versteht ihr, denn wenn zufällig jemand auf ihn stoßen und ihn mutterseelenalleine und nicht gefesselt finden würde, dann wär das für einen entsprungenen Nigger ziemlich unwahrscheinlich gewesen, versteht ihr? Der Herzog hat jedoch gesagt, es wär wirklich ziemlich hart, den ganzen Tag gefesselt rumliegen zu müssen, und er würd sich was ausdenken, wie man da drum rumkommen könnte.

Er ist außergewöhnlich schlau gewesen, der Herzog, und es ist ihm auch bald das Richtige eingefallen. Er hat Jim in das Kostüm von König Lear gesteckt – das war ein langer Kittel aus Vorhangstoff und eine weiße Rosshaarperücke und ein Bart –, und dann hat er seine Theaterschminke genommen und hat Jim das Gesicht und die Hände und die Ohren und den Hals von oben bis unten mit so nem toten, fahlen, kräftigen Blau angemalt, wie ne Leiche, die schon neun Tage im Wasser gelegen hat. Ich fress meinen Hut, wenn das nicht der grässlichste und grauenhafteste Anblick gewesen ist, den ich je gesehen hab. Dann hat der Herzog ein kleines Schild genommen und hat was draufgeschrieben, das hat so ausgesehen:

Kranker Araber –
aber harmlos, wenn er keinen Anfall hat

Das Schild hat er an eine Latte genagelt und die Latte hat er ein oder zwei Meter vorm Wigwam aufgestellt. Da ist Jim zufrieden gewesen. Er hat gesagt, das säh schon besser aus, als jeden Tag jahrelang rumliegen und bei jedem leisesten Geräusch vor lauter Angst zittern zu müssen. Der Herzog hat gemeint, er könne sich's jetzt ganz gemütlich machen, und wenn sich irgendjemand in der Nähe herumtriebe, dann brauchte er nur aus dem Wigwam zu springen und ein bisschen Theater zu spielen und ein oder zwei Schreie auszustoßen, wie ein wildes Tier, und er schätzte, dann würden sie sich sofort aus dem Staube machen und ihn in Ruhe lassen. Die Idee war sicher schon richtig, aber ein Durchschnittsmensch hätte das Gebrülle wohl gar nicht erst abgewartet. Er sah nämlich nicht nur tot, er sah viel schlimmer aus.

Diese Halunken wollten es wieder mit den unvergleichlichen Bühnenstars versuchen, weil damit am meisten Geld zu holen war, sie wussten jedoch nicht, ob das schon wieder ungefährlich war, denn unterdessen konnte die Nachricht von ihrem Schwindel ja schon bis hierher gedrungen sein. Es fiel ihnen aber kein anderes passendes Projekt ein, deshalb hat der Herzog zum Schluss gesagt, er wollte sich mal ein oder zwei Stunden zurückziehen und sein Gehirn arbeiten lassen und schauen, ob es nicht irgendetwas für die Stadt in Arkansas aushecken könne; und der König, der hat vorgeschlagen, er wolle völlig ohne Plan rüber zu der anderen Stadt und es der Vorsehung überlassen, ihm einen profitlichen Tag zu bescheren – und mit der Vorsehung hat er vermutlich den Teufel gemeint.

Bei unserem letzten Landaufenthalt hatten wir uns alle in

einem Laden Anziehsachen gekauft und jetzt ist der König in seine reingestiegen und hat mir befohlen mich auch fertig zu machen. Das hab ich natürlich getan. Die Klamotten vom König sind ganz schwarz gewesen und er hat darin sehr stattlich und ehrbar ausgesehen. Ich hab noch gar nicht gewusst, dass Kleider einen Menschen so verändern können. Wirklich, vorher hat er wie der gewöhnlichste alte Halunke ausgesehen, aber jetzt, als er seinen neuen weißen Biberhut abnahm und schwenkte und eine Verbeugung machte und dazu ein Lächeln aufsetzte, da sah er so großartig und anständig und fromm aus, dass man hätte denken können, er wär direkt aus der Arche Noah spaziert. Jim hat das Kanu sauber gemacht und ich hab das Paddel zurechtgelegt. In einiger Entfernung hat ein großer Dampfer am Ufer gelegen, grad unter der Landspitze, etwa drei Meilen oberhalb der Stadt – er hat dort schon ein paar Stunden gelegen und hat Fracht aufgenommen. Da sagt der König: »So, wie ich angezogen bin, sollte ich lieber unten von St. Louis oder Cincinnati oder irgendeiner anderen großen Stadt ankommen. Fahr zum Dampfer rüber, Huckleberry; wir wollen mit dem in der Stadt ankommen.«

Dass ich eine Dampferfahrt machen sollte, das brauchte man mir nicht zweimal zu befehlen. Ich hab das Ufer eine halbe Meile oberhalb der Stadt angepeilt und dann hab ich uns im ruhigen Wasser eine halbe Meile am schroffen Ufer entlangtreiben lassen. Es dauerte nicht lange, da sind wir auf einen netten, unschuldig aussehenden, jungen Bauernburschen gestoßen, der auf einem Baumstamm saß und sich den Schweiß vom Gesicht wischte, weil es nämlich ein mächtig heißer Tag gewesen ist; und neben ihm standen lauter dicke Reisetaschen.

»Fahr ans Ufer ran«, befahl der König und ich hab ihm gehorcht.

»Wohin wollen Sie denn, junger Mann?«

»Zum Dampfer, ich will nach Orleans.«

»Steigen Sie ein«, sagt der König, »warten Sie einen Augenblick, mein Diener wird Ihnen beim Gepäck helfen. Spring raus und hilf dem Gentleman, Adolphus« – und ich hab schon gemerkt, dass er mich damit gemeint hat.

Ich hab das also gemacht und dann sind wir zu dritt weitergefahren. Der junge Bursche ist uns mächtig dankbar gewesen und hat gesagt, es sei ne ganz schöne Arbeit gewesen, bei so einem Wetter das Gepäck durch die Gegend zu schleppen. Er hat den König gefragt, wohin er denn reiste, und der König hat ihm erzählt, er wär den Fluss runtergekommen und sei heute früh in der anderen Stadt gewesen und jetzt müsse er ein paar Meilen weiter, um einen alten Freund da drüben auf einer Farm zu besuchen. Da hat der junge Bursche gesagt: »Als ich Sie zuerst gesehen habe, da hab ich mir gesagt: Das ist sicher Mr Wilks und er wär fast noch rechtzeitig gekommen. Aber dann hab ich wieder gedacht, nein, ich glaub, er ist es doch nicht, denn er wär ja nicht den Fluss raufgepaddelt. Sie sind's doch nicht, oder?«

»Nein, mein Name ist Blodgett, Alexander Blodgett – Reverend Alexander Blodgett muss ich wohl sagen, da ich einer von den armseligen Dienern des Herrn bin. Aber ich erlaube mir trotzdem mein Bedauern darüber auszusprechen, dass Mr Wilks nicht rechtzeitig angekommen ist, falls er dadurch etwas versäumt haben sollte – was hoffentlich nicht der Fall ist.«

»Na ja, das Vermögen wird ihm dadurch nicht entgangen sein, denn das kriegt er ja so und so; aber er hat's nicht mehr geschafft seinen Bruder Peter sterben zu sehen – was ihm vielleicht nichts ausmacht, das kann niemand sagen –, aber sein Bruder, der hätte alles auf der Welt drum gegeben, wenn er ihn vor seinem Tode noch gesehen hätte; hat in den letzten drei Wochen von nichts anderem mehr gesprochen; hat ihn nämlich nie wieder gesehen, seit sie beide kleine Jungens gewesen sind – und seinen Bruder William – das ist der, der taubstumm ist –, den hat er überhaupt noch nicht gesehen, und William ist nicht älter als dreißig oder fünfunddreißig. Peter und George sind die Einzigen gewesen, die hierher gekommen sind. George ist verheiratet gewesen, aber er und seine Frau sind beide voriges Jahr gestorben. Harvey und William sind also die beiden Einzigen, die jetzt noch übrig sind, und sie sind, wie ich eben schon gesagt hab, nicht mehr zur rechten Zeit gekommen.«

»Hat sie denn jemand benachrichtigt?«

»Oh ja, das mag ein oder zwei Monate her sein, als es Peter zum ersten Mal erwischte; denn Peter hat gleich gesagt, er hätte so das Gefühl, als ob er diesmal nicht wieder auf die Beine käme. Sie müssen nämlich wissen, er ist schon ganz schön alt gewesen und die Mädchen von George, die waren noch viel zu jung und nicht die richtige Gesellschaft für ihn, bis auf Mary Jane, die Rothaarige; und deshalb ist er ziemlich einsam gewesen, nachdem George und seine Frau gestorben waren, und er hat nicht mehr sehr am Leben gehangen. Er hat sich nur ganz verzweifelt gewünscht Harvey noch einmal zu sehen – und George natürlich auch –, denn er ist einer von denen gewesen, die es nicht über sich bringen, ein Testament zu machen. Er hat einen Brief für Harvey hinterlassen und gesagt, darin stünde, wo er sein Geld versteckt hat und wie er seinen restlichen Besitz geteilt haben wollte. Georges Töchter sollten nämlich auch versorgt werden – weil George gar nichts hinterlassen hatte. Und dieser Brief, das ist das Einzige gewesen, wozu man ihn hat kriegen können.«

»Und warum glauben Sie denn, dass Harvey nicht mehr kommt? Wo wohnt er denn?«

»Oh, er lebt in England, Sheffield – er ist dort Pfarrer, hier ist er noch nie gewesen. Er hat nie Zeit für die Reise gehabt, und wer weiß, ob er überhaupt den Brief bekommen hat.«

»Zu traurig, zu traurig, dass er die Ankunft seiner Brüder nicht mehr erlebt hat, die arme Seele. Sie sagen, Sie führen nach Orleans?«

»Ja, aber das ist erst der Anfang von meiner Reise. Nächsten Mittwoch schiffe ich mich nach Rio de Janeiro ein, da wohnt ein Onkel von mir.«

»Das ist eine ziemlich lange Reise, aber sie muss sehr reizvoll sein; ich wünschte, ich könnte mit. Ist Mary Jane die Älteste? Wie alt sind die anderen?«

»Mary Jane ist neunzehn, Susan ist fünfzehn und Johanna ungefähr vierzehn – das ist die, die sich ganz den guten Werken widmet und ne Hasenscharte hat.«

»Arme Dinger! So einsam und verlassen in der kalten schnöden Welt.«

»Ach, sie hätten's viel schlechter haben können. Der alte Peter hat Freunde gehabt und die werden schon dafür sorgen, dass ihnen kein Leid geschieht. Vor allem Hobson, der Baptistenprediger, und Diakon Lot Hovey und Ben Rucker und Abner Shackleford und Levi Bell, der Rechtsanwalt, und Doktor Robinson und ihre Frauen und die Witwe Bartley und – ach, da gibt's noch ne ganze Reihe von anderen Leuten, das sind nur diejenigen, mit denen Peter am engsten befreundet war und von denen er auch manchmal in seinen Briefen erzählt hat, wenn er nach Hause geschrieben hat; wenn Harvey herkommt, dann wird er schon ganz genau wissen, wo er nach Freunden zu suchen hat.«

Na, der Alte hat immer weitergefragt, bis er diesen jungen Burschen restlos ausgepumpt hatte. Weiß der Himmel, er hat ihn wirklich nach allem und jedem in dieser verdammten Stadt gelöchert und er hat sich vor allem nach den Wilksens erkundigt und was Peter gemacht hat – er hatte eine Gerberei – und was Harvey für ein Geschäft gehabt hat – er ist Zimmermann gewesen – und was Harvey für einen Beruf gehabt hat – der war Geistlicher; und so weiter und so weiter. Dann hat er gesagt: »Warum haben Sie denn den ganzen Weg zum Dampfer zu Fuß gemacht?«

»Weil das so ein großes Schiff aus Orleans ist, da hab ich Angst gehabt, dass es hier nicht anlegt. Wenn sie richtig in

Fahrt sind, dann halten sie nämlich nicht auf Anruf an. Die Schiffe aus Cincinnati tun das schon, aber dies ist eben eins aus St. Louis.«

»War Peter Wilks gut versorgt?«

»O ja, ganz schön wohlhabend. Er hat Häuser und Grundbesitz gehabt und ich schätze, dass er sicher drei- bis viertausend in bar irgendwo versteckt hat.«

»Wann, haben Sie gesagt, ist er gestorben?«

»Das hab ich noch gar nicht gesagt, aber es ist vorige Nacht gewesen.«

»Dann ist morgen vermutlich die Beerdigung?«

»Ja, so gegen Mittag.«

»Nun, das ist überaus betrüblich, aber früher oder später müssen wir alle einmal diesen Weg gehen. Deshalb müssen wir dafür sorgen, dass wir vorbereitet sind; dann ist alles in Ordnung.«

»Ja, Sir, das ist das Beste. Meine Mutter sagt das auch immer.«

Als wir den Dampfer erreichten, war er fast fertig geladen und er sollte ziemlich bald abfahren. Der König sprach jedoch nicht mehr davon, dass wir an Bord gehen wollten, und deshalb bin ich schließlich doch um meine Fahrt gekommen. Als der Dampfer fortgefahren war, hieß mich der König noch eine Meile zu einem einsamen Platz raufpaddeln, kletterte ans Ufer und sagt: »Jetzt schleunigst zurück mit dir und bring den Herzog hierher und auch die neuen Reisetaschen. Wenn er ans andere Ufer gegangen sein sollte, dann lauf hinter ihm her und hol ihn. Und sag ihm, dass er sich unverzüglich auf die Socken machen soll. Und jetzt ab mit dir!«

Ich hab schon gemerkt, was er vorhatte, aber ich hab natürlich kein Sterbenswörtchen gesagt. Als ich mit dem Herzog zurückgekommen bin, haben wir das Kanu versteckt und dann setzten sie sich zusammen auf einen Baumstamm und der König hat ihm alles genauso erzählt, wie er's von dem jungen Burschen gehört hatte – Wort für Wort. Und während der ganzen Zeit hat er versucht wie ein Engländer zu reden, und wenn man bedenkt, was er für ne Flasche war, da hat er das auch wirklich gut hingekriegt. Ich kann das nicht nachmachen und deshalb will ich's auch gar nicht erst versuchen, aber es hat wirklich gut geklungen. Dann hat er gesagt: »Wie sind Sie denn als Taubstummer, Bilgewater?«

Da hat der Herzog geantwortet, das könne er ihm getrost ganz alleine überlassen, und er hat erklärt, er hätte auf den Brettern schon einmal einen Taubstummen gespielt. Da haben sie dann auf einen Dampfer gewartet.

Im Lauf des Nachmittags sind ein paar kleinere Dampfer vorbeigekommen, aber die sind nicht von weit genug hergekommen, aber schließlich kam ein großer und den haben sie angerufen. Sie haben die Jolle rübergeschickt, wir sind an Bord gegangen. Das Schiff kam von Cincinnati, und als sie erfuhren, dass wir nur vier oder fünf Meilen weit mitfahren wollten, da haben sie sich wie verrückt angestellt und haben uns beschimpft und haben gesagt, unseretwegen würden sie nicht anlegen. Aber den König hat es nicht aus der Ruhe gebracht. Er hat gesagt: »Bei Herren, die es sich leisten können, pro Person und pro Meile einen Dollar zu zahlen, um an Bord und wieder an Land gebracht zu werden, wird es sich doch wohl auch für einen Dampfer lohnen, sie zu befördern, nicht wahr?«

Da haben sie sich dann wieder beschwichtigen lassen und haben gesagt, es wär schon in Ordnung; und als wir die Ortschaft erreicht haben, da haben sie uns an Land gerudert. Als sie die Jolle kommen sahen, sind etwa zwei Dutzend Leute herbeigeströmt gekommen; und als der König gefragt hat: »Kann mir vielleicht einer der Herren verraten, wo Mr Peter Wilks wohnt?«, da haben sie sich gegenseitig Blicke zugeworfen und haben so genickt, als ob sie sagen wollten: »Was hab ich dir gesagt?« Und dann hat einer von ihnen ganz mild und freundlich geantwortet: »Es tut mir Leid, mein Herr, aber wir können Ihnen mit dem besten Willen auch nur verraten, wo er bis gestern gelebt hat.«

Da klappte der alte Gauner wie vom Blitz getroffen zusammen, taumelte gegen einen der Männer, legte ihm das Kinn auf die Schulter, heulte ihm den Rücken voll und schluchzte: »Ach und je, unser armer Bruder – dahingegangen und wir haben ihn nicht mehr gesehen. Ach, das ist zu bitter, viel zu bitter!«

Dann hat er sich schluchzend umgedreht und hat dem Herzog mit den Händen lauter idiotische Zeichen gemacht, weiß der Himmel, da hat der tatsächlich die Reisetasche fallen lassen und ist ebenfalls in Schluchzen ausgebrochen. Das sind wirklich die ausgekochtesten Betrüger gewesen, die ich je erlebt hab.

Na ja, die Männer haben sie also umringt und ihnen ihr Beileid ausgesprochen und ihnen alle möglichen Freundlichkeiten gesagt, sie haben ihnen sogar die Reisetaschen den Hügel raufgeschleppt, haben sie von allen Seiten gestützt und haben mitgeweint und dem König alles über die letzten Minuten seines Bruders erzählt und der König, der hat das alles mit den Händen dem Herzog weitergegeben und die beiden haben um den toten Gerber ein solches Gewese gesmacht, als ob sie zwölf Jünger verloren hätten.

Wirklich, ich will ein Nigger sein, wenn ich so was schon einmal erlebt hab. Das war so schlimm, dass man sich für das ganze Menschengeschlecht hat schämen müssen.

20. Kapitel

In kaum zwei Minuten hat sich die Nachricht in der ganzen Ortschaft verbreitet gehabt und man konnte von überall, aus allen Himmelsrichtungen die Menschen heraneilen sehen, manche zogen sich die Röcke erst beim Laufen an. Wir steckten im Handumdrehen mitten in einer Menschenmenge und das Getrappel der vielen Schritte klang wie ein Soldatenmarsch. Alle Fenster und Türen waren voll von Menschen und alle naslang rief jemand über einen Zaun: »Sind sie das?« Und jemand, der mit einem ganzen Trupp vorbeilief, rief immer zurück: »Da kannst du drauf wetten, dass sie das sind!« Als wir das Haus erreichten, da war die Straße davor gerammelt voll von Menschen und die drei Mädchen standen in der Tür. Mary Jane war tatsächlich ein Rotkopf, aber das schadete nichts, denn sie war ganz schrecklich schön, ihr Gesicht und ihre Augen strahlten richtig vor Seligkeit, so glücklich war sie, dass ihre Onkel gekommen waren. Der König breitete die Arme aus und Mary Jane sprang förmlich hinein und die Hasenscharte warf sich auf den Herzog und damit hatten sie's geschafft! Fast alle, ganz besonders die Frauen, brachen vor lauter Freude in Tränen aus, weil sie sahen, dass sie sich nun endlich gefunden hatten und alles gut war.

Dann hat der König dem Herzog insgeheim einen Puff gegeben – ich hab ganz genau gesehen, wie er das getan hat – und dann hat er sich umgeschaut und hat den Sarg erblickt, der drüben in der Ecke auf zwei Stühlen stand; da haben er und der Herzog sich gegenseitig eine Hand auf die Schulter vom anderen gelegt und mit der anderen Hand sind sie zu den Augen gefahren, sind ganz langsam und ergriffen rübergegangen und alle sind zurückgewichen, um ihnen Platz zu machen, und das ganze Geschrei und der Lärm sind verstummt, die Leute haben pscht! gesagt und die Männer haben sich alle den Hut abgenommen und haben den Kopf gesenkt und man hätte eine Stecknadel zu Boden fallen hören können. Und als sie ihn erreicht hatten, da haben sie sich über den Sarg gebeugt und haben hineingeschaut, haben nur einmal hingeblickt und sind dann in ein Geschluchze ausgebrochen, dass man's mindestens bis Orleans hätte hören können. Und dann haben sie sich umarmt, haben sich gegenseitig das Kinn auf die Schulter gelegt und in den nächsten drei oder vielleicht auch vier Minuten sind sie so zerflossen, wie ich das noch nie bei Männern gesehen hab. Der eine hat sich auf der einen Seite vom Sarg hingekniet und der andere auf die andere Seite, sie haben die Stirn auf den Sarg gelegt und so getan, als ob sie im Stillen beteten. Na, als das kam, da hat das vielleicht die Menge gepackt – so was habt ihr noch nicht gesehen, es sind also alle zusammengebrochen und haben angefangen laut zu heulen –, die armen Mädchen auch; und fast jede von den Frauen hat sich auf die Mädchen gestürzt, hat kein Wort gesagt, hat sie nur ernst und ergriffen auf die Stirn geküsst und ihnen dann die Hand auf den Kopf gelegt und zum Himmel emporgeblickt, während ihnen die Tränen übers Gesicht geflossen sind, und dann sind sie hinausgestürzt und haben weitergeschluchzt und gejammert und haben der nächsten Frau Platz gemacht. So etwas Ekelhaftes hab ich noch nie erlebt. Schließlich erhebt sich der König, tritt einen Schritt vor, reißt sich zusammen und sabbert ein paar Sätze raus, so richtig gefühlsduselig und tränentriefend, was das für ne bittere Prüfung für ihn und für seinen armen Bruder wär, den Verblichenen verloren zu haben und ihn nach der langen Reise von viertausend Meilen nicht mehr unter den Lebenden angetroffen zu haben, dass diese schmerzliche Prüfung aber durch diese liebevolle Anteilnahme und diese heiligen Tränen versüßt und geweiht würde, und deshalb dankte er ihnen aus dem tiefsten Herzen und auch aus dem Herzen seines Bruders, denn mit dem Munde könne er das gar nicht, Worte seien zu schwach und zu armselig und immer weiter so'n überschwängliches und verlogenes Zeugs, dass einem ganz schlecht werden konnte. Und zum Schluss stößt er noch so ein scheinheiliges frömmelndes Amen aus, reißt sich los und fängt an zu heulen, als ob er platzen wollte.

Und im gleichen Moment, in dem die Worte seinen Mund verlassen hatten, stimmte jemand in der Menge »Lobet den Herrn!«, an zu singen und alle fielen aus vollem Halse ein, und da wurde einem wieder richtig warm ums Herz und man hatte so ein gutes Gefühl wie beim Schlusschoral in der Kirche. Musik ist wirklich was Schönes, besonders nach so viel Seelenschmalz und Abwaschwasser, sie hat so erfrischend gewirkt und hat so ehrlich und stark geklungen, wie ich das vorher noch nie empfunden hab.

Dann hat der König sein Mundwerk wieder in Gang gesetzt und erklärt, wie er und seine Nichten sich freuen würden, wenn ein paar von den engsten Freunden der Familie mit ihnen gemeinsam zu Abend essen und ihnen helfen würden bei den sterblichen Überresten des teuren Verblichenen zu wachen; dann hat er noch hinzugesetzt, wenn sein armer Bruder, der dort drüben läge, sprechen könnte, dann wüsste er schon, welche Namen er nennen sollte, lauter Namen, die ihm lieb und teuer wären und die er oft in seinen Briefen erwähnt hätte; und deshalb wolle er dieselben nennen, wie folgt: Reverend Mr Hobson und Diakon Lot Hovey und Mr Ben Rucker und Abner Shackleford, Levi Bell und Doktor Robinson und ihre Frauen und die Witwe Bartley.

Reverend Hobson und Doktor Robinson waren grade am anderen Ende der Stadt zusammen auf Jagd; das heißt, ich meine, der Doktor beförderte grade einen Kranken ins Jenseits und der Pfarrer verhalf ihm dabei in die richtige Richtung. Rechtsanwalt Bell hatte irgendwelche Geschäfte in Louisville zu erledigen. Aber die anderen standen zur Verfügung und sie kamen alle herbei, schüttelten dem König die Hände, bedankten sich bei ihm und unterhielten sich mit ihm. Und dann schüttelten sie dem Herzog die Hände, sagten dabei aber gar nichts, sondern lächelten nur und wackelten wie eine ganze Horde Idioten mit den Köpfen, während er alle möglichen Zeichen mit seinen Händen machte und die ganze Zeit Gugugugu ausstieß wie ein Baby, das noch nicht reden kann.

Der König schwadronierte also weiter und erkundigte sich nach jedem Hund und jeder Katze in der Stadt, wollte jeden Namen wissen und erwähnte alle möglichen kleinen Vorkommnisse, die sich irgendwann einmal in dem Ort oder in Georges Familie oder bei Peter ereignet hatten, und er ließ dabei immer durchblicken, dass ihm Peter davon geschrieben hatte, aber das war natürlich eine Lüge, denn er hatte jede verdammte Kleinigkeit dem jungen Holzkopf aus der Nase gezogen, den wir zum Dampfer gebracht hatten.

Dann hat Mary Jane den Brief gebracht, den ihr Vater hinterlassen hatte, und der König hat ihn laut vorgelesen und ihn mit seinen Tränen begossen. Danach standen das Wohnhaus und dreitausend Dollar in Gold den Mädchen zu, die Färberei, offensichtlich ein gut gehendes Geschäft, sollte mit den anderen Häusern und Ländereien im Wert von ungefähr siebentausend samt dreitausend Dollar in Gold an Harvey und William gehen und zum Schluss wurde noch erwähnt, wo die sechstausend in bar unten im Keller versteckt waren. Da haben die beiden Halunken verkündet, sie wollten jetzt hinuntergehen, um es zu holen, damit alles in aller Öffentlichkeit geregelt werden könne; mir befahlen sie, sie mit einer Kerze zu begleiten. Wir haben die Kellertür hinter uns verriegelt, und als sie den Beutel gefunden haben, da haben sie den Inhalt auf den Boden geschüttet und all die Goldstücke, also das war schon ein schöner Anblick. Und wie die Augen vom König geleuchtet haben! Er schlägt dem Herzog auf die Schulter und sagt: »Na, wenn das nicht ne dolle Sache ist, dann weiß ich's nicht! Nein, dann weiß ich's wirklich nicht!

Hören Sie mal, Biljy, das schlägt ja noch den Unvergleichlichen, was?«
Der Herzog gab das zu. Sie wühlten die Hände in die Goldstücke, ließen sie durch die Finger rinnen und auf den Boden klirren und dann hat der König gesagt: »Wir brauchen uns gar nicht lange darüber zu unterhalten, Brüder von einem reichen Mann zu sein und Vertreter von den anderweitigen Erben, das ist jetzt die Masche für Sie und mich, Bilge. Man muss sich eben nur auf die Vorsehung verlassen. Auf die Dauer ist das die beste Methode. Ich hab sie alle durchprobiert, aber was Besseres gibt es nicht.«
Alle anderen Leute wären sicher mit diesem Haufen Geld zufrieden gewesen und hätten ihn auf Treu und Glauben mitgehen heißen, aber nein, die beiden mussten ihn auch noch zählen. Und als sie ihn durchgezählt hatten, da stellt sich heraus, dass vierhundertundfünfzehn Dollar fehlen. Da sagt der König: »Verdammt noch mal, was hat dieser Kerl wohl mit den vierhundertfünfzehn Dollar angefangen?«
Sie haben sich eine Weile darüber den Kopf zerbrochen und überall nach dem Geld herumgestöbert. Dann hat der Herzog gesagt: »Na ja, er war ja n schwer kranker Mann, vielleicht hat er sich geirrt – das ist wahrscheinlich die Erklärung. Es ist sicher das Gescheiteste, wenn wir's dabei bewenden lassen und darüber stillschweigen. Wir können darauf verzichten.«
»O ja, verdammt noch mal, drauf angewiesen sind wir wirklich nicht. Darum geht's auch gar nicht. Ich denk nur an die Abrechnung. Sie wissen ja, wir wollen das Ganze offen und

ehrlich machen. Wir wollen dieses Geld hier nach oben schleppen und vor aller Augen zählen – keiner soll Verdacht schöpfen. Aber wenn die Leiche gesagt hat, da sind sechstausend Dollar, wissen Sie, und wenn wir nicht –«

»Halt, halt!«, sagt der Herzog. »Dann gleichen wir das Defizit einfach aus« – und schon hat er begonnen die Goldstücke aus der Tasche zu ziehen.

»Das ist ein vorzüglicher Einfall, Herzog – Sie tragen wirklich einen gescheiten Kopf auf Ihren Schultern«, sagt der König, »es müsste mit dem Teufel zugehen, wenn uns der alte Unvergleichliche nicht wieder aus der Patsche helfen könnte« – und damit hat er angefangen seine Goldstücke auch aus der Tasche zu ziehen und zu einem kleinen Stapel aufzubauen. Sie sind dabei fast pleite gegangen, aber sie haben die sechstausend voll und ganz aufrunden können.

»Hören Sie mal«, sagt der Herzog, »da hab ich noch eine Idee. Lassen Sie uns doch raufgehen und das Geld vorzählen und es dann den Mädchen geben.«

»Donner und Doria, Herzog, kommen Sie an mein Herz! Das ist die phantastischste Idee, die je ein Mensch gehabt hat. Sie haben wirklich den hellsten Kopf, den ich je gesehen habe. Ha, das ist ein Meisterstreich, da gibt's nichts zu drehen und zu deuteln. Jetzt können sie ruhig mit ihrem Argwohn kommen, wenn sie wollen – das haut sie um.«

Als wir die Treppe raufgekommen sind, haben sich alle um den Tisch versammelt und der König hat das Geld vorgezählt und dabei immer dreihundert Dollar zu einem Turm aufgestapelt – zwanzig elegante kleine Türme. Alle kriegten ganz gierige Augen und leckten sich die Lippen. Dann haben's die beiden wieder in die Beutel klirren lassen und ich merke, wie sich der König zu seiner nächsten Rede aufpustet.

Er sagt: »Ihr lieben Freunde alle! Mein armer Bruder, der dort drüben ruht, hat an all denen großzügig gehandelt, die er in diesem Jammertale hat zurücklassen müssen. Er hat an diesen armen kleinen Lämmern edel gehandelt, die er geliebt und behütet hat, seitdem sie vaterlos und mutterlos zurückgeblieben sind. Ja, und wir, die wir ihn gekannt haben, wir wissen wohl, dass er an ihnen noch edler gehandelt hätte, wenn er nicht gefürchtet hätte seinen geliebten William und mich zu verletzen. Nun, hätte er das tun können? Für mich gibt's da gar keine Frage. Nun wohl – was würden das für Brüder sein, die seinem Willen jetzt im Wege stünden? Und was würden das für Onkel sein, die diese armen süßen Lämmchen, die er so geliebt hat, in einem solchen Augenblick berauben könnten – ja! Berauben! So, wie ich William kenne – und ich glaube, dass ich das tue – er – nun, ich will ihn lieber fragen.« Er dreht sich um und beginnt dem Herzog wieder alle möglichen Handzeichen zu machen und der Herzog schaut ihn eine Weile ganz dumm und dämlich an, doch dann schien er plötzlich den Sinn zu kapieren, springt auf den König zu, gugugugute vor lauter Freude aus vollem Halse und knutscht ihn wohl fünfzehn Minuten lang ab, eh er wieder Ruhe gibt. Da sagt der König: »Ich hab es doch gewusst, ich glaube, das hat allen gezeigt, wie mein Bruder darüber denkt. Ihr, Mary Jane, Susan und Johanna, ihr nehmt das Geld – nehmt alles. Es ist die Gabe dessen, der dort drüben kalt, aber selig ruht.«

Mary Jane, die hat sich auf ihn gestürzt und Susan und die Hasenscharte haben sich den Herzog vorgenommen und es hat ein solches Umarmen und Küssen gegeben, wie ich's noch nie erlebt hab. Die anderen haben sich auch mit Tränen in den Augen dazugedrängt und die meisten haben den Halunken die Hände geschüttelt und dabei gesagt: »Was seid ihr doch für liebe, herzensgute Seelen! Wie habt ihr das nur tun können!«

Na, dann haben sie auch gleich wieder von dem Verstorbenen geredet, wie gut er doch gewesen wäre, was für ein Verlust es war und so weiter, unterdessen arbeitete sich ein hoch gewachsener Mann mit eisenharten Kinnbacken von draußen durch die Menge, stand einfach nur da und hörte zu und schaute sich alles an, ohne selber was zu sagen, und zu ihm hat auch niemand was gesagt, weil der König grade schwadronierte und weil sie kein Wort verpassen wollten. Der König steckte grade mitten in einer neuen Rede und sagte: » . . . weil sie ganz besonders gute Freunde des Verblichenen gewesen sind. Drum haben wir sie auch heute Abend eingeladen, aber morgen sollen alle kommen – alle; denn er hat jedermann geachtet, er hat jedermann geliebt und deshalb gehört es sich auch so, dass die Begräbnisorgie öffentlich stattfindet.«

Er schwatzte weiter das Blaue vom Himmel runter, weil er sich so gerne reden hörte, und flocht immer wieder die Begräbnisorgie ein, bis es der Herzog nicht mehr aushalten konnte; er kritzelt deshalb auf einen Zettel: »Trauerfeierlichkeiten – Sie alter Trottel!«, faltet den Zettel zusammen, schiebt sich mit seinem Gugugu nach vorne und reicht ihm den Zettel über die Köpfe der Leute hinweg. Der König liest es, steckt's in die Tasche und sagt: »Armer William, wenn er auch behindert ist, sein Herz hat immer Recht. Er bittet mich doch alle zur Beerdigung einzuladen – will, dass ich alle willkommen heiße. Das hab ich sowieso grade tun wollen.«

Dann quatscht er wieder in aller Seelenruhe weiter und lässt genau wie vorher alle naslang seine Begräbnisorgie fallen. Und nachdem er das das dritte Mal gemacht hat, sagt er: »Ich sag immer Orgie, nicht weil das der richtige Ausdruck ist, denn das ist er ja eigentlich nicht – Trauerfeierlichkeiten, das ist die korrekte Bezeichnung –, sondern weil Orgien richtiger sind. Trauerfeierlichkeiten, die finden in England gar nicht mehr statt – die sind altmodisch. Wir sagen jetzt in England Orgien. Orgien ist nämlich besser, denn es drückt das viel genauer aus, was man eigentlich sagen will. Das Wort leitet sich nämlich von dem griechischen Begriff orgo ab, draußen, offen, auswärts; und von dem hebräischen Wort jesum, einpflanzen, zuschütten; daher: beerdigen. Sie sehen also, Begräbnisorgie, das heißt so viel wie offene oder öffentliche Beerdigung.«

Das war vielleicht die größte Frechheit, die ich je erlebt hatte. Na, der bärbeißige Mann hat ihm auch direkt ins Gesicht gelacht. Alle sind ganz schockiert gewesen. Alle haben gesagt: »Aber, aber, Doktor!«, und Abner Shackleford hat gesagt: »Aber Robinson, haben Sie denn noch nicht gehört, was los ist? Dies hier ist Harvey Wilks.«

Der König hat bereitwillig gelächelt, hat die Flosse ausgestreckt und gesagt: »Ist das wirklich der gute Freund und ärztliche Berater meines armen Bruders? Ich –«

»Bleiben Sie mir mit Ihren Händen vom Leibe!«, sagt da der Doktor. »Sie bilden sich wohl ein, Sie redeten wie ein Engländer, wie? Das ist die schlimmste Imitation, die ich je gehört habe. Sie wollen der Bruder von Peter Wilks sein? Ein Betrüger sind Sie, weiter nichts!«

Mein Himmel, wie sie sich da angestellt haben! Sie haben sich um den Doktor gedrängt und versucht ihn zu besänftigen und ihm alles zu erklären und zu beschwören, dass Harvey schon vierzigmal bewiesen hätte, dass er wirklich Harvey war, dass er die Namen von allen Leuten und sogar die Namen von den Hunden kannte, und sie flehten ihn inständig an weder Harveys Gefühle noch die Gefühle der armen Mädchen zu verletzen. Das hatte aber keinen Sinn, er tobte noch weiter und erklärte, wer so täte, als ob er ein Engländer sei, und die Sprache nicht besser nachmachen könne als der, der sei ein Betrüger und ein Lügner. Die armen Mädchen klammerten sich an den König und weinten und plötzlich schoss der Doktor in die Höhe und wetterte gegen sie. Er hat gesagt: »Ich bin der Freund eures Vaters gewesen und ich bin euer Freund und als Freund und Ehrenmann, der euch behüten und vor Kummer und Leid bewahren will, kann ich euch nur warnen und raten: Wendet diesem Schurken den Rücken und lasst euch nicht mit ihm ein, mit diesem ungebildeten Dummkopf von einem Landstreicher, samt seinem idiotischen Griechisch und Hebräisch oder wie er das nennt. Was ist das doch für ein durchsichtiger Schwindel – er ist hier aufgetaucht mit einem Haufen leerer Namen und Tatsachen, die er irgendwo aufgeschnappt hat, und ihr nehmt das schon als

Beweise und lasst euch von euren törichten Freunden hier zum Besten halten, die es wirklich besser wissen sollten. Mary Jane Wilks, du weißt, dass ich dein Freund bin, noch dazu ein selbstloser Freund. Hör auf mich, schmeiß diesen jämmerlichen Schurken hinaus – darum flehe ich dich an. Wirst du das tun?«

Mary Jane richtete sich kerzengerade auf und was sah sie dabei schön aus! Sie hat gesagt: »Hier ist meine Antwort!« Sie hob den Geldbeutel auf und legte ihn dem König in die Hände, dazu hat sie gesagt: »Nimm diese sechstausend Dollar und leg sie für mich und meine Schwestern so an, wie du das willst, und eine Quittung dafür brauchen wir nicht.«

Dann umarmte sie den König von der einen Seite und Susan und die Hasenlippe umarmten ihn von der anderen Seite. Alle klatschten Beifall und trampelten auf den Fußboden, dass es wie ein Gewitter klang, während der König den Kopf in die Höhe reckte und selbstgefällig schmunzelte. Der Doktor hat gesagt: »Also gut, ich wasche meine Hände in Unschuld, aber ich warne euch alle: Es wird eine Zeit kommen, da wird euch übel werden, wenn ihr an diesen Tag zurückdenkt!« – und damit ging er weg.

»Abgemacht, Doktor«, rief ihm der König höhnisch nach, »dann lassen wir Sie holen!« – Darüber mussten alle lachen und sie sagten, der Hieb hätte so richtig gesessen.

21. Kapitel

Als dann alle glücklich gegangen waren, fragte der König Mary Jane, wie's denn mit den Fremdenzimmern stünde, und sie hat ihm erklärt, ein Fremdenzimmer hätten sie, das würde für Onkel William reichen und für Onkel Harvey würde sie ihr eigenes Zimmer abtreten, weil das ein bisschen größer wäre. Sie selber wollte in das Schlafzimmer von den Schwestern ziehen und auf einem Feldbett schlafen. Und oben unterm Dach wär noch eine kleine Bodenkammer mit einer Pritsche. Der König hat gesagt, die Bodenkammer würd für seinen Diener schon genügen – damit hat er mich gemeint.

Mary Jane hat uns also nach oben geführt und jedem sein Zimmer gezeigt, die einfach, aber nett waren. Sie hat ihm angeboten ihre Kleider und noch lauter andere Sachen rauszuräumen, wenn das Onkel Harvey im Wege wäre, aber er hat gesagt, das störte ihn nicht. Die Kleider hingen an der Wand, hinter einem Kattunvorhang, der bis auf den Fußboden reichte. In der einen Ecke stand ein alter Rosshaarkoffer und in der anderen ein Gitarrenkasten und überall war so ein kleiner Krimskrams und Nippes, womit sich Mädchen ihre Stuben aufputzen. Der König hat gesagt, er fände es mit diesem Zeugs viel anheimelnder und gemütlicher, deshalb sollte sie alles nur so lassen. Das Zimmer vom Herzog war ziemlich klein, aber völlig ausreichend, und das galt auch für meine Dachkammer.

An dem Abend gab es ein großes Essen und alle Männer und Frauen waren gekommen und ich stand hinter den Stühlen von dem König und dem Herzog und bediente sie und die Nigger bedienten die anderen. Mary Jane, die saß am Kopf der Tafel und Susan neben ihr. Sie redete die ganze Zeit davon, wie schlecht die Brötchen aufgegangen wären, wie miserabel das Eingemachte schmeckte und wie zäh und langweilig die Brathähnchen geraten waren – der ganze Unfug, den Frauen immer von sich geben, um Komplimente zu ernten; und die Leute wussten dabei haargenau, dass alles tipptopp war, und sie sagten es auch – sie sagten: »Wie hast du nur die Brötchen so knusprig gekriegt?« Und: »Wo hast du nur um des Himmels willen diese köstlichen Essiggurken her?«, und lauter so ein verlogenes Wischiwaschi, wie die Leute immer bei Gesellschaften reden, ihr wisst schon.

Und als es dann vorbei war, futterten ich und die Hasenscharte die Reste in der Küche, während die anderen den Niggern beim Aufräumen und Abspülen halfen. Die Hasenscharte, die löcherte mich gleich wegen England und ich kann euch sagen, da hab ich gedacht, das Eis bricht mir unter den Füßen. Sie hat mich gefragt, ob ich den König schon mal gesehen hätte und ob ich regelmäßig zur Kirche ginge und lauter grässliche Sachen, von denen ich keine Ahnung hatte. Aber sie staunte immer über meine Antworten und konnte gar nicht genug bekommen und fragte immer weiter: »Wie werden denn die Dienstboten in England behandelt? Besser als die Nigger bei uns?«

»Nee, ein Dienstbote gilt bei uns gar nischt. Die werden schlechter als die Hunde behandelt.«

»Kriegen sie nicht frei wie bei uns, Weihnachten und die Neujahrswoche und am 4. Juli?«

»Aber hör mal! Daran merkt man aber wirklich, dass du noch nie in England gewesen bist. Nee, Hasensch ... – nee, Johanna, die haben das ganze Jahr keinen Urlaub; und sie kommen nicht in den Zirkus, auch nicht ins Theater, nicht zu ner Niggervorstellung, nirgendwohin.«

»Nicht mal in die Kirche?«

»Nicht mal in die Kirche.«

»Aber du bist doch immer in die Kirche gegangen.«

Tja, da saß ich nun wirklich in der Falle. Ich hatte vergessen, dass ich der Diener von dem Alten war. Aber im gleichen Augenblick platzte ich schon mit einer Erklärung heraus, dass ich eigentlich ein Kammerdiener wär und dass ein Kammerdiener was ganz anderes als ein gewöhnlicher Diener wär und dass ich sogar in die Kirche gehen müsste, ob ich nun wollte oder nicht, und dass ich bei der Familie sitzen müsste, weil es das Gesetz nämlich so bestimmte. Aber ich hab das nicht sehr gut gebracht, und als ich fertig war, da hab ich gesehen, dass sie nicht zufrieden war. Sie hat gesagt: »Großes Ehrenwort – du hast mir jetzt nicht lauter Lügen erzählt?«

»Großes Ehrenwort«, sag ich.

»Keine einzige Lüge?«

»Keine einzige Lüge«, sag ich.

»Leg die Hand auf dieses Buch und schwör.«
Weil ich gesehen hatte, dass es nur ein Wörterbuch war, hab ich meine Hand auf das Buch gelegt und hab's beschworen. Da hat sie schon ein bisschen zufriedener ausgesehen und hat gesagt: »Na gut, etwas davon will ich dir glauben. Aber der Himmel sei mir gnädig, wenn ich dir den Rest glaube.«
»Was willst du denn nicht glauben, Jo?«, fragte Mary Jane, die mit Susan hinter sie getreten war. »Es ist nicht recht und nicht freundlich von dir, wenn du so mit ihm redest. Er ist doch ein Fremder und so weit fort von seiner Heimat. Was würdest du wohl sagen, wenn man dich so behandelte?«
»So bist du immer, Mary – kommst immer zur Hilfe gerauscht, eh jemand noch verletzt ist. Ich hab ihm gar nichts getan. Ich glaub nur, dass er mich ein bisschen angeschwindelt hat; und ich hab gesagt, das würde ich nicht alles schlucken. Ich glaub, so ne Kleinigkeit wirst du wohl aushalten können, oder?«
»Es ist mir vollkommen gleichgültig, ob es etwas Kleines oder etwas Großes gewesen ist. Er ist unser Gast und ein Fremder und es ist nicht richtig, so etwas zu sagen. Wenn du an seiner Stelle wärst, dann würdest du dich jetzt beschämt fühlen, und du darfst nie jemandem etwas sagen, was ihn – beschämt.«
»Aber hör mal, Mary, er hat gesagt –«
»Es spielt keine Rolle, was er gesagt hat – darum geht es nicht. Es geht darum, dass du ihn freundlich behandeln sollst und nicht Dinge erwähnst, die ihn spüren lassen, dass er nicht in seiner eigenen Heimat und unter seinen eigenen Leuten ist.«

Da hab ich mir gedacht: Das ist nun das Mädchen, das ich von den beiden alten Halsabschneidern um sein Geld betrügen lasse! Dann hat sich Susan auch noch eingemischt, und ob ihr's mir glaubt oder nicht, sie hat der Hasenscharte ebenfalls den Kopf gewaschen!

Da hab ich mir gedacht: Und das ist nun die andere, die ich um ihr Geld betrügen lasse!

Danach war Mary Jane wieder an der Reihe und sie hat nur ganz süß und sanft gesprochen – wie das ihre Art war –, aber als sie fertig war, da war von der armen Hasenscharte fast nichts mehr übrig. Sie war ganz in Tränen aufgelöst.

»Nun ist es ja gut«, sagen die anderen Mädchen, »du brauchst ihn ja nur um Verzeihung zu bitten.«

Das hat sie auch getan und sie machte es wunderschön. Sie hat es so wunderschön gemacht, dass es mir richtig wohl tat; ich wünschte, ich könnte ihr tausend Lügen auftischen, damit sie's noch mal tun müsste.

Da hab ich mir gedacht: Das ist nun die Dritte, die ich um ihr Geld betrügen lasse. Nach diesem Zwischenfall haben sie sich alle die Beine ausgerissen, damit ich mich ganz und gar zu Hause fühlte und wusste, dass ich unter Freunden war. Ich bin mir so gemein und schlecht und niederträchtig vorgekommen, dass ich mir gesagt hab: Entweder fang ich das Geld wieder für sie ein oder ich will platzen. Ich hab mich also verdrückt – ich hab gesagt, ich ging zu Bett, was ich früher oder später auch tun wollte. Als ich allein war, da ließ ich mir die ganze Geschichte im Kopf herumgehen. Ich hab mir überlegt: Soll ich heimlich zu dem Doktor gehen und diese

Betrüger verraten? Nein – das wär nicht sonderlich gescheit. Er konnte durchblicken lassen, von wem er's erfahren hatte; und dann würden mir der König und der Herzog ganz schön die Hölle heiß machen. Soll ich lieber heimlich zu Mary Jane gehen und ihr alles gestehen? Nein – das trau ich mich nicht. Außerdem würde sie ihr Gesicht sicher verraten und sie hatten schließlich das Geld und dann würden sie verduften und damit auf und davon gehen. Wenn sie sich aber erst Hilfe holen musste, dann konnt ich sicher sein, dass ich selber mit in der Klemme steckte, eh wir die Geschichte hinter uns hatten. Nein, es gab nur einen einzigen Ausweg. Ich musste das Geld irgendwie selber stehlen und ich musste es so stehlen, dass der Verdacht nicht auf mich fallen konnte. Sie hatten sich hier ins warme Nest gesetzt und sie würden nicht lockerlassen, bis sie aus dieser Familie und aus dieser Stadt den letzten Cent herausgeholt hatten, und deshalb blieb mir genug Zeit auf eine gute Gelegenheit zu warten. Ich wollte das Geld also stehlen und gut verstecken. Nach einer Weile, wenn ich wieder auf dem Fluss und ein gutes Stück stromabwärts bin, dann werd ich einen Brief schreiben und Mary Jane sagen, wo es versteckt ist. Aber ich bring's am besten noch heute Nacht beiseite, wenn ich das schaffe, denn der Doktor ist vielleicht noch nicht mit allem herausgerückt, was er im Hinterhalt hat. Kann sein, dass er die beiden doch noch verscheucht. Deshalb, denk ich, sollt ich zuerst mal denen ihre Stuben durchsuchen.

Oben in der Halle ist es dunkel gewesen, aber das Zimmer vom Herzog hab ich trotzdem gefunden und angefangen mit den Händen alles zu durchwühlen; aber dann ist es mir durch den Kopf geschossen, dass es der König höchstwahrscheinlich nicht zulassen würde, dass das Geld von jemandem anders als von ihm aufgehoben wird. Da ging ich also in sein Zimmer und begann dort alles zu durchsuchen. Aber ich merke gleich, dass ich ohne Kerze nichts ausrichten kann, und ich hab mich natürlich nicht getraut Licht anzumachen. Deshalb hab ich beschlossen die Sache andersrum aufzuziehen – ich musste ihnen nachspionieren und heimlich lauschen. Als ich so weit war, hab ich schon ihre Schritte gehört und wollte mich unter dem Bett verstecken; ich hab danach getastet, aber es hat nicht da gestanden, wo ich es vermutet hab. Ich hab nur den Vorhang erwischt, der die Kleider von Mary Jane verborgen hat, und da bin ich einfach hinter den geschlüpft, hab mich zwischen die Kleider gewühlt und bin mucksmäuschenstill geblieben.

Sie kommen rein und knallen die Tür zu; und als Erstes kniet sich der Herzog hin und schaut unter das Bett. Da war ich aber froh, dass ich vorhin das Bett nicht gefunden hatte. Aber ihr wisst ja, wenn man so was Heimliches vorhat, dann ist es einfach natürlich, sich unter dem Bett zu verstecken. Dann haben sie sich also hingesetzt und der König sagt: »Also, was ist los? Und machen Sie's bitte kurz, denn es ist gescheiter, wenn wir unten sind und mit den trauernden Hinterbliebenen heulen, als wenn wir oben sitzen und die sich unten über uns unterhalten.«

»Na gut, es ist Folgendes, Capet. Mir ist nicht wohl zu Mute; mir ist das alles nicht geheuer. Dieser Doktor, der liegt mir auf der Seele. Ich möchte gerne wissen, wie Ihre Pläne sind. Ich hab nämlich eine Idee und ich glaub, die ist gar nicht so schlecht.«

»Und die wäre, Herzog?«

»Dass wir uns am besten vor drei Uhr in der Nacht verdrücken und auf dem Fluss mit dem verschwinden, was wir erwischt haben. Besonders, weil wir so leicht dazu gekommen sind – sie haben's uns zurückgegeben, aufgedrängt, man kann geradezu sagen: an den Kopf geworfen, wo wir uns doch eigentlich gedacht haben, dass wir's zurückstehlen müssten. Ich bin dafür, kurzen Prozess zu machen und zu verschwinden.«

Das hat mir gar nicht gefallen. Vor ein oder zwei Stunden wär das anders gewesen, aber jetzt hab ich mich ganz elend und enttäuscht gefühlt. Aber da schimpft der König los und sagt: »Was? Und den Rest vom Besitz nicht auch noch verkaufen? Wie ne ganze Bande von Dummköpfen abmarschieren und alles liegen und stehen lassen, was acht- oder neuntausend Dollar wert ist und was nur darauf wartet, einkassiert zu werden? Und wo es auch noch lauter Sachen sind, die sich leicht verkaufen lassen!«

Der Herzog hat vor sich hin gebrummt, hat gefunden, dass der Beutel mit Gold genug wär und dass er gar nicht weiter gehen wollte – hätte gar nicht die Absicht, lauter arme Waisenkinder um alles zu bringen, was sie besäßen.

»Wie Sie nun wieder reden!«, sagte der König. »Wir bringen sie ja um weiter nichts als dieses Geld. Angeschmiert sein werden die Leute, die den Besitz kaufen werden; denn sobald sich herausstellt, dass er uns gar nicht gehört – und wenn wir erst mal verduftet sind, dann wird das gar nicht lange auf sich warten lassen –, dann ist das Geschäft doch ungültig und alles fällt zum Gesamtbesitz zurück. Diese Waisen werden also ihr Haus wieder kriegen, und das wird ja wohl für sie reichen; sie sind jung und knusprig und sie können sich leicht ihren Lebensunterhalt verdienen. Nein, nein, denken Sie doch bloß mal daran: Es gibt tausende und abertausende, die nicht halb so gut versorgt sind. Du liebe Zeit, die haben wahrhaftig keinen Grund sich zu beklagen.«

Na, der König hat ihn ganz dumm und dämlich geredet und zum Schluss hat er nachgegeben und hat gesagt, gut, gut, und hat aber noch einmal wiederholt, dass er's für eine verdammte Torheit hielte, noch länger zu bleiben, weil dieser Doktor eine ständige Bedrohung darstellte. Aber der König hat gesagt: »Der Teufel soll den Doktor holen. Was brauchen wir uns um den denn zu kümmern? Haben wir nicht alle Dummköpfe in der Stadt auf unserer Seite? Und ist das nicht in jeder Stadt die überwältigende Mehrheit?«

Die beiden schickten sich also wieder an nach unten zu gehen und der Herzog sagt: »Ich finde eigentlich, dass wir das Geld an keiner guten Stelle versteckt haben.«

Da bin ich wieder ganz vergnügt geworden. Ich hatte nämlich schon gefürchtet, ich würde gar keinen Wink kriegen, der mir weiterhelfen konnte. Der König hat gesagt: »Wieso?«

»Weil Mary Jane jetzt Trauer tragen wird; und der Nigger, der diese Stuben aufräumt, wird dann bestimmt als Erstes den Befehl kriegen diese Klamotten hier in einen Koffer zu packen und wegzuräumen; und glauben Sie etwa, ein Nigger ist im Stande, Geld zu entdecken, ohne sich was davon zu pumpen?«

»Sie übertreffen sich mal wieder selbst, Herzog«, sagte der König und dann kommt er und fummelt zwei oder drei Schritt von der Stelle entfernt, wo ich stehe, unter dem Vorhang herum. Ich hab mich ganz dicht an die Mauer gepresst, hab mich überhaupt nicht gerührt, obgleich ich am ganzen Leib gezittert hab; und ich hab mir ausgemalt, was mir diese Halunken sagen würden, wenn sie mich erwischten; dann hab ich versucht mir zu überlegen, was ich am besten machen sollte, wenn sie mich wirklich schnappten. Aber eh ich auch nur einen halben Gedanken gefasst hatte, war der König schon auf den Beutel gestoßen und es ist ihm nicht der leiseste Verdacht gekommen, dass ich da war. Sie nahmen den Beutel und stopften ihn durch einen Riss in den Strohsack, der unter dem Federbett lag und dann schoben sie ihn noch mindestens einen halben Meter tiefer ins Stroh und sagten dabei, jetzt wär alles in Ordnung, denn ein Nigger macht immer nur das Federbett und dreht den Strohsack nur zweimal im Jahr um und deshalb bestand jetzt keine Gefahr mehr, dass es gestohlen würde.

Das wusste ich aber besser. Sie waren noch nicht halb die Treppe runter, da hatte ich's schon rausgezerrt. Ich tastete mich in meine Bodenkammer rauf und versteckte es erst einmal dort, bis ich eine Gelegenheit fände es besser unterzubringen. Ich war der Ansicht, dass ich es am gescheitesten irgendwo außerhalb des Hauses verstecken sollte, denn wenn sie es erst mal vermissten, würden sie das ganze Haus auf den Kopf stellen. Das wusste ich ganz genau. Dann legte ich mich hin, ohne mich auszuziehen, aber ich hätte nicht einschlafen können, selbst wenn ich das gewollt hätte, denn ich war ganz versessen darauf, dieses Geschäft hinter mich zu bringen. Nach einer Weile hörte ich, wie der König und der Herzog heraufkommen; da hab ich mich von meiner Pritsche gerollt, hab das Kinn auf die obere Leitersprosse gelegt und gewartet, ob noch irgendwas passierte. Es hat sich aber nichts mehr ereignet.

So hab ich ausgeharrt, bis die letzten Geräusche verklungen und die ganz frühen noch nicht begonnen hatten; dann bin ich die Leiter runtergeschlüpft.

22. Kapitel

Ich bin zu ihren Türen geschlichen und hab gelauscht; sie haben geschnarcht und deshalb bin ich auf Zehenspitzen weiter und ohne Zwischenfall die Treppe runtergestiegen. Nirgendwo war mehr ein Laut zu hören. Ich hab durch eine Ritze von der Esszimmertür gelugt und gesehen, dass die Männer, die die Totenwache hielten, alle auf ihren Stühlen fest eingeschlafen waren. Die Tür zum Wohnzimmer, wo die Leiche lag, stand offen und in jedem Zimmer brannte eine Kerze. Ich huschte vorbei und die Wohnzimmertür war auch offen; ich sah aber, dass da niemand drinnen war, nur Peters sterbliche Überreste; ich schlich mich auch da vorbei, aber die Haustür war abgeschlossen und der Schlüssel steckte nicht im Schloss. Im gleichen Augenblick hörte ich, wie jemand hinter mir die Treppe runterkommt. Ich lief ins Wohnzimmer, schaute mich schnell um und das einzige Versteck für den Beutel war der Sarg. Der Deckel war ein Stück zurückgeschoben, sodass man das Gesicht von dem toten Mann da drinnen sehen konnte, er hatte ein feuchtes Tuch drüber und sein Totenhemd an. Ich stopfte den Geldbeutel unter den Sargdeckel, gerade unterhalb von der Stelle, wo sie ihm die Hände gefaltet hatten, wobei es mir ganz kalt den Rücken runterlief, denn sie sind ganz eisig gewesen, und dann bin ich quer durch das Zimmer zurückgelaufen und hab mich hinter der Tür versteckt.

Die Person, die ich kommen gehört hatte, ist Mary Jane gewesen. Sie ging ganz leise zum Sarg, kniete nieder und blickte hinein; dann zieht sie ihr Taschentuch heraus und ich sehe, dass sie anfängt zu weinen, obgleich ich's nicht hören konnte und sie mir den Rücken zugedreht hat. Ich schlüpfte wieder raus, und als ich durch die Esszimmertür huschte, da dachte ich mir, ich will mich lieber vergewissern, ob mich die Totenwächter auch nicht gesehen haben. Ich schaute also durch die Ritze, aber es war alles in Ordnung. Es hatte sich keiner gerührt.

Ich huschte rauf ins Bett und bin mir ziemlich belämmert vorgekommen, weil die ganze Geschichte so falsch gelaufen war, wo ich mir doch so viel Mühe gegeben und mich solchen Gefahren ausgesetzt hatte. Denn ich hab mir gesagt, wenn es da bleiben könnte, wo es war, dann wär ja alles in Ordnung, denn wenn wir dann hundert oder zweihundert Meilen flussabwärts gefahren wären, könnte ich Mary Jane schreiben, sie könnte ihn wieder ausbuddeln lassen und hätte das Geld; aber so wird sich das eben nicht abspielen; es wird Folgendes passieren: Sie werden das Geld entdecken, wenn sie den Sargdeckel zuschrauben. Dann wird's der König wieder kriegen und dann kann's ne hübsche Weile dauern, bis er noch mal jemandem ne Chance gibt es ihm zu klauen. Ich wär natürlich am liebsten gleich wieder runtergeschlichen und hätt es rausgeholt, aber ich hab mich nicht getraut. Es wurde jetzt jeden Augenblick heller, die Schläfer würden sich bald zu rühren beginnen und dann konnten sie mich erwischen – mit sechstausend Dollar in der Hand, ohne dass mir irgendjemand aufgetragen hatte mich um die zu kümmern. Nee, hab ich mir gesagt, in so eine Geschichte will ich nicht verwickelt werden. Als ich am Morgen runtergekommen bin, war das Wohnzimmer verschlossen und die Totenwächter verschwunden. Es war niemand mehr da, nur noch die Familie und die Witwe Bartley und unsere Bande. Ich hab ihre Gesichter scharf beobachtet, um festzustellen, ob zwischendurch was passiert war, aber ich hab nichts bemerkt.

Gegen Mittag kam der Leichenbestatter mit einem Gehilfen und sie hievten den Sarg mitten im Zimmer auf ein paar Stühle, und dann stellten sie alle unsere Stühle in Reihen auf und liehen sich noch mehr von den Nachbarn aus, bis die Halle und das Wohnzimmer und das Esszimmer ganz voll waren. Ich seh, dass der Sargdeckel noch genauso wie vorher liegt, aber ich wage nicht in die Nähe zu gehen und drunter zu gucken, weil so viele Leute dabei waren.

Dann fingen die Leute an herbeizuströmen und die Halunken und die Mädchen nehmen in der ersten Reihe zu Häupten des Sarges Platz und eine halbe Stunde lang sind die Leute langsam und im Gänsemarsch vorbeigezogen, haben dem toten Mann einen Augenblick ins Gesicht geblickt, manche haben eine Träne fallen lassen und es ist ganz still und feierlich gewesen, nur die Mädchen und die Gauner haben Taschentücher vor den Augen und den Kopf gesenkt gehabt und schluchzten ein bisschen. Es war kein anderes Geräusch zu hören, nur das Scharren der Füße auf dem Fußboden und das Naseputzen – denn außer in der Kirche schnauben sich die Leute nie so oft wie bei einer Beerdigung.

Als die Räume gerammelt voll waren, schlich sich der Leichenbestatter mit seinen schwarzen Handschuhen und seiner milden, trostreichen Art von hinten heran, legte die letzte Hand an, brachte Menschen und Sachen in die rechte Form und war dabei so leise wie eine Katze. Er hat die ganze Zeit kein Wort gesprochen, er schob die Leute nur hin und her, quetschte die Zuspätkommenden dazwischen, machte Durchgänge frei und erledigte das alles mit einem Kopfnicken und Handbewegungen. Dann nahm er seinen Platz drüben an der Wand ein. So einen Schleicher und Leisetreter und Heimlichtuer hab ich noch nie gesehen, ein Holzklotz hätte mehr Gefühl gehabt.

Sie hatten sich ein Harmonium geliehen – allerdings ein kaputtes; und als alles bereit war, hat sich eine junge Frau davorgesetzt und hat es bearbeitet und es hat ganz schön geschrillt und gequietscht, aber alle haben eingestimmt und mitgesungen, und so viel, wie ich wusste, ist Peter der Einzige gewesen, der bei dieser Veranstaltung einen Gewinn davongetragen hatte.

Dann ging der Reverend Hobson aus sich heraus und begann langsam und feierlich zu reden; da brach unten im Keller der fürchterlichste Krach aus, den man sich denken kann; es ist nur ein einziger Hund gewesen, aber er hat einen schrecklichen Lärm gemacht und hat gar nicht damit aufgehört, sodass der Pfarrer neben dem Sarg stehen bleiben und warten musste – man hätte sein eigenes Wort nicht hören können. Es war richtig peinlich und niemand schien zu wissen, was zu tun war. Aber bald sehen sie, dass der langbeinige Leichenbestatter dem Prediger ein Zeichen macht, als ob er sagen will: »Nur keine Sorge! Überlassen Sie das nur mir.« Dann fing er an gebückt die Wand entlangzugleiten, wobei man nur seine Schultern über den Köpfen der Leute sah. So glitt er vorwärts und das Geheul und das Getobe wurde inzwischen immer schlimmer; nachdem er sich an den beiden Wänden vorbeigeschoben hatte, verschwand er unten im Keller. Nach vielleicht zwei Sekunden hörten wir einen Schlag, der Hund heulte noch ein- oder zweimal wie verrückt auf, dann war es totenstill und der Geistliche setzte seine feierliche Rede fort, wo er sie unterbrochen hatte. Nach ein oder zwei Minuten gleiten der Rücken und die Schultern von diesem Leichenbestatter wieder die Wand entlang, und als er sich an den drei Wänden des Zimmers vorbeigeschoben hat, richtet er sich auf, legt die Hände um den Mund, reckt den Hals über die Köpfe der Leute hinweg zum Geistlichen hinüber und verkündet mit einer heiseren Flüsterstimme: »Er hat eine Ratte erwischt!« Dann hat er sich wieder zusammensinken lassen und ist an der Wand entlang zu seinem Platz zurückgeglitten. Man merkte gleich, dass die Leute ganz erleichtert waren, denn sie hatten natürlich Bescheid wissen wollen. So eine kleine Gefälligkeit kostet nichts, aber es sind gerade diese Kleinigkeiten, die einen Mann geachtet und beliebt machen. Es gab in der ganzen Stadt keinen beliebteren Mann als ebendiesen Leichenbestatter.

Na, die Trauerrede war zwar gut, aber grässlich lang und langweilig; dann hat sich der König auch noch eingemischt und hat seinen üblichen Kohl abgelassen und zum Schluss war die Sache erledigt und der Leichenbestatter begann mit seinem Schraubenzieher auf den Sarg zuzuschleichen. Da ist mir der Schweiß ausgebrochen und ich hab kein Auge von ihm gelassen. Er hat aber überhaupt nicht herumhantiert! Er hat nur den Deckel zart und leise zugeschoben und hat ihn gut und fest zugeschraubt. Da saß ich nun! Ich wusste nicht, ob das Geld nun drin war oder nicht. So, sag ich, mal angenommen, jemand hat den Beutel klammheimlich rausgezogen? Wie soll ich denn jetzt wissen, ob ich Mary Jane schreiben kann oder nicht? Nehmen wir mal weiter an, sie gräbt ihn aus und findet nichts – was soll sie dann von mir halten? Verflixt noch mal, denk ich, da können sie mich vielleicht sogar jagen und einsperren; es ist also wahrscheinlich das Gescheiteste, ich rühr mich nicht und schweige still und schreib auch überhaupt nicht; jetzt ist die ganze Sache völlig durcheinander geraten; bei dem Versuch, alles zu einem guten Ende kommen zu lassen, hab ich's nur hundertmal schlimmer gemacht und ich wünsche wirklich, ich hätte die Finger davon gelassen, der Teufel hole die ganze Geschichte!
Sie haben ihn beerdigt und wir sind wieder nach Hause gegangen und ich hab wieder Gesichter beobachtet – ich konnte es gar nicht lassen und ich hatte auch keine Ruhe. Es ist jedoch nichts dabei herausgekommen; die Gesichter haben mir nichts verraten.

Am Abend hat der König in der Nachbarschaft Besuche gemacht, ist allen um den Bart gegangen und hat sich mit allen noch inniger angefreundet; er hat ihnen zu verstehen gegeben, dass sich seine Gemeinde drüben in England seinetwegen in großer Sorge befände und deshalb müsste er sich beeilen und die Erbschaft auf der Stelle regeln, um wieder nach Hause zu kommen. Er sei zutiefst betrübt, dass er so gedrängt würde, und das tat den Leuten auch Leid; sie hätten es gern gehabt, wenn er noch länger geblieben wäre, aber sie sagten, sie verstünden es gut, dass das nicht möglich wäre. Und dann hat er erklärt, selbstverständlich würden er und William die Mädchen mit nach Hause nehmen; und das hat auch allgemeinen Beifall gefunden, denn dann wären die Mädchen gut versorgt und lebten bei ihren eigenen Verwandten; und das gefiel den Mädchen auch – es reizte sie so, dass sie ihren Kummer ganz und gar vergaßen; und sie bedrängten ihn, er solle alles nur so schnell wie möglich verkaufen, sie wären reisefertig. Diese armen Dinger waren so froh und glücklich, dass mir das Herz weh tat, als ich sah, wie sie zum Narren gehalten und belogen wurden, aber ich hab keine sichere Möglichkeit gesehen, wie ich da einspringen und die Sache zurechtbiegen konnte.

Na, der Teufel soll mich holen, wenn der König das Haus und den Nigger und den ganzen Grundbesitz nicht auf der Stelle zur öffentlichen Versteigerung ausschreiben ließ – zwei Tage nach der Beerdigung sollte der Verkauf stattfinden, aber wer wollte, konnte schon vorher privat kaufen.

Auf diese Weise hat die Begeisterung der Mädchen schon

am Tag nach der Beerdigung, gegen Mittag, den ersten Dämpfer bekommen; da sind nämlich ein paar Niggerhändler vorbeigekommen und der König hat ihnen die Nigger zu einem vernünftigen Preis angeboten, gegen Dreitagewechsel, wie sie das nennen, und schon zogen sie ab, die beiden Söhne flussaufwärts nach Memphis und die Mutter flussabwärts nach Orleans. Ich hab gedacht, den armen Mädchen und den Niggern wird das Herz vor Kummer brechen; sie schluchzten so miteinander und regten sich so auf, dass ich bei dem Anblick fast krank geworden bin. Die Mädchen sagten, sie hätten nicht im Traum daran gedacht, die Familie jemals zu trennen oder aus der Stadt wegzuverkaufen. Den Anblick von diesen armen unglücklichen Mädchen und von den Niggern, die einander weinend und schluchzend um den Hals fielen, das kann ich nie und nimmer vergessen; und ich glaube sicher, ich hätt's auch nicht aushalten können, ich hätt die ganze Sache platzen lassen und unsere Bande verraten, wenn ich nicht genau gewusst hätte, dass der Verkauf gar nicht gültig war und dass die Nigger in ein oder zwei Wochen zurückkommen würden.

Die Geschichte hat in der Stadt natürlich auch einen gewaltigen Wirbel verursacht und ziemlich viele Leute sind ganz energisch aufgetreten und haben gesagt, es sei ein Skandal eine Mutter so von ihren Kindern zu trennen. Das hat den beiden Halunken natürlich geschadet, aber der alte Trottel hat sich ganz dickköpfig darauf versteift, trotz allem, was der Herzog sagen oder tun konnte, und ich kann euch verraten, dem Herzog war gar nicht wohl in seiner Haut.

Am nächsten Tag fand die Versteigerung statt. Am Morgen, als es gerade hell wurde, sind der König und der Herzog in meine Bodenkammer gekommen und haben mich aufgeweckt und ich konnte schon ihren Gesichtern ansehen, dass es irgendeinen Ärger gegeben hatte. Der König hat gefragt:
»Bist du vorige Nacht in meinem Zimmer gewesen?«
»Nein, Euer Majestät« – so hab ich ihn immer genannt, wenn außer uns niemand in der Nähe war.
»Ehrenwort jetzt – keine Lügen.«
»Ehrenwort, Euer Majestät, ich sag wirklich die Wahrheit. Ich bin nur in dem Zimmer gewesen, als es Miss Mary Jane Ihnen und dem Herzog gezeigt hat.«
Da fragt der Herzog: »Hast du jemanden reingehen sehen?«
»Nein, Euer Gnaden, so weit ich mich erinnern kann, bestimmt nicht.«
»Denk mal richtig nach.«
Ich hab ne Weile nachgedacht und dann ist mir ein rettender Gedanke gekommen. Ich sag: »Na ja, ich hab die Nigger ein paar Mal raus- und reingehen sehen.«
Da sind die beiden richtig zusammengefahren und zuerst haben sie ausgesehen, als ob sie nie damit gerechnet hätten, und dann, als ob es gerade das gewesen wär. Dann sagte der Herzog: »Wieso, alle?«
»Nein – wenigstens nicht alle auf einmal. Das heißt, ich glaub, ich hab sie nie alle miteinander rauskommen sehen, höchstens ein einziges Mal.«
»Hallo – wann ist denn das gewesen?«
»Das war der Tag, als wir die Beerdigung hatten. Am Morgen.

Früh kann das nicht gewesen sein, denn ich hab verschlafen. Ich bin grad die Leiter runter, da hab ich sie gesehen.«

»Gut, gut, aber jetzt weiter, weiter! Was haben sie denn gemacht? Wie haben sie sich benommen?«

»Sie haben gar nichts gemacht. Und benommen haben sie sich auch nicht viel, wenigstens, was ich gesehen hab. Sie sind auf den Zehenspitzen davongeschlichen und da hab ich gleich gemerkt, dass sie drin gewesen sind, um das Zimmer von Euer Majestät aufzuräumen oder so was Ähnliches, weil sie gedacht haben, Sie wären schon auf; und wie sie gesehen haben, dass Sie noch nicht auf waren, haben sie gehofft, sie könnten sich wieder davonstehlen, ohne Schelte zu kriegen und ohne Sie aufzuwecken, falls sie Sie nicht schon geweckt hatten.«

»Schockschwerenot, das ist ja was!«, sagte der König und alle beide sahen ziemlich bedribst und elend aus. Sie standen ganz in Gedanken versunken da, kratzten sich eine Minute lang den Schädel und dann ist der Herzog in eine Art heiseres Gekicher ausgebrochen und hat gesagt: »Das übersteigt wirklich alles, wie geschickt diese Nigger ihre Karten ausgespielt haben. Zuerst machen sie ein Riesentheater und sagen, es täte ihnen Leid, dass sie aus dieser Gegend wegmüssten! Und dann glaub ich auch noch, dass es ihnen Leid tut! Sie sind auch drauf reingefallen und alle anderen Leute ebenfalls. Da sage mir noch mal jemand, die Nigger hätten kein Schauspieltalent. Hört mal, so wie die das durchgezogen haben, da musste ja jeder drauf reinfallen. Meiner Meinung nach wär da ein Vermögen zu machen. Wenn ich Kapital und ein Theater hätte, ich wüsste wirklich nicht, wie ich's besser als mit denen anlegen könnte – und hier stehen wir jetzt dumm rum und haben sie für einen Apfel und ein Ei verkauft. Ja, und wir haben nicht einmal das Recht uns daran satt zu essen. Hören Sie, wo sind der Apfel und das Ei eigentlich? Ich meine, der Wechsel.«

»Auf der Bank, zum Einlösen. Wo sollte er sonst wohl sein?«

»Na ja, dann wär das ja wenigstens in Ordnung.«

Da frag ich ganz schüchtern: »Ist was schief gegangen?«

Der König fährt zu mir rum und schimpft los: »Das geht dich gar nichts an! Halt die Klappe und kümmere dich nicht um fremde Angelegenheiten. Vergiss das ja nicht, solange du in dieser Stadt hier bist, verstanden?« Dann sagt er zum Herzog: »Wir müssen das einfach schlucken und nichts davon durchblicken lassen: Dichthalten, das ist unsere Devise.«

Als sie wieder die Leiter runterstiegen, da kicherte der Herzog wieder und sagt: »Rascher Umsatz und kleine Gewinnspannen! Das ist wirklich ein gutes Geschäft.«

Der König knurrt ihn an und sagt: »Ich hab nur das Beste gewollt, als ich sie so schnell verkauft hab. Wenn sich herausgestellt hat, dass das Geschäft nichts einbringt, dass wir ins Minus geraten und nichts mehr auf der hohen Kante haben – ist das denn mehr meine Schuld als die von Ihnen?«

»Na, wenn jemand auf meinen Rat gehört hätte, dann wären die auf jeden Fall noch in diesem Hause und wir hätten uns längst aus dem Staube gemacht.«

Der König schimpfte zurück, aber nur so weit, wie es für ihn ungefährlich war, und dann fuhr er herum und zog wieder gegen mich los. Er hat mich gehörig abgekanzelt, weil ich nicht gekommen bin und ihm erzählt hab, dass ich gesehen hab, wie die Nigger aus seinem Zimmer gekommen sind und sich so benommen haben – er hat behauptet, jeder Trottel hätte doch auf der Stelle merken müssen, dass da was nicht in Ordnung war. Und dann hat er wieder losgelegt und sich ne Zeit lang selbst beschimpft; er hat behauptet, das käme nur daher, dass er damals an dem Morgen nicht lang genug im Bett geblieben wär und sich nicht die nötige Ruhe gegönnt hätte, und er wolle verdammt sein, wenn ihm so was noch mal passierte. Sie gingen schimpfend davon; und ich fühlte mich schrecklich erleichtert und froh, dass ich das alles auf die Nigger abgewälzt hatte und den Niggern damit trotzdem nicht geschadet hatte.

Viel schwieriger war es den Schwestern klarzumachen, was der Herzog und der König in Wirklichkeit für Kerle waren. Sie waren damit einverstanden, dass alles versteigert und verkauft wurde, denn sie waren ganz versessen darauf, mit dem Geld nach England reisen zu können.

Aber Mary Jane war ganz unglücklich wegen der Nigger, das konnte ich sehen, als sie ihre Sachen packte und dabei weinte. Da ging ich zu ihr ins Zimmer und sagte, die Nigger würden noch vor zwei Wochen wieder zurück sein und so kam's, dass ich ihr alles erzählte. Nur nicht, wo ich den Sack mit dem Gold zuletzt gesehen hatte, das brachte ich nicht übers Herz und schrieb ihr's auf einen Zettel, den sie später lesen sollte, die Ärmste!

Natürlich hat ihr die Geschichte einen ganz schönen Schlag

gegeben, aber wegen der Nigger schlang sie mir die Arme um den Hals und dann blitzten ihre Augen wieder wegen der beiden Betrüger. Wir machten aus, dass sie für den Tag lieber zu einer Bekannten verschwinden sollte und erst am Abend wiederkehrte. Darauf musste ich bestehen, weil Mary Jane einfach nicht zu den Leuten mit den undurchsichtigen Gesichtern gehört. Von ihrem Gesicht kann man wie aus einem aufgeschlagenen Buch ablesen. Wegen der Versteigerung brauchte sie sich keine Sorgen zu machen, die war ja sowieso nicht gültig. Wenn Mary Jane wieder zu Hause war, sollte sie eine Kerze ins Fenster stellen, und wenn ich bis elf Uhr nicht aufgetaucht sei, dann wär ich in Sicherheit und sie sollte auspacken und die Gauner einsperren lassen.

Na, und dann kam alles ganz anders, denn kaum war das ganze Zeug versteigert, da hat ein Dampfer angelegt und die Leute kamen angerannt und schrien und johlten: »Hier sind die nächsten Erben vom alten Peter Wilks! Jetzt könnt ihr wählen, an wen ihr zahlen wollt!«

23. Kapitel

Sie schleppten einen wirklich nett aussehenden älteren Herrn und einen ebenso netten jüngeren herbei, der den rechten Arm in einer Schlinge trug. Und du liebe Zeit, wie die Leute schrien und lachten und gar nicht wieder aufhören wollten!

Mir kam das gar nicht komisch vor und ich hab gedacht, dem König und dem Herzog müsste es auch schwer fallen, darin einen Witz zu sehen. Ich rechnete damit, dass sie ganz blass werden würden, aber nein, die wurden überhaupt nicht blass. Der Herzog ließ sich noch nicht einmal etwas anmerken, sondern tappte weiter mit seinem Gugugu ganz glücklich und zufrieden durch die Gegend, wie ein Topf, in dem die Buttermilch kocht; und was den König anbetrifft, der starrte nur betrübt und bekümmert zu den Neuankömmlingen rüber und machte dabei ein Gesicht, als ob sich ihm das Herz im Leibe bei dem Gedanken umdrehen müsste, dass es auf der Welt solche Betrüger und Halunken gab. Oh, er spielte seine Rolle wirklich bewunderungswürdig. Viele von den wichtigen und einflussreichen Leuten scharten sich um den König, um ihm zu zeigen, dass sie auf seiner Seite standen. Der alte Herr, der gerade gekommen war, sah zu Tode erschrocken aus. Er fing gleich an zu reden und ich hab auf Anhieb gemerkt, dass er die Wörter wie ein Engländer ausgesprochen hat, nicht so wie der König, obwohl es bei ihm für eine Imitation recht gut geklungen hatte. Ich kann die Rede von dem alten Herrn nicht wiedergeben und nachmachen kann ich ihn auch nicht; er hat sich an die Leute gewandt und hat so ungefähr dieses gesagt: »Dies hier ist für mich eine Überraschung, mit der ich nicht gerechnet habe; und ich muss frank und frei zugeben, dass ich nicht darauf vorbereitet war und keine Antwort darauf weiß: Denn mein Bruder und ich sind vom Unglück verfolgt gewesen, er hat sich den Arm gebrochen und unser Gepäck ist aus Versehen in der vorigen Nacht in der Nachbarstadt ausgeladen worden. Ich bin Harvey, der Bruder von Peter Wilks und dies ist sein Bruder William, der weder hören noch sprechen kann – und da er augenblicklich nur eine einzige Hand zur Verfügung hat, ist er leider auch nicht im Stande sich durch Zeichen verständlich zu machen. Wir sind diejenigen, für die wir uns ausgeben, und wenn ich in ein oder zwei Tagen unser Gepäck erhalte, dann kann ich's beweisen. Bis dahin will ich jedoch nichts mehr sagen, ich will stattdessen ins Hotel gehen und abwarten.«

Daraufhin gingen er und der neue Taubstumme wieder fort und der König, der lacht und schwatzt gleich los: »Den Arm gebrochen! Überaus glaubwürdig, wie? – Und auch so praktisch für einen Betrüger, der die Zeichensprache beherrschen soll und sie gar nicht gelernt hat. Das Gepäck verloren! Das ist wirklich gut! Und wie schlau – unter diesen Umständen!«

Dann hat er wieder gelacht und alle sind eingefallen, außer drei oder vier, vielleicht auch einem halben Dutzend. Zu diesen hat der Doktor gehört; außerdem ein streng aussehender Herr mit einer altmodischen, bestickten Straminreisetasche. Er war gerade vom Dampfer gekommen und unterhielt sich gedämpft mit dem Doktor. Von Zeit zu Zeit warfen sie dem König einen Blick zu und nickten – das war Levi Bell, der Rechtsanwalt, der oben in Louisville etwas zu tun gehabt hatte; dann gehörte noch ein Dritter dazu, ein großer, rauer, vierschrötiger Mann, der vorbeigekommen war und dem alten Herrn ganz genau zugehört hatte. Jetzt passte er auf, was der König sagte. Und als der König fertig war, reckt sich der vierschrötige Bursche in die Höhe und fragt: »He, horchen Sie mal, wenn Sie Harvey Wilks sind, wann wollen Sie denn dann in diese Stadt gekommen sein?«

»Am Tag vor der Beerdigung, mein Freund«, antwortete der König.

»Und zu welcher Tageszeit?«

»Am Abend – vielleicht ein oder zwei Stunden vor Sonnenuntergang.«

»Und wie sind Sie gekommen?«

»Ich bin mit der Susan Powell gekommen, aus Cincinnati.«

»Und wie kommt es dann, dass Sie am Vormittag auf der Landspitze gewesen sind – in einem Kanu?«

»Ich bin an dem Vormittag nicht bei der Landspitze gewesen.«

»Das ist eine Lüge!«

Ein paar Leute sind auf ihn zugesprungen und haben sich's

verbeten, dass er so zu einem alten Mann und Geistlichen sprach.

»Zum Henker mit dem Pfaffen! Das ist ein Betrüger und ein Lügner. Er ist wirklich an dem Morgen oben in der Landspitze gewesen. Ich wohn doch da oben, stimmt das etwa nicht? Na, und ich bin da oben gewesen und er ist auch da oben gewesen. Ich hab ihn doch da gesehen. Er hat in einem Kanu gesessen, zusammen mit Tom Collins und einem Jungen.«

Da stand der Doktor auf und sagt: »Würden Sie den Jungen wieder erkennen, wenn Sie ihn schon sehen, Hines?«

»Ich denk schon, aber genau kann ich das nicht sagen. Wieso? Da drüben ist er ja! Jetzt erkenn ich ihn ganz deutlich!«

Und ich bin's natürlich gewesen, auf den er gezeigt hat. Der Doktor sagt: »Nachbarn, ich weiß nicht, ob das neue Paar Betrüger sind oder nicht; aber wenn diese beiden keine Betrüger sind, dann bin ich ein kompletter Narr – mehr hab ich nicht zu sagen. Ich halte es für unsere Pflicht und Schuldigkeit, dafür zu sorgen, dass sie uns nicht entwischen können, bis wir diese Angelegenheit aufgeklärt haben. Kommen Sie her, Hines, kommt ihr andern auch; wir wollen diese Burschen ins Gasthaus bringen und sie dem anderen Paar gegenüberstellen. Ich schätze, bevor wir damit durch sind, werden wir schon einiges rausbekommen.«

Das war genau das Richtige für die Menge, wenn auch vielleicht nicht für die Freunde des Königs; wir brachen also alle auf. Es war gegen Sonnenuntergang. Der Doktor führte mich bei der Hand, und zwar recht freundlich, ließ meine Hand aber keinen Augenblick los.

Wir gingen alle in ein großes Zimmer vom Gasthaus, zündeten ein paar Kerzen an und holten das neue Paar. Der Doktor hat als Erstes gesagt: »Ich habe nicht vor, mit diesen beiden Männern allzu streng umzuspringen, aber ich glaube wirklich, dass es Betrüger sind, und es kann sein, dass sie Komplizen haben, von denen wir noch nichts wissen. Wenn sie welche haben, wäre es dann nicht wahrscheinlich, dass sich diese Komplizen mit dem Beutel voll Gold aus dem Staube machen, den Peter Wilks hinterlassen hat? Wenn diese Männer jedoch keine Betrüger sind, dann werden sie sicher nichts dagegen haben, wenn wir das Geld holen lassen und aufbewahren, bis sie bewiesen haben, dass sie im Recht sind – ist das nicht richtig?«

Alle stimmten ihm zu. Deshalb meinte ich, dass sie unsere Bande schon gleich zu Anfang mächtig in der Klemme hatten. Der König machte jedoch nur ein bekümmertes Gesicht und sagt: »Gentlemen, ich wünschte wirklich, das Geld wär noch da, denn ich hab wahrhaftig gar nichts gegen eine gerechte, öffentliche und gründliche Untersuchung dieser leidigen Angelegenheit; aber, ach, das Geld ist nicht mehr vorhanden; wenn Sie wollen, können Sie selber hingehen und sich davon überzeugen.«

»Und wo ist es dann?«

»Tja, als es mir meine Nichte zur Aufbewahrung gegeben hat, da hab ich's im Strohsack von meinem Bett versteckt, weil ich's für die paar Tage, die wir uns hier aufhalten, nicht erst auf die Bank legen wollte, und außerdem hab ich gedacht, das Bett ist sicher genug, denn wir sind ja nicht an Nigger gewöhnt und ich hab sie für ehrlich gehalten, so wie die Dienstboten in England. Die Nigger haben es aber genau am Morgen drauf gestohlen, als ich schon nach unten gegangen war; als ich sie verkauft habe, da hab ich das Geld noch nicht vermisst, deshalb sind sie ohne Schwierigkeiten damit durchgekommen. Mein Diener, der kann Ihnen das bestätigen, meine Herren.«

Der Doktor und noch ein paar andere sagten: »Quatsch!« Und ich hab gemerkt, dass ihm niemand so recht geglaubt hat. Ein Mann hat mich gefragt, ob ich gesehen hätte, wie's die Nigger gestohlen haben. Ich hab gesagt, nein, aber ich hätt sie aus dem Zimmer schleichen und davonrennen sehen, und ich hätt mir nichts dabei gedacht, ich hätt nur vermutet, sie hätten Angst gehabt, dass sie meinen Herrn aufgeweckt hätten und dass sie sich jetzt aus dem Staube machen wollten, ehe er mit ihnen schelten konnte. Mehr haben sie mich nicht gefragt.

Dann ist der Doktor herumgewirbelt und hat gesagt: »Bist du auch Engländer?«

Ich sag Ja und er und ein paar andere lachen und sagen: »Unsinn!«

Na, und dann haben sie sich in die allgemeine Untersuchung gestürzt und da haben wir's dann gekriegt! Rauf und runter ging es, Stunde um Stunde, und keiner redete vom Abendessen, sie schienen nicht mal dran zu denken – und so ging das immer weiter; und es war auch wirklich die verwickeltste Geschichte, die ich je erlebt habe. Sie ließen den König seine Geschichte erzählen und sie ließen den alten Herrn seine Geschichte erzählen; und nur ganz verrannte Dickschädel konnten nicht sofort sehen, dass der alte Herr die Wahrheit sprach und dass der andere, der König, log.

Nach einer Weile ließen sie mich dann auch erzählen, was ich wusste. Der König warf mir einen schiefen Blick aus dem Augenwinkel zu und das hat mir genug gesagt und ich hab gewusst, für welche Partei ich reden musste. Ich fing also an von Sheffield zu erzählen und wie wir dort wohnten, und alles Mögliche über die englische Wilks-Familie und so weiter; aber ich war noch nicht sehr weit gekommen, da fing der Doktor schon an zu lachen; und Levi Bell, der Rechtsanwalt, hat gesagt: »Setz dich, mein Junge, ich würd mich an deiner Stelle nicht so anstrengen. Mir scheint, du bist noch nicht sehr an das Schwindeln gewöhnt, es geht dir noch nicht so glatt von der Hand; du brauchst noch etwas Übung.«

Das Kompliment hat mir nicht gerade Freude gemacht, aber ich war jedenfalls heilfroh, dass sie mich in Ruhe gelassen haben. Der Doktor wollte weiterreden, wendet sich um: »Wenn du von Anfang an in der Stadt gewesen wärst, Levi Bell –«

Da unterbrach ihn der König, streckte seine Hand aus und sagt: »Oh, ist das der alte Freund meines verblichenen Bruders, von dem er mir so oft geschrieben hat?«

Der Rechtsanwalt und er schüttelten sich die Hände und der Rechtsanwalt lächelte ganz selbstgefällig und sie redeten eine Zeit lang miteinander und dann traten sie beiseite und flüsterten ganz leise, und schließlich erhebt der Rechtsanwalt wieder die Stimme und sagt: »Das wird alles in Ordnung bringen. Ich nehme die Anweisung und schicke sie mit der Ihres Bruders ab und dann werden sie wissen, dass alles in Ordnung ist.«

Sie beschafften sich Papier und eine Feder und der König ließ sich nieder, legte den Kopf schief, kaute auf seiner Zunge herum und kritzelte dann irgendetwas hin; dann reichten sie dem Herzog die Feder – und da sah dieser zum ersten Mal besorgt aus. Er nahm aber doch die Feder und unterschrieb. Daraufhin wendet sich der Rechtsanwalt an den neuen alten Herrn und sagt: »Würden Sie und Ihr Bruder bitte eine oder zwei Zeilen schreiben und mit Ihrem Namen unterzeichnen?«

Der alte Herr schrieb etwas, das konnte aber keiner lesen. Der Rechtsanwalt machte ein ziemlich verwundertes Gesicht und sagt: »Tja, da geb ich mich geschlagen!«

Damit zog er einen Packen alter Briefe aus seiner Tasche, prüfte erst sie, dann die Handschrift des alten Herrn, dann wieder die Briefe und sagt darauf: »Das sind alte Briefe von Harvey Wilks; und hier hab ich diese beiden Handschriften und jeder Mann kann auf den ersten Blick erkennen, dass Sie sie nicht geschrieben haben« (ich kann euch sagen, der König und der Herzog haben vielleicht dumme Gesichter gemacht, als sie merkten, wie der Rechtsanwalt sie reingelegt hat), »und hier hab ich die Handschrift von diesem alten Herrn und jeder kann mit Leichtigkeit erkennen, dass er die Briefe auch nicht geschrieben hat – er hat so geschmiert, dass man das genau genommen kaum als Handschrift bezeichnen kann. Nun, hier haben wir noch ein paar Briefe von –«

Da hat ihn der neue alte Herr unterbrochen und hat gesagt:

»Würden Sie mich das bitte erst erklären lassen! Außer meinem Bruder dort kann niemand meine Schrift entziffern – deshalb schreibt er alles für mich ab. Es ist seine Handschrift, die Sie da vor sich haben, nicht meine.«

»Nanu«, sagt der Rechtsanwalt, »das ist ja ein schönes Durcheinander. Ich hab auch ein paar Briefe von William; wenn Sie ihn also freundlicherweise veranlassen würden eine Zeile zu schreiben, könnten wir –«

»Er kann aber mit der linken Hand nicht schreiben«, widerspricht der alte Herr, »wenn er seine rechte Hand benutzen könnte, dann würden Sie ohne weiteres erkennen, dass er seine eigenen und meine Briefe geschrieben hat. Schauen Sie sich doch bitte beide an – sie stammen von der gleichen Hand.«

Der Rechtsanwalt verglich die Briefe und hat dann gesagt: »Ich glaube, das stimmt – und wenn nicht, dann gibt es auf jeden Fall eine Reihe von merkwürdigen Ähnlichkeiten, die mir vorher nicht aufgefallen sind. Gut, gut, gut! Ich glaubte, wir wären schon auf der richtigen Fährte zu einer Lösung, aber nun hat es doch zum größten Teil zu nichts geführt. Es hat allerdings eins bewiesen – von diesen beiden da ist keiner ein echter Wilks!« Damit deutete er mit dem Kopf auf den König und den Herzog.

Aber, was glaubt ihr wohl? – Dieser alte vertrottelte Dickkopf wollte selbst da noch nicht nachgeben! Nicht im Geringsten. Er hat geschimpft, das sei kein einwandfreier Beweis. Hat gesagt, sein Bruder William sei der durchtriebenste Witzbold auf der Welt und hätte gar nicht versucht richtig zu schreiben – das hätte er sofort gemerkt, sowie William die Feder auch nur aufs Papier gesetzt hätte. Und dann ist er richtig in Fahrt gekommen und hat immer weiter schwadroniert und gefaselt, bis er schließlich selber anfing das zu glauben, was er sagte. Aber da hat ihn der neue alte Herr doch ziemlich rasch unterbrochen und hat gesagt: »Mir fällt gerade etwas ein. Ist vielleicht jemand hier, der geholfen hat, meinem Bruder geholfen hat den verblichenen Peter Wilks für die Beerdigung zurechtzumachen?«

»Ja«, hat jemand geantwortet, »ich und Ab Turner haben das gemacht. Wir sind beide hier.«

Da wendet sich der alte Herr zum König und sagt: »Vielleicht kann mir dieser Herr verraten, was auf seiner Brust tätowiert war?«

Verflixt noch mal, da musste sich der König aber blitzschnell zusammenreißen, sonst wär er wie eine Uferböschung abgerutscht, die der Fluss unterspült hat, so jählings hat ihn das getroffen – und ihr könnt mir glauben, das war ein Ding, da hatte sich jemand genau ausgerechnet: Wer das völlig ahnungslos verpasst bekam, den musste es glatt umhauen, wirklich, fast jeden – denn wie hätte er wissen sollen, was für ne Tätowierung der Mann gehabt hat? Er wurde etwas blass, das konnte er nicht verhindern, und es wurde mucksmäuschenstill, alle beugten sich etwas vor und starrten ihn an. Na, sag ich, jetzt wird er wohl das Handtuch werfen müssen – alles andere hat ja keinen Sinn mehr.

Aber meint ihr etwa, das hätte er wirklich getan? Es ist kaum zu glauben, aber er hat nicht nachgegeben. Ich vermute, er wollte den Schwindel aufrechterhalten, bis er die Leute ermüdet hätte und sie sich nach und nach verdrückten, damit er und der Herzog durchbrechen und ausreißen könnten. Er hat jedenfalls dagesessen und hat auch gleich zu lächeln angefangen und hat gesagt: »Puh, das ist ja nun wirklich ne heikle Frage, wie? Ja, mein Herr, ich kann Ihnen verraten, was auf seiner Brust tätowiert war. Es ist ein kleiner, dünner, blauer Pfeil – das war's; und wenn man nicht genau hinschaut, dann kann man ihn gar nicht erkennen. Na – was sagen Sie nun – he?«

Also, so eine bodenlose Frechheit und Unverschämtheit wie von diesem alten Zausel hab ich noch nie erlebt!

Der neue alte Herr wendet sich kurz an Ab Turner und an seinen Partner und seine Augen blitzen auf, weil er gedacht hat, diesmal hätte er den König aber wirklich erwischt, und er sagt: »Da – habt ihr gehört, was er gesagt hat? Hat Peter Wilks ein derartiges Zeichen auf der Brust gehabt?«

Sie antworteten alle beide und sagten: »So ein Zeichen haben wir nicht gesehen.«

»Ausgezeichnet!«, sagt der alte Herr. »Also, was Sie wirklich auf seiner Brust gesehen haben, waren ein kleines schwaches P und ein B (das ist die Abkürzung für seinen zweiten Vornamen, den er schon als junger Mann nicht mehr gebrauchte) und ein W und zwischen den Buchstaben sind Gedankenstriche gewesen, so: P – B – W« – damit malte er die drei Buchstaben auf ein Stück Papier. »Na, haben Sie das nicht gesehen?«

Daraufhin antworteten die beiden wieder zusammen und sagten: »Nee, wir haben überhaupt kein Zeichen gesehen.«

Daraufhin gerieten natürlich alle aus dem Häuschen und schrien durcheinander: »Das wimmelt hier ja nur so von Betrügern! Ins Wasser mit ihnen! Ersäufen sollten wir sie! Marsch mit ihnen auf den Bock!«
Und alle heulten und tobten durcheinander und es entstand ein prächtiges Tohuwabohu, aber der Rechtsanwalt, der ist einfach auf den Tisch gesprungen und hat laut gerufen: »Meine Herrschaften! Meine Herren! Nur noch ein Wort – nur noch ein einziges Wort, wenn ich Sie bitten darf! Jetzt gibt es nur noch einen Ausweg – wir müssen die Leiche wieder ausgraben und nachschauen.«
Damit hat er sie gehabt.
»Hurra!«, haben sie alle gerufen und wollten sofort aufbrechen; da haben aber der Rechtsanwalt und der Doktor gerufen: »Halt, halt! Packt diese vier Männer samt dem Jungen am Kragen und nehmt sie auch mit!«
»Jawohl, das wird gemacht!«, haben sie geschrien. »Und wenn wir die Zeichen nicht finden, dann wird die ganze Bande gelyncht!«
Da ist mir vielleicht angst und bange geworden, das kann ich euch sagen! Aber ihr könnt euch ja vorstellen, entwischen konnte man nicht. Sie packten uns alle miteinander und ließen uns schnurstracks zum Friedhof marschieren, der eineinhalb Meilen entfernt unten am Fluss lag, und die ganze Stadt hat sich an unsere Fersen geheftet, denn wir haben einen ganz gehörigen Krach veranstaltet und es ist erst neun Uhr abends gewesen.
Als wir an unserem Haus vorbeigekommen sind, da hab ich

gewünscht, ich hätte Mary Jane nicht aus der Stadt geschickt, denn wenn ich ihr jetzt einen Wink hätte geben können, dann wär sie herausgeschossen und hätte mich gerettet und hätte unsere Schwindler entlarvt.

Na, wir wälzten uns den Weg am Fluss entlang und die meisten waren ganz nervös und aufgeregt; damit es noch unheimlicher wurde, hatte sich der Himmel plötzlich verdüstert, die Blitze begannen zu zucken und der Wind raschelte in den Blättern. Das war die schlimmste und gefährlichste Klemme, in der ich jemals gesteckt hab, und ich war regelrecht betäubt. Alles lief ganz anders, als ich es mir gedacht hatte; statt dass sich alles nach Plan entwickelte, sodass ich mir ganz nach meinem Belieben Zeit lassen und den Spaß mit ansehen konnte und dabei von Mary Jane gedeckt und gerettet und befreit werden konnte, wenn die Sache zu brenzlig wurde, stand plötzlich nichts auf der Welt zwischen mir und dem plötzlichen Tod als ausgerechnet diese Tätowierungen. Wenn sie sie nicht fanden . . .

Ich hielt den Gedanken gar nicht aus; konnte aber irgendwie an gar nichts anderes denken. Es wurde immer dunkler und es war die allerbeste Gelegenheit der Horde auszureißen; aber leider hatte mich der große vierschrötige Kerl am Wickel – Hines –, und da hätte ich genauso gut versuchen können dem Riesen Goliath zu entwischen. Er zerrte mich regelrecht vorwärts, weil er so aufgeregt war; und ich musste rennen, um mit ihm Schritt zu halten.

Als sie auf dem Friedhof ankamen, schwärmten sie überallhin aus und überschwemmten ihn fast. Und als sie zum Grab kamen, da stellten sie fest, dass sie ungefähr hundertmal so viele Schaufeln hatten, wie sie eigentlich brauchten, es hatte aber keiner daran gedacht, eine Laterne mitzubringen. Sie schaufelten aber trotzdem beim Zucken der Blitze drauflos und schickten einen Mann zum nächsten Haus, das vielleicht eine halbe Meile entfernt lag, damit er eine Laterne auslieh.

Sie gruben und schaufelten wie besessen. Es wurde stockfinster, der Regen brach los, der Wind heulte und pfiff, die Blitze zuckten immer greller und der Donner grollte; die Leute achteten aber überhaupt nicht drauf, so waren sie in ihre Arbeit vertieft; in dem einen Augenblick konnte man alles und jedes einzelne Gesicht in der großen Menschenmenge erkennen, auch die Schaufeln voll Erde, die sie aus dem Grab in die Höhe warfen, und im nächsten Augenblick löschte die Dunkelheit alles aus und man konnte überhaupt nichts mehr sehen.

Schließlich hatten sie den Sarg glücklich draußen und begannen den Deckel abzuschrauben und dabei gab es wieder ein so schreckliches Drängeln und Puffen und Schubsen, wie ihr euch nur vorstellen könnt; alle schoben sich nach vorne, um ja nichts zu verpassen, und das war bei dieser Dunkelheit ganz fürchterlich. Hines zog und zerrte so schrecklich, dass er mir mein Handgelenk ganz fürchterlich zugerichtet hat, und ich glaube, er hatte glatt vergessen, dass ich noch auf der Welt war, so hat er sich aufgeregt und gekeucht.

Plötzlich tauchte ein Blitz alles in blendendes Licht und jemand schreit: »So wahr ich hier stehe, da liegt ihm der Goldbeutel auf der Brust!«

Hines stößt einen Schrei aus, alle andern auch, lässt mein Handgelenk fahren, macht einen Satz nach vorn, um auch was zu sehen, und ich kann gar nicht sagen, wie rasch ich da ausgerissen und in der Dunkelheit zur Straße gerannt bin.

Ich war ganz alleine auf der Straße und ich bin regelrecht geflogen – ich hatte wenigstens keine andere Gesellschaft als die undurchdringliche Dunkelheit, die Blitze, die hin und wieder zuckten, den prasselnden Regen, den heulenden Wind und das Donnergepolter; und so wahr ihr geboren seid, ich bin vielleicht drauflosgerannt!

Als ich die Stadt erreicht hatte, merkte ich, dass bei diesem Unwetter niemand draußen war, und deshalb brauchte ich mir nicht erst Nebenstraßen zu suchen, sondern raste geradewegs die Hauptstraße entlang, und als ich in die Nähe von unserem Haus kam, da hab ich scharf Ausschau gehalten. Kein Licht; das ganze Haus lag im Dunkeln – das hat mich traurig und niedergeschlagen gemacht und ich hab gar nicht gewusst, warum. Aber im letzten Augenblick, grad als ich vorbeifegte, geht das Licht im Fenster von Mary Jane an! Da ist mir das Herz plötzlich so aufgegangen, als ob es bersten wollte. Und im nächsten Augenblick lagen das Haus und alles andere schon wieder hinter mir in tiefstem Dunkel. Ich sollte es niemals im Leben wieder sehen. Aber sie ist doch das beste Mädchen, das ich je getroffen habe, und sie hatte den meisten Mut.

In dem Augenblick, in dem ich weit genug von der Stadt entfernt war, dass ich dran denken konnte, wie ich zu der Insel im Fluss kommen könnte, fing ich an mich überall scharf nach einem Boot umzusehen, das ich mir borgen wollte; und ich schnappte mir das erste beste nicht angekettete Boot, das mir die Blitze zeigten, und schob ab. Es war ein Kanu und es war nur mit einer Leine festgemacht. Die Sandbank lag ziemlich weit draußen in der Mitte vom Strom, aber ich hab keine Zeit verloren; als ich das Floß schließlich erreichte, war ich so ausgepumpt, dass ich mich am liebsten hingelegt und nach Luft geschnappt und verpustet hätte, wenn ich's mir hätte leisten können. Das war jedoch nicht der Fall und ich sprang an Bord und rief: »Raus mit dir, Jim, mach das Floß flott! Dem Himmel sei Dank, wir sind sie los!«

Jim stürzte mit ausgebreiteten Armen auf mich zu und war vor Freude ganz außer sich; als ich ihn aber im Schein der Blitze sah, fiel mir das Herz in die Hose und ich kippte rückwärts über Bord; ich hatte nämlich ganz und gar vergessen, dass er der alte König Lear und der ertrunkene Araber in einer Person war, und hatte mich zu Tode erschrocken. Jim fischte mich jedoch wieder heraus und umarmte mich weiter und segnete mich und sagte, wie froh und erleichtert er wäre, dass ich wieder zurück wäre und dass er den König und den Herzog losgeworden sei, aber ich hab nur gesagt: »Schluss jetzt – heb dir das fürs Frühstück auf, heb dir das fürs Frühstück auf! Leg ab und lass es treiben!«

Zwei Sekunden später waren wir auch schon flott und glitten den Fluss entlang und es war ein herrliches Gefühl, dass wir wieder frei waren und ganz allein auf dem weiten Fluss und niemanden mehr hatten, der uns störte. Ich konnte nicht anders, ich musste einfach ein bisschen herumhopsen und Luftsprünge machen und die Hacken zusammenschlagen; aber beim dritten Satz hörte ich ein Geräusch, das ich nur zu gut kannte – ich hielt den Atem an und spitzte die Ohren und wartete –, und natürlich, als der nächste Blitz über das Wasser zuckte, da sah ich sie kommen: Die legten sich vielleicht in die Riemen! Der Kahn kam fast geflogen! Es waren der König und der Herzog.

Ich ließ mich einfach auf die Planken fallen und hab es dann aufgegeben; das war das Einzige, was ich tun konnte, um nicht laut rauszuheulen.

24. Kapitel

Als sie an Bord stiegen, stürzte sich der König gleich auf mich, packte mich am Kragen, schüttelte mich und hat gesagt: »Du hast wohl versucht uns heimlich zu entwischen, was, du Dreikäsehoch? Habt wohl unsere Gesellschaft satt, was?«

Ich sag: »Nein, Euer Majestät, das haben wir nicht, bitte nicht, Euer Majestät!«

»Na, dann spuck mal aus, was du dir gedacht hast, aber schnell, sonst schüttel ich dir die Seele aus dem Leibe!«

»Ehrlich, ich will Ihnen alles erzählen, genauso, wie's gewesen ist, Euer Majestät. Der Mann, der mich am Wickel gehabt hat, der war sehr nett zu mir und er hat mir immerzu von seinem Jungen erzählt, der wär genauso groß wie ich gewesen und voriges Jahr gestorben und es tät ihm so Leid einen Jungen in so einer gefährlichen Lage zu sehen, und als sie alle so baff waren vor Erstaunen, weil sie das Gold gefunden hatten, und sich auf den Sarg gestürzt haben, da hat er mich losgelassen und hat mir zugeflüstert: ›Lauf, was du kannst, sonst wirst du aufgehängt!‹, und da bin ich abgewetzt. Für mich hat es ja gar keinen Zweck gehabt dazubleiben – ich konnte ganz bestimmt nichts machen, und wenn ich schon weg konnte, dann war mir das lieber, als aufgeknüpft zu werden. Deshalb bin ich durchgelaufen, bis ich das Kanu gefunden habe, und als ich hier angekommen bin, da hab ich Jim gesagt, er soll sich beeilen, sonst fangen sie mich wieder ein und hängen mich trotzdem auf und ich hab ihm auch gesagt, ich fürchte-te, Sie und der Herzog wären jetzt nicht mehr am Leben, und es hat mir schrecklich Leid getan und Jim auch und wir haben uns riesig gefreut, als wir Sie kommen sahen, Sie brauchen bloß Jim zu fragen, ob das nicht wahr ist.«

Jim sagte natürlich, das sei wahr, und der König befahl ihm den Mund zu halten und sagte: »O ja, das klingt ungeheuer wahrscheinlich!« Und dann hat er mich wieder geschüttelt und gesagt, am liebsten würd er mich ersäufen. Aber der Herzog hat gesagt: »Lassen Sie doch den Jungen los, Sie alter Trottel! Hätten Sie's denn anders gemacht? Haben Sie sich etwa nach ihm umgeschaut, als Sie freigekommen sind? Ich kann mich zumindest nicht daran erinnern.«

Da hat mich der König losgelassen und begann diese Stadt und alle Einwohner zu verfluchen. Aber der Herzog hat gesagt: »Sie sollten sich lieber selbst beschimpfen, denn Sie sind wahrhaftig derjenige, der's am meisten verdient. Von Anfang an haben Sie nichts Vernünftiges gemacht, nur wie Sie so frech und dreist mit dem erfundenen blauen Pfeil rausgerückt sind – das war wirklich helle –, das war richtig umwerfend und das hat uns auch gerettet. Denn wenn das nicht gekommen wäre, dann hätten sie uns eingesperrt, bis das Gepäck von dem Engländer gekommen wäre – und dann – das Zuchthaus, da mach ich jede Wette. Aber der Trick hat sie zum Friedhof geführt und das Gold hat uns einen noch größeren Gefallen getan; denn wenn die aufgeregten Trottel nicht alles losgelassen und sich nach vorn gestürzt hätten, um nichts zu verpassen, dann wären wir heut Nacht in Krawatten schlafen gegangen – in Krawatten, die wir auch länger hätten tragen müssen, als uns lieb gewesen wäre.«

Einen Augenblick lang waren sie still und dachten nach – dann hat der König so wie geistesabwesend gesagt: »Hm! Und wir haben geglaubt, das hätten die Nigger gestohlen!«

Da hab ich vor Verlegenheit nicht aus noch ein gewusst!

»Ja«, sagt der Herzog so ganz langsam und betont und höhnisch, »wir haben das geglaubt.«

Nach ungefähr einer halben Minute sagt der König gedehnt: »Ich hab's wirklich getan.«

Der Herzog sagt genauso gedehnt: »Und ich hab es *geglaubt.«*

Da plustert sich der König auf und fragt: »Schauen Sie her, Bilgewater, auf was spielen Sie denn da an?«

Der Herzog antwortet ziemlich scharf: »Wenn wir schon davon reden, dann gestatten Sie vielleicht mir die Frage, worauf Sie sich beziehen!«

»Quatsch!«, sagt der König ganz spöttisch. »Aber ich weiß wirklich nicht – vielleicht haben Sie geschlafen und gar nicht gemerkt, was Sie gemacht haben.«

Jetzt ist der Herzog wütend aufgefahren und hat gesagt: »Ach, hören Sie doch mit dem verfluchten Unsinn auf! Glauben Sie denn, dass ich den Verstand verloren habe? Kapieren Sie denn nicht, dass ich ganz genau weiß, wer das Geld in diesem Sarg versteckt hat?«

»Ja, Sir! Ich weiß auch, dass Sie es wissen – weil Sie's nämlich selbst gewesen sind!«

»Das ist eine Lüge!« Damit stürzte sich der Herzog auf ihn. Der König schreit: »Nehmen Sie die Hände weg! Lassen Sie meine Kehle los! Ich will alles zurücknehmen!«

Da sagt der Herzog: »Gut, aber dann müssen Sie erstens eingestehen, dass Sie das Geld wohl dort versteckt haben, weil Sie mir eines Tages entwischen und zurückkommen und es ausgraben wollten, damit Sie's ganz alleine für sich behalten können.«

»Einen Augenblick, Herzog! Antworten Sie mir nur in aller Offenheit und Ehrlichkeit auf diese eine Frage: Wenn Sie das Geld dort nicht versteckt haben, so sagen Sie es und ich werd's Ihnen glauben und alles zurücknehmen, was ich gesagt habe.«

»Sie alter Schurke, ich hab's nicht gemacht und Sie wissen ganz genau, dass ich's nicht getan habe. Da haben Sie's.«

»Nun gut, ich will Ihnen glauben. Aber beantworten Sie mir nur noch eine einzige Frage und werden Sie nicht gleich wieder wütend: Haben Sie nicht die Absicht gehabt, das Geld beiseite zu bringen und zu verstecken?«

Der Herzog schwieg eine Weile und sagte dann: »Ach – es spielt doch keine Rolle, ob ich die Absicht hatte, ich hab's auf jeden Fall nicht ausgeführt. Aber Sie haben nicht nur die Absicht gehabt, Sie haben sie auch ausgeführt.«

»Ich will nie im Leben sterben, wenn ich das getan hab, Herzog, und das ist nicht gelogen. Ich will gar nicht behaupten, dass ich's nicht tun wollte, ich habe wirklich die Absicht gehabt; aber man – ich meine: Irgendjemand ist mir zuvorgekommen.«

»Das ist eine gemeine Lüge! Sie haben es getan und Sie müssen es auch eingestehen, sonst –«

Der König begann zu röcheln und stieß keuchend aus: »Genug! Ich geb's zu!«

Ich war heilfroh, wie er das sagte, und ich fühlte mich im Vergleich zu vorher richtig erleichtert. Der Herzog ließ also wieder von ihm ab und sagte: »Wenn Sie's noch mal leugnen, dann ersäuf ich Sie. Ja, setzen Sie sich nur hin und heulen Sie wie ein Baby, das passt zu Ihnen, nach der Art und Weise, wie Sie sich aufgeführt haben. Ich hab noch nie einen alten Strauß gesehen, der so viel auf einmal hat verschlingen wollen! Und Ihnen hab ich die ganze Zeit vertraut, so, als ob Sie mein eigner Vater wären! Sie sollten sich in Grund und Boden schämen, so dabeizustehen und mit anzuhören, wie man ein paar armen Niggern die ganze Schuld in die Schuhe schiebt, ohne auch nur ein einziges gutes Wort für sie einzulegen. Ich komm mir wirklich wie ein lächerlicher Trottel vor, dass ich so schwachsinnig war und Ihnen den ganzen Kohl wirklich abgekauft hab. Verflixt noch mal, jetzt versteh ich auch, warum Sie so versessen darauf waren, das Defizit auszugleichen! Sie wollten auch noch das Geld haben, das ich beim Unvergleichlichen verdient habe, das und das andere, alles haben Sie einstreichen wollen.«

Der König sagte eingeschüchtert, aber immer noch schniefend: »Aber hören Sie, Herzog, das sind doch Sie gewesen, der das Defizit ausgeglichen hat, nicht ich.«

»Halten Sie die Klappe! Von Ihnen will ich nichts mehr hören!«, sagt der Herzog. »Jetzt sehen Sie ja mal, was bei so was rauskommt. Sie haben Ihr ganzes eigenes Geld zurückgekriegt und dazu auch noch unseres, bis auf ein paar Cent. Kriechen Sie in Ihr Bett und lassen Sie mich für den Rest Ihres Lebens mit Defiziten in Ruhe!«

Der König krabbelte also in den Wigwam und suchte Trost bei der Flasche; und es dauerte gar nicht lange, da nuckelte der Herzog an der seinen und nach ungefähr einer halben Stunde waren sie wieder dicke Freunde und je betrunkener sie wurden, desto liebevoller wurden sie auch; schließlich kippten sie um und einer schnarchte in den Armen des anderen. Sie waren beide sturzbetrunken, aber ich merkte, so besoffen war der König doch nicht, dass er vergaß, dass er nicht leugnen durfte den Geldbeutel versteckt zu haben. Da hab ich mich erleichtert und zufrieden gefühlt.

Als die beiden zu schnarchen anfingen, hatten Jim und ich natürlich eine lange Unterhaltung und ich hab ihm die ganze üble Geschichte erzählt.

Aber das Allerschlimmste stand uns noch bevor. Die beiden Gauner hatten nämlich in der nächsten Zeit nicht viel Glück mit ihren krummen Touren und waren bald vollkommen pleite. Und als ich einmal für ein paar Stunden weg war, da verkauften sie Jim an einen Farmer namens Silas Phelps. Nach dieser langen Reise und nach allem, was wir für diese Schurken getan haben, war nun alles zunichte geworden, alles war zerstört und vorbei, nur weil sich die beiden Halunken nicht schämten Jim so übel mitzuspielen und ihn für vierzig dreckige Dollar wieder für sein ganzes Leben zum Sklaven zu machen, und noch dazu unter Fremden. Was sollte ich machen? Ich verfluchte den König und den Herzog und zog los, auf der Suche nach Jim und den Phelps.

25. Kapitel

Als ich bei der Farm von den Phelps ankam, war alles ganz still und sonntäglich und heiß und sonnig. Die Arbeiter waren auf den Feldern; und die Luft war mit diesem leisen Summen von Käfern und Fliegen erfüllt, bei dem man sich so einsam und verlassen vorkommt, als wenn alle tot und verschwunden wären; und wenn dann eine leichte Brise aufkommt und die Blätter zittern lässt, stimmt es einen traurig, denn man hat das Gefühl, als ob die Geister flüstern, die Geister von denen, die schon viele Jahre tot sind, und dann bildet man sich immer ein, jetzt sprechen sie über dich. Im Allgemeinen wünscht man sich dann, man wäre auch tot und hätte alles hinter sich.

Die Phelps-Farm war eine von diesen Baumwollplantagen, von denen eine wie die andere aussieht. Ich ging um den Zaun rum, kletterte hinten beim Aschkasten drüber und ging auf die Küche zu. Als ich ein paar Schritte gemacht hatte, hörte ich das leise auf- und abschwellende Summen von einem Spinnrad; und da hab ich ganz sicher gewusst, dass ich am liebsten tot wär, denn das ist wirklich das einsamste Geräusch auf der ganzen Welt.

Ich ging einfach weiter, ich hatte keinen bestimmten Plan,

sondern ich vertraute darauf, dass mir die Vorsehung schon im richtigen Augenblick die richtigen Wörter eingeben würde; denn ich hatte die Erfahrung gemacht, dass mir die Vorsehung immer die besten Worte in den Mund legt, wenn ich mich gar nicht viel einmische.

Als ich die Hälfte vom Weg hinter mir hatte, stand zuerst der eine Hund und dann ein anderer auf und gingen auf mich los, ich blieb natürlich stehen und sah sie an und rührte mich nicht. Was die vielleicht für einen Aufruhr gemacht haben! Im Handumdrehen war ich sozusagen die Nabe von einem Rad und die Speichen waren Hunde, mindestens fünfzehn Stück hatten sich im Kreis um mich versammelt, reckten die Köpfe und die Nasen nach mir und bellten und heulten.

Und es kamen immer mehr, man konnte richtig sehen, wie sie von überall her über die Zäune und um jede Ecke segelten.

Eine Niggerfrau kam aus der Küche gestürzt, schwenkte ein Nudelholz in der Hand und schrie: »Schert euch fort! Tiger! Fleck! Fort mit euch, sch!« Damit zog sie zuerst dem einen und dann dem anderen Hund eins übers Fell, sodass sie jaulend davonliefen, und der Rest folgte ihnen nach; im nächsten Augenblick kam die Hälfte aber wieder zurück, sprang schwanzwedelnd um mich herum und versuchte sich mit mir anzufreunden. In einem Hund steckt wirklich nichts Böses drin.

Und hinter der Frau kamen ein kleines Niggermädchen und zwei kleine Niggerjungen angelaufen, die nur Hemden aus Sackleinen anhatten, und sie hängten sich ihrer Mutter an den Rock und schauten mich von dort aus scheu und verlegen an, wie's Kinder immer so tun. Und dann kommt auch schon die weiße Frau vom Haus hergelaufen, etwa fünfundvierzig oder fünfzig Jahre alt, ohne Kopfbedeckung und ihre Spindel in der Hand; hinter ihr kommen die kleinen weißen Kinder hergelaufen und benehmen sich genauso wie die kleinen Nigger. Die Frau hat übers ganze Gesicht gestrahlt und gesagt: »Da bist du ja endlich! Nicht wahr – du bist es doch?«

Eh ich richtig nachdenken konnte, ist mir ein »Ja!«, entfahren. Sie packte mich und umarmte mich herzlich und dann griff sie nach meinen Händen und schüttelte sie unaufhörlich. Die Tränen traten ihr in die Augen und liefen ihr über die Backen und sie schien mit dem Händeschütteln und Umarmen gar nicht aufhören zu können, dabei sagte sie wieder: »Du siehst deiner Mutter gar nicht so ähnlich, wie ich mir das gedacht hab, aber du lieber Gott, was macht das denn, ich bin ja so froh, dass ich dich sehe! Du liebe Güte, ich könnt dich vor lauter Freude fressen! Kinder, das ist euer Vetter Tom! Sagt ihm Guten Tag!«

Sie zogen jedoch die Köpfe ein, steckten die Finger in den Mund und verkrochen sich hinter ihr. Deshalb redete sie weiter: »Lissy, lauf und mach ihm ein warmes Frühstück, rasch, rasch! Oder hast du schon auf dem Dampfer gefrühstückt?«

Ich antwortete, ich hätte schon auf dem Schiff gegessen. Da hat sie mich bei der Hand genommen und ins Haus geführt und die Kinder sind hinter uns hergetappelt. Drinnen hab ich mich auf einen Rohrstuhl setzen müssen und sie nahm auf einem kleinen niedrigen Schemel vor mir Platz, hielt meine beiden Hände und hat gesagt: »Jetzt kann ich dich ganz richtig anschauen, weiß der Himmel, die ganzen langen Jahre hab ich mich immer wieder danach gesehnt und nun ist es endlich so weit. Wir erwarten dich schon seit ein paar Tagen. Was hat dich denn aufgehalten? Ist der Dampfer auf Grund gelaufen?«

»Ja, Madam, er –«

»Aber du sagst doch wohl nicht Madam zu mir! Sag Tante Sally. Wo ist er denn auf Grund gelaufen?«

Ich wusste nicht genau, was ich sagen sollte, denn ich hatte keine Ahnung, ob mein Schiff flussaufwärts oder flussabwärts gekommen sein musste. Aber ich verließ mich zum größten Teil auf den Instinkt und mein Instinkt hat mir gesagt, das Schiff müsste flussaufwärts gekommen sein – aus der Gegend von Orleans. Es hat mir allerdings nicht viel weitergeholfen, ich hatte keinen blassen Dunst, wie da unten die Sandbänke hießen. Ich sah schon, dass ich mir ne Sandbank ausdenken oder den Namen von der vergessen haben musste, auf die wir aufgelaufen waren, oder – aber dann hatt ich plötzlich eine Idee und führte sie auch gleich aus: »Das war nicht das Auflaufen! Das hat uns überhaupt nicht aufgehalten. Es ist ein Kessel explodiert, aber niemandem ist etwas passiert.«

»Na, das ist ja wirklich ein Glück; denn manchmal werden Menschen dabei verletzt. Als dein Onkel Silas Weihnachten vor zwei Jahren von New Orleans in der alten Sally Rook raufgekommen ist, da ist auch der Kessel geplatzt und das hat einen Mann zum Krüppel gemacht. Ich glaube, er ist später auch gestorben. Er ist ein Baptist gewesen. Dein Onkel Silas hat eine Familie in Baton Rouge gekannt, die seine Leute gut gekannt haben. Ja, ja, ich kann mich jetzt dran erinnern, er ist wirklich gestorben. Dein Onkel ist übrigens jeden Tag oben in der Stadt gewesen, um dich abzuholen. Heute ist er auch wieder gefahren, vor einer knappen Stunde; er müsste eigentlich jeden Augenblick zurück sein. Hast du ihn nicht auf der Straße getroffen? Ein älterer Mann mit einem –«

»Nein, ich hab niemanden gesehen, Tante Sally. Der Dampfer hat gerade bei Tagesanbruch angelegt und ich habe mein Gepäck am Landesteg gelassen und hab mir die Stadt angeschaut und bin ein Stück ins Land rausgegangen, um mir die Zeit zu vertreiben und nicht zu früh hier aufzutauchen, deshalb bin ich von hinten rum gekommen.«

»Wem hast du denn das Gepäck gegeben?«

»Niemandem.«

»Aber Kind, dann wird es ja gestohlen?«

»Da, wo ich's versteckt hab, bestimmt nicht«, sag ich.

»Und wie hast du denn so früh auf dem Dampfer was zu essen bekommen?«

Das war wieder hauchdünnes Eis, aber ich hab geantwortet: »Der Kapitän hat gesehen, wie ich da rumgestanden bin, und hat mir geraten, ich sollte lieber zuerst was essen, eh ich an Land ging: Da hat er mich mit in die Offiziersmesse genommen und hat mir alles gegeben, was ich haben wollte.«

Ich wurde allmählich so kribbelig, dass ich gar nicht mehr richtig zuhören konnte. Ich musste die ganze Zeit an die Kinder denken; ich hätte sie zu gerne beiseite genommen und etwas ausgehorcht, damit ich wusste, wo ich eigentlich war. Aber es ergab sich keine Gelegenheit. Mrs Phelps redete pausenlos weiter. Kurz darauf hat sie mir einen kalten Schauer den Rücken runterlaufen lassen, denn sie hat gesagt: »Aber jetzt schwatzen wir hier immerzu und du hast mir noch kein einziges Wort von meiner Schwester erzählt und von den anderen auch nicht. Ich glaub, ich muss jetzt mal mein Mundwerk ein bisschen abstellen und du fängst an zu erzählen; aber erzähl mir alles, die kleinste Kleinigkeit und von jedem Einzelnen; und wie es ihnen geht und was sie machen und was sie dir aufgetragen haben, das du mir erzählen sollst; und überhaupt alles, was dir einfällt.«

Na, da saß ich gehörig in der Tinte, bis über die Ohren. Die Vorsehung hatte mir zwar bis hierher beigestanden, aber jetzt saß ich auf dem Proppen. Mir war völlig klar, dass es sinnlos war, einfach draufloszuschwatzen. Ich konnte nur noch die Hände heben und mich ergeben. Deshalb hab ich mir gesagt, dies ist wieder eine Situation, in der ich es wagen muss die Wahrheit zu sagen. Als ich gerade den Mund aufklappen und damit anfangen wollte, packte sie mich und schubste mich hinter das Bett. Dabei hat sie gesagt: »Da kommt er! Duck den Kopf noch ein wenig runter! So, das wird reichen; jetzt bist du nicht mehr zu sehen. Lass nicht merken, dass du schon da bist. Ich will ihn ein bisschen auf den Arm nehmen. Kinder, dass ihr mir kein Wort verratet!«

Ich merkte, dass ich in der Klemme saß. Aber es hatte keinen Zweck, mir Sorgen zu machen; mir blieb nichts anderes übrig, als stillzuhalten und zu versuchen das kommende

Donnerwetter zu überstehen. Ich konnte gerade noch einen flüchtigen Blick auf den alten Mann werfen, als er die Stube betrat, dann hat ihn das Bett verdeckt.

Mrs Phelps ist auf ihn zugesprungen und hat gefragt: »Ist er mitgekommen?«

»Nein«, antwortet ihr Mann.

»Ach, du liebe Güte!«, sagt sie. »Was kann denn um des Himmels willen nur aus ihm geworden sein?«

»Keine Ahnung«, antwortet der alte Mann, »aber ich muss doch gestehen, allmählich beunruhigt mich das ziemlich.«

»Beunruhigen?«, sagt sie. »Ich bin ganz außer mir! Er muss doch gekommen sein, du musst ihn auf der Straße verfehlt haben. Ich weiß das ganz genau – eine innere Stimme sagt es mir gradezu.«

»Aber Sally, ich hätte ihn doch nicht auf der Straße verfehlen können, das weißt du doch.«

»Ach, du liebe Zeit, was wird nur meine Schwester sagen? Er muss doch gekommen sein! Du musst ihn verfehlt haben. Er –«

»Oh, mach mich nicht noch unglücklicher, als ich ohnehin schon bin. Ich weiß wirklich nicht, was ich davon halten soll. Ich bin am Ende von meiner Weisheit und ich gebe gerne zu, dass ich mir große Sorgen mache. Aber es besteht nicht die leiseste Hoffnung, dass er angekommen ist; denn das wäre ganz unmöglich, dass er ankommt und dass ich ihn verfehle. Sally, es ist schrecklich – es ist einfach schrecklich –, irgendwas muss mit dem Dampfer passiert sein, ganz bestimmt.«

»Aber Silas! Schau doch da rüber! Drüben auf der Straße! Kommt da nicht jemand?«

Er sprang zu dem Fenster neben dem Kopfende vom Bett und dadurch gab er Mrs Phelps die ersehnte Chance. Sie bückte sich rasch am Fußende, zog kräftig an mir und schon war ich draußen.

Und als er sich vom Fenster wieder umwandte, stand sie strahlend und lächelnd da und ich daneben, ziemlich belämmert und verschwitzt. Der alte Mann starrt uns an und fragt:

»Wieso, wer ist denn das?«

»Was meinst du denn wohl?«

»Keine Ahnung. Wer ist das denn?«

»Das ist Tom Sawyer!«

Junge, Junge, da wär ich fast durch den Fußboden gekracht! Aber ich hatte keine Zeit umzuschalten; der alte Mann packte meine Hand und schüttelte sie ununterbrochen; und die ganze Zeit tanzte die Frau immer um uns herum und lachte und weinte; und wie sie dann alle beide angefangen haben mich ins Kreuzfeuer zu nehmen und mich über Sid, Mary und den Rest der Familie auszufragen!

Aber wenn sie sich auch gefreut haben, so ist das nichts gegen meine Freude gewesen. Denn ich fühlte mich wie neu geboren, ich war so erleichtert, dass ich herausgekriegt hatte, wo ich war. Na, sie haben mich ungefähr zwei Stunden lang gelöchert, und als mir die Kinnbacken schließlich so weh getan haben, dass ich sie kaum noch bewegen konnte, da hatte ich ihnen mehr Geschichten von meiner Familie erzählt – ich meine natürlich die Familie Sawyer –, als in vollen sechs Sawyer-Familien jemals hätte passieren können. Und ich erklärte auch ganz genau, wie uns der Kessel in der Mündung vom Weißen Fluss explodiert ist und wie es drei Tage gedauert hat, bis er wieder repariert war. Das war ganz in Ordnung und klappte auch erstklassig, denn sie wussten natürlich nicht, ob so eine Reparatur wirklich drei Tage dauert. Ich hätte ihnen genauso gut etwas anderes erzählen können.

Einerseits fühlte ich mich jetzt ganz erleichtert, andererseits war es mir wieder recht unbehaglich. Tom Sawyer zu spielen, das war für mich ganz einfach und bequem und es blieb auch einfach und bequem, bis ich einen Dampfer den Fluss heruntertuckern hörte – nehmen wir mal an, hab ich mich gefragt –, Tom Sawyer kommt mit diesem Schiff angefahren? Und nehmen wir mal an, er kommt hier in der nächsten Minute rein und ruft meinen Namen, eh ich ihm ein Zeichen geben kann, dass er stillschweigen soll? Nein, so durft ich das nicht passieren lassen, das wäre ganz und gar verkehrt. Ich musste die Landstraße doch zurückgehen und ihm auflauern.

Ich hab den Leuten also gesagt, ich glaubte, ich wollte noch mal in die Stadt zurück und mein Gepäck holen. Der alte Mann hat mich gleich begleiten wollen, aber ich hab ihm gesagt, nein, ich könnte selber kutschieren und deshalb brauchte er sich meinetwegen keine Mühe zu machen.

26. Kapitel

Ich bin also mit dem Wagen zur Ortschaft aufgebrochen, und als ich den halben Weg hinter mir hatte, da seh ich, wie mir ein anderer Wagen entgegenkommt, und wer sitzt natürlich drin? Tom Sawyer, und ich hab angehalten und hab gewartet, bis er näher kommt. Da hab ich gesagt: »Halt!«, er hat neben mir angehalten und sein Mund ist so weit wie ein Reisekoffer aufgeklappt und er kriegte ihn gar nicht wieder zu. Dann hat er zwei- oder dreimal geschluckt, wie jemand mit ner trockenen Kehle und dann hat er gesagt: »Ich hab dir nie was zu Leide getan. Das weißt du ganz genau! Also, warum willst du dann zurückkommen und ausgerechnet bei mir spuken?«

Ich sag: »Ich bin nicht zurückgekommen, ich bin ja noch gar nicht dahingegangen.«

Als er meine Stimme gehört hat, da brachte ihn das schon wieder etwas ins Gleichgewicht, aber ganz zufrieden ist er noch nicht gewesen. Er hat gesagt: »Nimm mich bitte nicht auf den Arm, denn das würd ich mit dir auch nicht machen. Also jetzt großes Ehrenwort, bist du gar kein Gespenst?«

»Großes Ehrenwort, ich bin keins«, sag ich.

»Na ja, ich – ich – ich – ja, dann wär ja natürlich alles schön und gut, aber ich kann das trotzdem irgendwie noch nicht verstehen. Sag mal, bist du denn überhaupt nicht ermordet worden?«

»Nein. Ich bin nie ermordet worden. Ich hab nur so getan, als ob. Du brauchst nur herzukommen und mich anzufassen, wenn du mir nicht glauben willst.«

Das hat er getan und das hat ihn überzeugt; und er war so froh mich wieder zu sehen, dass er gar nicht gewusst hat, was er anfangen sollte. Er wollte auf der Stelle alles ganz genau erfahren, weil es ja doch ein großes und geheimnisvolles Abenteuer war, und das ist ja immer seine Schwäche gewesen. Aber ich hab gesagt, das kann bis später warten, er hat seinem Kutscher gesagt, er solle warten, und dann sind wir ein kleines Stückchen gefahren und ich hab ihm gestanden, in welcher Klemme ich stecke, und was er wohl meinte, was wir am gescheitesten tun sollten? Er hat gesagt, sei mal einen Augenblick still und stör mich nicht. Er hat also aus Leibeskräften nachgedacht und kurz darauf gesagt: »Ich hab's! So müssen wir es machen. Stell meinen Koffer in deinen Wagen und sag, es sei deiner. Und jetzt dreh um und fahr schön langsam, damit du nicht eher zu dem Haus zurückkommst, als du kommen müsstest; und ich fahr unterdessen ein Stück zur Stadt zurück, brech abermals auf und komm vielleicht eine viertel oder eine halbe Stunde nach dir an; und du brauchst dir zuerst gar nicht anmerken zu lassen, dass du mich kennst.«

Da hab ich gesagt: »Gut, gut, aber wart noch einen Augenblick. Da ist noch was – etwas, das außer mir kein Mensch weiß. Es dreht sich nämlich darum, da ist noch ein Nigger, und den will ich aus der Sklaverei stehlen – und sein Name ist Jim – der Jim von der alten Miss Watson.«

Da hat er gesagt: »Was? Ja, aber Jim ist doch –«

Er hielt inne und dachte wieder nach. Ich hab gesagt: »Ich weiß genau, was du sagen willst. Du wirst sagen, das ist eine dreckige Lüge und gemeine Angelegenheit, na und wennschon? Ich bin auch gemein und ich bin fest entschlossen ihn zu stehlen und ich erwarte nur von dir, dass du die Klappe hältst und nichts verrätst. Schwörst du mir das?«

Da haben seine Augen gefunkelt und er hat gesagt: »Ich werd dir helfen ihn zu stehlen!«

Ah, da hab ich alles losgelassen, als ob mich ein Schuss getroffen hätte. Das sind wirklich die erstaunlichsten Worte gewesen, die ich je gehört habe, und ich bin verpflichtet zuzugeben, dass Tom Sawyer in meiner Achtung ganz beträchtlich gestiegen ist. Ich wollte es nur noch gar nicht glauben. Tom Sawyer, ein Niggerräuber!

»Ach, Quatsch«, sag ich, »du machst ja nur Spaß.«

»Ich mein es völlig ernst.«

»Na, also dann«, sag ich, »Spaß oder nicht Spaß, wenn du irgendetwas von einem ausgerissenen Nigger reden hörst, dann vergiss nicht, dass du nichts von ihm wissen kannst, und ich weiß auch nichts von ihm.«

Dann nahmen wir den Koffer und schleppten ihn in meinen Wagen und er fuhr seinen Weg und ich fuhr meinen. Ich hatte aber natürlich vergessen, dass ich langsam fahren sollte, weil ich so froh war und so viel Zeit zum Nachdenken hatte; ich bin deshalb für die lange Strecke viel zu früh nach Hause gekommen. Der alte Mann stand vor der Tür und sagt: »Na, das ist ja prachtvoll. Wer hätte sich träumen lassen, dass so was noch in der alten Mähre steckt. Ich wünschte, wir hätten die genaue Zeit gestoppt. Sie hat nicht mal geschwitzt – ganz trocken. Das ist wirklich wunderbar. Hör mal, jetzt würd ich das Pferd für keine hundert Dollar verkaufen, ehrlich nicht; und dabei hab ich sie für fünfzehn gekauft und ich hab wirklich gedacht, mehr wär sie auch nicht wert gewesen.«

Mehr hat er nicht gesagt. Er ist wirklich die argloseste und gütigste alte Seele gewesen, die ich je getroffen hatte. Aber das war auch nicht weiter verwunderlich, denn er ist nicht nur ein Farmer gewesen, sondern auch ein Prediger und hinten auf der Plantage stand eine kleine bescheidene Holzkirche, die er für sein eigenes Geld gebaut hatte und die als Gemeindesaal und Schulhaus diente, er hat auch nie etwas für die Predigten genommen und dabei sind die wirklich was wert gewesen. Es hat unten im Süden eine Reihe von solchen Farmer-Predigern wie ihn gegeben und die haben es genauso gemacht.

Ungefähr nach einer halben Stunde ist der Wagen von Tom vorm vorderen Zauntritt vorgefahren und Tante Sally hat das durchs Fenster gesehen, weil es keine fünfzig Meter entfernt war, und sie hat gesagt: »Nanu, da ist jemand gekommen! Hör mal, ich glaub, das ist ein Fremder. Jimmy! (Das ist eins von den Kindern gewesen.) Lauf und sag Lissy, dass sie noch einen Teller mehr auf den Tisch stellt.«

Alle drängten sich zur Haustür, denn es kommt natürlich

nicht jedes Jahr ein Fremder vorbei, und wenn wirklich einer kommt, so ist er interessanter als das Gelbfieber.

Tom war schon über den Zauntritt geklettert und ging auf das Haus zu; der Wagen raste schon wieder die Landstraße entlang auf die Ortschaft zu und wir standen alle zusammen in der Haustür. Tom hatte seinen Anzug aus dem Laden an, und ein Publikum – das war für Tom Sawyer immer ne Wonne. Unter solchen Umständen fiel's ihm überhaupt nicht schwer, den erforderlichen Schwung in die Sache zu bringen. Er gehörte nicht zu den Jungen, die sich so schüchtern wie ein Lämmchen über den Hof schleichen, nein, er ist ganz ruhig und selbstbewusst wie ein Böckchen dahermarschiert gekommen. Als er vor uns stand, da hat er den Hut so elegant und anmutig wie den Deckel von einer Schachtel abgenommen, in der lauter Schmetterlinge geschlafen haben, die er nicht stören wollte. Dann hat er gesagt: »Mr Archibald Nichols, nehme ich an?«

»Nein, mein Junge«, sagte der alte Mann, »da muss ich dir leider sagen, dass dich dein Kutscher betrogen hat; der Hof von Nichols liegt drei Meilen weiter unten. Aber komm herein, komm herein.«

Tom schaute über die Schulter zurück und sagte: »Zu spät! Er ist nicht mehr zu sehen.«

»Ja, der ist verschwunden, mein Sohn, und deshalb musst du hereinkommen und mit uns zu Abend essen; dann werden wir anspannen und dich heil und sicher zu Nichols bringen.«

»Oh bitte, machen Sie meinetwegen nicht so viel Umstände;

das kann ich gar nicht ertragen. Ich werde zu Fuß gehen, die Entfernung macht mir nichts aus.«

»Aber wir werden dich gar nicht gehen lassen! So sieht die Gastlichkeit im Süden nicht aus. Komm erst einmal herein.«

»Ach ja, bitte«, sagte Tante Sally, »und es macht uns gar keine Umstände, nicht im Geringsten. Du musst einfach bleiben. Das sind drei schrecklich lange und staubige Meilen, da können wir dich wahrhaftig nicht zu Fuß laufen lassen. Und außerdem, als ich dich kommen sah, da hab ich schon gesagt, dass sie noch ein Gedeck auflegen sollen; du darfst uns also gar nicht enttäuschen. Komm nur herein und mach es dir gemütlich.«

Tom bedankte sich also sehr herzlich und höflich und ließ sich überreden einzutreten. Drin hat er dann erzählt, er sei ein Fremder aus Hicksville, Ohio, und sein Name sei William Thompson, bei diesen Worten hat er sich abermals verneigt.

Na, er schwatzte munter drauflos und dachte sich so viele Geschichten über Hicksville und seine Einwohner aus, wie ihm nur in den Kopf kamen, und ich bin schon richtig nervös geworden und hab mir überlegt, wie mir dies wohl aus der Klemme helfen sollte. Aber schließlich beugt er sich mitten im Reden rüber und küsst Tante Sally genau auf den Mund, lehnt sich dann wieder ganz bequem in seinem Stuhl zurück und spricht weiter; sie ist aber aufgesprungen, hat sich den Mund mit dem Handrücken abgewischt und gesagt: »Du unverschämter Bursche, du!«

Er hat sie ganz beleidigt angeschaut und hat gesagt: »Da muss ich mich aber sehr über Sie wundern, Madam.«

»Wundern? Aber hör mal, für wen hältst du mich denn! Ich hätte große Lust dich zu packen und – ja, was denkst du dir eigentlich dabei, mich zu küssen?«
Tom machte ein ganz zerknirschtes Gesicht und antwortet: »Ich hab mir gar nichts dabei gedacht. Ich hab das nicht böse gemeint. Ich – ich – ich hab gedacht, Sie hätten das gern.«
»Na hör mal, du Frechdachs, du!« Sie griff nach ihrer Spindel und es sah so aus, als ob sie sich sehr beherrschen müsste, um ihm nicht eins überzuziehen. »Wie bist du bloß auf den Gedanken gekommen, dass ich das gern hätte?«
»Ach, ich weiß nicht. Nur – sie – sie – sie haben mir gesagt, Sie hätten das gerne.«
»Wie? Sie haben dir gesagt, dass ich das gern hätte? Wer dir das gesagt hat, der ist verrückt! Das schlägt doch dem Fass den Boden aus. Wer sind denn sie?«
»Ach, alle. Das haben mir alle gesagt, Madam.«
Sie konnte kaum mehr an sich halten, ihre Augen blitzten und ihre Finger zuckten, als ob sie ihn am liebsten zerkratzt hätte; dann hat sie gesagt: »Wer sind alle? Raus mit den Namen! Sonst gibt es einen Verrückten weniger.«
Er steht auf und sieht ganz verzweifelt aus, fummelt an seinem Hut herum, schaut sich um, erblickt mich und sagt: »Tom, hättest du nicht gedacht, dass Tante Sally ihre beiden Arme ausbreiten und sagen würde: Sid Sawyer –«
»Herrgott!«, unterbricht sie ihn und springt auf ihn zu. »Du unverschämter kleiner Lausebengel, mich so auf den Arm zu nehmen –«, und dann hat sie keine Zeit verloren und hat ihn umarmt und geküsst und dann hat sie ihn zu dem alten Mann

rübergeschoben, der das genommen hat, was noch übrig geblieben war. Nachdem sie sich alle etwas beruhigt hatten, sagt sie: »Weiß der liebe Himmel, so eine Überraschung hab ich noch nie erlebt. Dich haben wir überhaupt nicht erwartet, nur Tom. Meine Schwester hat mir nur davon geschrieben, dass er kommt.«

»Weil es gar nicht beabsichtigt war, dass außer Tom noch jemand kommen sollte«, sagt er, »aber ich hab gebettelt und gefleht und schließlich hat sie mich im letzten Augenblick mitkommen lassen, und als wir so den Fluss runtergefahren sind, da haben ich und Tom uns gedacht, dass es eine erstklassige Überraschung wäre, wenn er zuerst hier alleine auftauchte und wenn ich erst ein bisschen später käme und so täte, als ob ich ein Fremder wär. Aber da haben wir uns geirrt, Tante Sally. Für einen Fremden ist es hier lebensgefährlich.«

»Nein! Nur für unverschämte Strolche, Sid. Du hättest eigentlich ein paar Ohrfeigen verdient, denn ich weiß wirklich nicht, wann ich mich das letzte Mal so geärgert habe! Aber es spielt keine Rolle, ich stoß mich nicht dran – wenn ich euch nur hier habe, dann bin ich gern bereit tausend solcher Streiche auszuhalten. Nein wirklich, denk doch nur an das Theater! Ich will's gar nicht leugnen, ich war wirklich vollkommen entgeistert, als du mir den Schmatz gegeben hast.«

Wir aßen draußen in dem offenen Gang zwischen dem Haus und der Küche; es stand so viel auf dem Tisch, dass es für sieben Familien ausgereicht hätte, und alles war auch richtig schön heiß; kein so ein wabbliges zähes Fleisch, das die ganze Nacht über auf einem Bord im feuchten Keller gelegen hat und am nächsten Tag wie ein Stück von einem alten Kannibalen schmeckt. Onkel Silas, der hat ein ziemlich langes Tischgebet gesprochen, aber es hat sich gelohnt; und das Essen ist darüber auch nicht kalt geworden, wie ich es sonst schon oft bei solchen Unterbrechungen erlebt habe.

Den ganzen Nachmittag haben wir uns ziemlich viel unterhalten und ich und Tom haben die ganze Zeit die Ohren gespitzt, aber es hat nichts genützt, sie haben kein Wort von dem weggelaufenen Nigger geredet und wir hatten Angst das Gespräch selber darauf zu bringen. Aber beim Abendessen hat einer von den kleinen Buben gefragt: »Pa, dürfen Tom und Sid und ich heute Abend zu der Vorstellung gehen?«

»Nein«, antwortete der alte Mann, »ich glaube, es wird gar keine geben; und selbst wenn eine stattfindet, dürftet ihr auch nicht hin. Der fortgelaufene Nigger hat nämlich Burton und mir von dieser skandalösen Vorstellung erzählt und Burton hat gesagt, er wollte es den Leuten weitersagen, ich nehme deshalb an, dass sie die unverschämten Halunken schon vorher aus der Stadt werfen.«

Es war also geschehen! Aber ich hätt's nicht verhindern können.

Tom und ich sollten in der gleichen Stube und im gleichen Bett schlafen; weil wir auch müde waren, sagten wir deshalb Gute Nacht und gingen direkt nach dem Abendessen ins Bett, kletterten aus dem Fenster, rutschten am Blitzableiter hinunter und zogen in die Stadt. Denn ich glaubte nicht, dass jemand dem König und dem Herzog einen Wink geben würde, und wenn ich mich deshalb nicht beeilte und sie warnte, dann würden sie sicher Ärger kriegen.

Unterwegs erzählte mir Tom, wieso alle geglaubt hätten, dass ich ermordet worden wär und dass mein Alter kurz darauf verschwand und nicht wieder aufgetaucht war und was es für eine schreckliche Aufregung wegen Jims Flucht gegeben hätte. Ich berichtete Tom dafür alles über unsere königlichen, unvergleichlichen Halunken und so viel von der Floßfahrt, wie ich Zeit hatte; als wir in der Stadt ankamen – da muss es ungefähr halb neun gewesen sein –, kommt eine tobende Menschenmenge mit Fackeln und grässlichem Geheul und Geschrei angetrampelt und alle trommeln auf Blechnäpfen herum und schmettern mit Trompeten; wir sind zur Seite gesprungen, um sie vorbeistürmen zu lassen, und als sie das tun, da seh ich, dass sie den König und den Herzog auf einem Balken reiten lassen. Das heißt, ich hab geahnt, dass es der König und der Herzog gewesen sind, denn sie sind über und über mit Teer und Federn bedeckt gewesen und sahen gar nicht mehr wie Menschen aus, sondern wie ein Paar riesige Helmbüsche. Bei ihrem Anblick ist mir ganz elend geworden und die beiden armen erbärmlichen Schufte haben mir Leid getan. Mir war, als könnte ich nie wieder auf der Welt etwas gegen sie haben. Das war ein zu schrecklicher Anblick. Menschen können wirklich grausam zueinander sein.

Wir haben gesehen, dass wir zu spät gekommen sind, wir konnten ihnen nicht mehr helfen. Wir haben ein paar Nachzügler ausgefragt und die haben uns gesagt, dass alle mit ganz unschuldigen Gesichtern in die Vorstellung gegangen und sich still verhalten und abgewartet hätten, bis der arme alte König mitten in seinen Bocksprüngen auf der Bühne gewesen wäre, dann hätte jemand ein Signal gegeben und das ganze Publikum hätte sich erhoben und sich auf sie gestürzt. So tasteten wir uns denn nach Hause zurück und ich fühlte mich nicht mehr so übermütig wie vorher, sondern irgendwie gemein und gedemütigt und es kam mir so vor, als ob ich mir Vorwürfe machen müsste, obgleich ich doch wirklich nichts angestellt hatte. Aber das ist immer dasselbe; es spielt gar keine Rolle, ob man richtig oder falsch handelt, das menschliche Gewissen hat kein bisschen Vernunft und geht einfach seine eigenen Wege. Wenn ich nen Hund hätte, der so wenig Vernunft hätte wie das Gewissen, dann würd ich ihn vergiften. Das Gewissen nimmt viel mehr Platz ein als die ganzen anderen Innereien von nem Menschen, und trotzdem taugt es gar nichts. Tom Sawyer, der sagt dasselbe.

27. Kapitel

Wir hörten auf zu reden und haben angefangen nachzudenken. Nach einer Weile sagt Tom: »Hör mal, Huck, wir sind ja wirklich Trottel, dass wir nicht gleich daran gedacht haben! Ich mach eine Wette, ich weiß, wo Jim steckt.«

»Nein! Wo?«

»In der Hütte da unten neben dem Aschkasten. Hör mal, als wir vorhin beim Mittagessen gesessen haben, hast du da nicht einen Nigger gesehen, der mit was zu essen reingegangen ist?«

»Doch.«

»Und für wen ist das Essen wohl gewesen?«

»Für einen Hund.«

»Das hab ich auch geglaubt. Das ist aber nicht für nen Hund gewesen.«

»Warum denn nicht?«

»Weil ein Stück Wassermelone dabei war.«

»Das stimmt! Hör mal, das schlägt ja wirklich alles! Dass ich nicht gleich daran gedacht hab, dass ein Hund keine Wassermelonen frisst. Aber das zeigt einem mal wieder, wie man was sehen und trotzdem nichts merken kann.«

»Na ja, als der Nigger reinging, da hat er das Vorhängeschloss aufgemacht, und als er rauskam, da hat er es wieder abgeschlossen. Er hat Onkel Silas einen Schlüssel gebracht, ungefähr zu der Zeit, als wir vom Tisch aufgestanden sind. Das muss der Schlüssel gewesen sein, da mach ich jede Wette. Wassermelone bedeutet Mensch, Vorhängeschloss bedeutet Gefangener; und dass auf einer so kleinen Plantage zwei Gefangene sind, das ist ziemlich unwahrscheinlich, noch dazu, wo die Leute hier alle so gut und freundlich sind. Jim ist der Gefangene. Sehr gut. Ich bin richtig froh, dass wir's nach der Detektivmethode rausgekriegt haben; für das andere würde ich keinen Pfifferling geben. Und jetzt streng deinen Kopf mal ein bisschen an und brüte einen Plan aus, wie wir Jim stehlen, ich werd mir auch einen ausdenken; und dann gehen wir nach dem vor, der uns am besten gefällt.«

Was hat dieser Junge nur für einen gescheiten Kopf gehabt! Wenn ich den Grips von Tom Sawyer gehabt hätt, dann hätt ich nicht mit einem Herzog und nicht mit einem Maat auf einem Dampfer tauschen mögen, nicht mal mit einem Clown im Zirkus, überhaupt mit keinem, der mir einfällt.

Ich hab mir einen Plan ausgedacht, aber eigentlich nur, um was zu tun zu haben. Ich habe ja doch gewusst, von wem der richtige Einfall kommen wird. Ziemlich bald darauf hat Tom gefragt: »Fertig?«

»Ja«, sag ich. »Mein Plan sieht so aus, wir können ganz leicht rausfinden, ob da wirklich Jim drin sitzt. Dann hol ich morgen Nacht mein Kanu raus und hol das Floß von der Insel rüber. Wenn dann die erste stockfinstere Nacht kommt, stehl ich dem alten Mann den Schlüssel aus der Hose, wenn er im Bett ist, schleich mich mit Jim zum Fluss und zum Floß runter und dann verstecken wir uns wieder bei Tage und fahren in der Nacht, so wie ich und Jim es bisher gemacht haben. Wär der Plan nicht ganz gut?«

»Gut? Na, funktionieren würde er schon sicher, so selbstverständlich, wie Katzen Mäuse jagen. Aber er ist so verdammt einfach, da ist überhaupt nichts dran. Was hat ein Plan aber für einen Sinn, wenn da nicht ein bisschen Aufregung dabei ist? Der ist so mild wie Gänsewein. Nee, Huck, da würden die Leute genauso wenig drüber reden wie übern Einbruch in eine Seifenfabrik.«

Ich hab nichts gesagt, weil ich gar nichts anderes erwartet hatte; und ich wusste auch ganz genau, wenn er seinen Plan fix und fertig hätte, dann brauchte man gar nicht erst solche Einwendungen zu machen.

Das hatte gestimmt. Er hat mir seinen Plan verraten und ich hab sofort erkannt, dass er fünfzehnmal mehr wert war als meiner. Er hatte viel mehr Stil, Jim würde dabei genauso befreit werden und vielleicht konnte er uns allen das Leben kosten.

Ich war also zufrieden und ich schlug vor, wir sollten gleich damit anfangen. Ich brauch hier erst gar nicht zu erzählen, um was es sich gedreht hat, denn ich hab ganz genau gewusst, dass es nicht dabei bleiben würde. Ich hab gewusst, dass er die Einzelheiten immer wieder verändern würde, während wir den Plan ausführten, und dass er bei jeder Gelegenheit neue Tricks und Trümpfe einbauen würde. Und genau das hat er auch getan.

Eins war jedoch todsicher, dass Tom Sawyer die Geschichte nämlich ernst nahm und wirklich dabei helfen wollte, den Nigger aus der Sklaverei zu stehlen. Das war nun das, was zu hoch für mich war. Hier war ein anständiger Junge, gut erzogen, mit einem guten Ruf, mit Leuten zu Hause, die auch einen guten Ruf hatten, er war gescheit und eben kein Dummkopf, er wusste was und war eben kein Besserwisser, er war nicht gemein, sondern nett, und trotzdem war er jetzt im Begriff sich ohne Stolz und Selbstgerechtigkeit in eine Sache einzulassen, durch die er sich und seine Familie vor aller Augen mit Schande bedeckte.

Ich konnte das einfach nicht verstehen, überhaupt nicht. Es war haarsträubend und ich hatte das Gefühl, dass ich dazu verpflichtet war, ihm das auch zu sagen; als sein wahrer Freund musste ich das tun und musste ihn dazu bringen, seine Finger aus dem Spiel zu lassen und sich zu retten. Ich hab auch schon angefangen ihm das klarzumachen, aber er ist mir über den Mund gefahren und hat gefragt: »Denkst du vielleicht, ich wüsste nicht genau, auf was ich mich einlasse? Weiß ich nicht immer im Allgemeinen, auf was ich mich einlasse?«

»Ja.«

»Und hab ich nicht versprochen, dass ich dir helfen will den Nigger zu stehlen?«

»Doch.«

»Na also.«

Das war alles, was er gesagt hat, und alles, was ich gesagt hab. Es hat gar keinen Zweck gehabt, noch mehr zu sagen;

denn wenn er mal gesagt hatte, dass er dies oder jenes machen würde, dann hat er es auch immer getan. Aber ich, also ich konnte mir trotzdem noch nicht erklären, wieso er sich dazu bereitgefunden hatte, bei dieser Sache mitzumachen; deshalb hab ich's einfach so laufen lassen und hab mir nicht darüber den Kopf zerbrochen. Wenn er so versessen darauf war, so konnte ich nichts dran ändern.

Als wir zu Hause ankamen, war das Haus ganz dunkel und still. Wir haben uns zu der Hütte neben dem Aschkasten geschlichen, um sie zu untersuchen. Wir sind über den Hof gegangen, weil wir wissen wollten, was die Hunde tun würden. Sie haben uns aber schon gekannt und sie haben nicht mehr Lärm gemacht als Hofhunde gewöhnlich machen, wenn nachts jemand vorbeikommt.

Als wir zu der Hütte kamen, untersuchten wir die Vorderfront und die beiden Seiten; und an der Seite, die ich noch nicht gesehen hatte – das war die Nordseite –, entdeckten wir ziemlich hoch oben ein rechteckiges Fensterloch, über das nur ein ziemlich dickes Brett quer drübergenagelt war. Ich hab gesagt: »Da hätten wir's. Das Loch ist groß genug; wenn wir das Brett wegstemmen, kommt Jim da durch.«

Tom hat gesagt: »Das ist so einfach wie das Einmaleins und das ABC. Ich hoffe wirklich ernsthaft, Huck Finn, dass wir noch einen Weg finden, der ein bisschen komplizierter ist.«

»Na gut«, sag ich, »wie wär's, wenn wir ihn raussägen, so wie ich's damals gemacht hab, eh ich ermordet worden bin?«

»Das ist schon besser«, sagt er, »das ist echt geheimnisvoll und es ist mühsam und gut«, sagt er, »aber ich wette, dass uns noch etwas einfällt, was doppelt so lange dauert. Wir haben ja keine Eile. Wir wollen uns erst mal ein bisschen umschauen.«

Zwischen der Hütte und dem rückwärtigen Zaun war ein Schuppen aus Latten angebaut. Er war genauso lang wie die Hütte, aber schmal, vielleicht nur knapp zwei Meter breit. Die Tür befand sich am südlichen Ende und war mit einem Vorhängeschloss versperrt. Tom – der war zum Seifenkessel gegangen, hatte überall herumgestöbert und das eiserne Ding mitgebracht, mit dem sie den Deckel aufmachten. Damit hat er einen von den Krampen herausgebrochen. Die Kette fiel runter, wir machten die Tür auf und gingen rein, zogen sie hinter uns zu und zündeten ein Streichholz an. Wir sahen, dass der Schuppen nur an die Hütte angebaut war und keinerlei Verbindung mit ihr besaß. Der Schuppen hatte nicht mal einen festen Fußboden und es war auch nichts Rechtes drin, nur ein paar alte verrostete und ausgediente Hacken und Schaufeln und Picken und ein zerbrochener Pflug. Das Streichholz verlöschte und wir gingen wieder raus.

Wir schlugen die Krampen wieder rein und die Tür war wieder so gut verschlossen wie vorher. Tom hat sich richtig gefreut. Er hat gesagt: »Jetzt wär ja alles in bester Ordnung. Wir werden ihn ausgraben. Das wird sicher eine Woche dauern!«

Damit gingen wir zum Haus zurück und ich ging zur Hintertür – man braucht nur den Riegel aus der Lederschlinge zu ziehen, sie schließen die Türen gar nicht ab –, aber für Tom Sawyer war das nicht romantisch genug. Für ihn gab's nur einen einzigen Weg, er musste unbedingt den Blitzableiter wieder raufklettern. Aber nachdem er es ungefähr dreimal nur halb geschafft hatte, jedes Mal abgerutscht und runtergefallen war, wobei er sich das letzte Mal fast den Schädel zerschlagen hatte, war er bereit die Sache aufzugeben. Aber dann hat er sich etwas verschnauft, hat dann gemeint, einmal wolle er sein Glück noch versuchen, und dieses Mal hat es geklappt.

Am nächsten Morgen standen wir bei Tagesanbruch auf und gingen zu den Niggerhütten runter, um die Hunde zu streicheln und uns mit dem Nigger anzufreunden, der Jim zu essen brachte – wenn es wirklich Jim war, dem da was zu essen gebracht wurde.

Die Nigger waren gerade mit dem Frühstück fertig und wollten aufs Feld gehen; Jims Nigger häufte in einer Blechschüssel Brot und Fleisch und andere Sachen auf, und während die anderen schon fortgingen, wurde der Schlüssel vom Haus runtergeschickt.

Dieser Nigger hatte ein gutmütiges, dummes Gesicht und seine Wollhaare waren mit Garn zu lauter kleinen Büscheln gebunden. So was sollte gut gegen Hexen sein. Er hat gesagt, die Hexen hätten ihn in den letzen Nächten ganz fürchterlich gepeinigt, sie ließen ihn alle möglichen sonderbaren Dinge sehen und alle möglichen sonderbaren Worte und Geräusche hören und er glaubte, so schlimm hätten ihn die Hexen in seinem ganzen Leben noch nicht gepiesackt. Er ist richtig in Fahrt gekommen und hat sich so über seine Kümmernisse aufgeregt, dass er ganz vergessen hat, was er eigentlich tun wollte. Deshalb hat Tom gefragt: »Für wen ist denn das Essen? Willst du die Hunde füttern?«

Da hat sich ganz langsam ein Lächeln über das Gesicht von dem Neger ausgebreitet, so, als ob man einen Ziegelstein in eine Pfütze wirft, und er hat gesagt: »Ja, Massa Sid, ein Hund. Aber einen komischen Hund. Wollen Sie ihn sich mal angucken?«

»Ja.«

Ich hab Tom einen Rippenstoß gegeben und geflüstert: »Willst du da rein? Jetzt bei Tagesanbruch? Das ist doch gar nicht nach unserem Plan.«

»Nein, aber jetzt ist es nach Plan.«

Na, der Teufel soll ihn holen, wir sind also rübergegangen, aber mir hat das gar nicht gefallen. Als wir reinkamen, konnten wir zuerst kaum was erkennen, so finster ist es gewesen. Aber Jim war natürlich da und er konnte uns ganz deutlich sehen und rief: »Ach, Huck! Und lieber Gott! Ist das nicht Master Tom?«

Ich hatte ja gewusst, dass es so kommen würde, ich hatte gar nichts anderes erwartet. Ich hatte keine Ahnung, was ich tun sollte, und wenn ich's gewusst hätte, so hätte ich's nicht tun können. Denn der Nigger ist dazwischengeplatzt und hat gesagt: »Ach, du liebe Zeit! Kennt er Sie denn, Gentlemen?«

Unterdessen konnten wir sehr gut sehen. Tom, der hat den Nigger unverwandt und ein bisschen verwundert angestarrt und hat gesagt: »Wer soll uns kennen?«

»Nun, dieser weggelaufene Nigger.«

»Ich glaube nicht, dass er das tut; wie ist denn der Gedanke in deinen Kopf geraten?«

»Wie er da reingeraten ist? Aber hat er denn nicht eben in diesem Augenblick gerufen, dass er Sie kennt?«

Tom fragt mit einem ganz verwirrten Gesicht: »Hör mal, das ist aber doch merkwürdig. Wer hat geschrien? Wann hat er was gerufen? Was hat er gerufen?« Dann wendet er sich vollkommen gelassen an mich und fragt: »Hast du jemanden rufen hören?«

Darauf gab es natürlich nur eine einzige Antwort. Ich sag also: »Nein. Ich hab niemanden was sagen hören.«

Dann dreht er sich zu Jim um, betrachtet ihn von oben bis unten, als ob er ihn noch nie in seinem Leben gesehen hätte, und fragt: »Hast du eben gerufen?«

»Nein, Sir«, sagt Jim, »ich hab keinen einzigen Ton gesagt, Sir.«

»Kein Wort?«

»Nein, Sir, ich hab kein einziges Wort gesagt.«

»Hast du uns schon mal gesehen?«

»Nein, Sir; so viel ich weiß, noch nicht.«

Da wendet sich Tom wieder an den Nigger, der ganz verstört und verzweifelt aussieht, und sagt in ernstem Ton: »Sag mal, was ist denn eigentlich mit dir los? Wie kommst du denn darauf, es hätte jemand gerufen?«

»Oh, das sind diese gottverdammten Hexen, Sir, und ich wünschte, ich wär tot, das wünschte ich wirklich. Sie sitzen mir immer im Nacken, Sir, sie machen mich fast tot. Sie plagen mich so. Bitte, niemandem davon erzählen, Sir, der alte Master Silas, der schimpft mich immer aus. Weil er nämlich meint, es gäb gar keine Hexen. Ach, ich wünschte beim lieben Himmel, er wär jetzt hier gewesen – was er dann wohl sagen würde! Ich mach eine Wette, dass er's diesmal einsehen müsste. Aber so ist das immer: Leute, die verrannt sind, die bleiben eben verrannt, die wollen sich nicht überzeugen lassen, und wenn man's selber rauskriegt und ihnen sagt, dann glauben sie einem nicht.«

Tom gab ihm ein Zehncentstück und hat ihm versprochen, dass wir's niemandem weitererzählen würden; und er hat ihm geraten sich noch mehr Garn zu kaufen, damit er seine Wolle damit zusammenbinden kann. Dann schaut er auf Jim und sagt: »Ich möchte wirklich wissen, ob Onkel Silas diesen Nigger aufhängen lassen wird. Wenn ich so einen Nigger erwischte, der so undankbar ist, dass er auskneift, dann würd ich ihn gar nicht erst anzeigen, sondern gleich aufknüpfen.«

Und während der Nigger zur Tür ging, um sich das Geldstück anzuschauen und draufzubeißen, um zu sehen, ob es auch echt war, hat er Jim rasch zugeflüstert: »Lass dir ja nicht anmerken, dass du uns kennst! Und wenn du's in der Nacht irgendwo graben hörst, das sind wir! Wir wollen dich befreien!«

Jim hat gerade noch Zeit nach unseren Händen zu greifen und sie zu drücken, da ist der Nigger schon zurückgekommen und wir haben gesagt, wenn der Nigger uns brauchte, würden wir gern gelegentlich wiederkommen und er hat gesagt, es wär ihm sehr recht, besonders in der Dunkelheit, denn die Hexen quälten ihn am meisten im Finstern und da wäre es gut, wenn man jemanden bei sich hätte.

Endlich konnten wir also anfangen Jim zu befreien. Das war sehr kompliziert, denn Tom konnte es gar nicht umständlich genug sein und er brauchte so viele Sachen für die Vorbereitungen, dass sich Tante Sally allmählich wunderte, was in ihrem Haushalt alles verloren ging. Am schlimmsten war, dass Tom darauf bestand, Jim sollte als echter Gefangener seinen Namen in einen Schleifstein ritzen und ein gezähmtes Tier zur Gesellschaft bekommen, eine Ratte oder eine Schlange. Deswegen sind wir am nächsten Morgen in die Ortschaft gelaufen und haben uns eine Rattenfalle aus Draht gekauft. Wir haben sie vor dem besten Rattenloch aufgestellt und innerhalb von einer Stunde hatten wir fünfzehn prachtvolle Exemplare da drin sitzen; dann haben wir sie genommen und sie an einen sicheren Platz unter Tante Sallys Bett gestellt. Aber während wir auf der Spinnenjagd waren, hat sie der kleine Thomas Franklin Benjamin Jefferson Alexander Phelps dort gefunden und hat die Tür von der Falle aufgeklappt, weil er wissen wollte, ob die Ratten herausspazieren würden, was sie auch getan haben; und Tante Sally, die ist grade reingekommen, und als wir heimkamen, stand sie auf dem Bett und schrie wie am Spieß und die Ratten taten ihr Möglichstes, damit es für sie nicht langweilig wurde. Danach hat sie uns beide erwischt und mit dem Hickory-Stecken verdroschen und dann haben wir zwei geschlagene Stunden gebraucht, um die nächsten fünfzehn oder sechzehn zu fangen, aber – der Teufel soll den neugierigen Bengel holen – die waren nicht annähernd so prachtvoll wie die andren, denn der erste Fang, das waren wirklich die Prachtexemplare von der ganzen Rattenfamilie gewesen. Ich hab niemals wieder auch nur annähernd so schöne Ratten wie von unserem ersten Fang gesehen.

Wir verschafften uns außerdem noch ein vorzügliches Lager von Spinnen in allen Größen, Käfern, Fröschen, Raupen und noch diesem oder jenem; und wir hätten fast auch noch ein Hornissennest erwischt, aber das hat nicht geklappt. Die Familie war zu Hause. Wir haben es jedoch nicht aufgegeben, sondern sind so lange bei ihnen geblieben, wie wir konnten, denn wir haben uns gedacht, entweder haben wir die längere Puste oder sie haben die längere Puste und genau das haben sie gehabt. Dann holten wir uns ne Insektensalbe und haben uns die Stiche damit eingerieben und das hat den Schmerz fast ganz gelindert, nur ordentlich hinsetzen konnten wir uns nicht. Deshalb sind wir auf Schlangenjagd gegangen, haben ein paar dutzend Blindschleichen und Hausschlangen erwischt, in einen Beutel gestopft und in unser Zimmer gebracht. Unterdessen war es Abendbrotszeit und wir hatten ja auch ein ganz schönes Tagewerk hinter uns gebracht. Hungrig? Ach, das glaub ich wohl! Und als wir zurückkamen, da war keine von diesen verdammten Schlangen mehr da, wir hatten den Beutel nicht ordentlich zugebunden und sie mussten sich irgendwie hinausgeschlängelt und davongemacht haben. Das machte aber nicht viel, denn sie mussten sich ja noch irgendwo in der Nähe herumtreiben. Wir waren fest davon überzeugt, dass wir wenigstens ein paar wieder erwischen konnten. Nein, in diesem Haus herrschte in den nächsten Tagen weiß Gott kein Mangel an Schlangen. Alle naslang konnte man welche von den Deckenbalken oder sonst irgendwo runterfallen sehen; sie landeten einem meistens auf dem Teller oder hinten im Nacken und meistenteils da, wo man sie gar nicht haben wollte. Es waren sehr schöne gestreifte Schlangen und selbst ne Million von ihnen hätte keinen Schaden gestiftet, aber das hat Tante Sally nicht besänftigt, sie ekelt sich vor Schlangen, ganz egal, was für eine Sorte das ist, und wie man's drehte und wendete, sie konnte sie nicht ertragen; und immer, wenn eine auf sie runterfiel, ließ sie alles stehn und liegen und sauste davon. So eine Frau hab ich noch nie gesehen! Sie hat so laut gekreischt, das hätte man in Jericho gehört. Man konnte sie nicht einmal dazu bewegen, eine Schlange mit der Feuerzange anzufassen. Und wenn sie sich umdrehte und eine im Bett entdeckte, dann schoss sie raus und machte einen solchen Spektakel, dass man wirklich glaubte, das Haus steht in Flammen. Sie hat den alten Mann so verstört, dass er gesagt hat, er möchte beinah wünschen, der liebe Gott hätte überhaupt keine Schlangen erschaffen. Und selbst als nach einer Woche die letzte Schlange aus dem Haus geglitten war, hatte Tante Sally die Geschichte immer noch nicht verwunden. Wenn sie so in Gedanken verloren dasaß und man sie mit einer Feder hinten am Halse kitzelte, dann sprang sie hoch wie von einer Tarantel gestochen. Das war wirklich komisch! Aber Tom hat gesagt, die Weiber seien eben so. Er hat gesagt, aus irgendeinem Grund wären sie eben so geschaffen.

Wir wurden jedes Mal verdroschen, wenn ihr eine von unseren Schlangen über den Weg kroch; und sie hat gedroht, dass das noch gar nichts gegen die Abreibung wär, die wir beziehen würden, wenn wir das Haus noch einmal voll Schlangen stopfen. Mir hat die Dresche nicht viel ausgemacht, denn doll war sie nicht; ich ärgerte mich nur über die doppelte Arbeit, weil wir wieder neue fangen mussten. Aber wir erwischten sie ebenso wie die anderen Tiere und ihr habt sicher noch nie so ne fröhliche Hütte gesehen wie die von Jim, wenn sie alle wegen der Musik ausschwärmten und auf ihm rumkrabbelten. Jim konnte die Spinnen nicht ausstehen und die Spinnen mochten Jim nicht; deshalb haben sie sich auf die Lauer gelegt und ihm ganz tüchtig eingeheizt. Er hat auch gesagt, er hätte vor lauter Ratten und Schlangen und dem Schleifstein, den wir ihm gebracht hatten, kaum noch Platz in seinem eigenen Bett; und wenn er welchen hätte, dann könnte er nicht schlafen, so lebhaft ginge es zu und es sei eigentlich immer lebhaft, denn sie schliefen eben nicht alle auf einmal, sie lösten sich ab, und wenn die Schlangen schliefen, dann seien die Ratten an Deck, und wenn sich die Ratten eingerollt hätten, dann übernähmen die Schlangen die Wacht und auf diese Weise sei immer eine Bande unter ihm und im Weg und die andere Bande spielte Zirkus auf ihm, und wenn er aufstünde, um sich n ruhiges Plätzchen zu suchen, dann ergriffen die Spinnen die gute Gelegenheit und stürzten sich auf ihn. Und er hat gesagt, wenn er diesmal nur glücklich rauskäme, dann wollte er niemals mehr Gefangener werden, nicht mal für Geld.

Na, nach drei Wochen war alles ziemlich gut in Schuss. Das Hemd hatten wir ihm rechtzeitig in einer Pastete geschickt, und jedes Mal, wenn ihn eine Ratte biss, stand Jim auf und schrieb etwas in sein Tagebuch, solange die Tinte noch frisch war; die Federn waren fertig, die Inschrift und alles andere waren in den Schleifstein geritzt, die Bettpfosten waren durchgesägt, wir hatten das Sägemehl aufgefuttert und zu unserem Erstaunen Leibschmerzen davon bekommen. Wir haben schon gefürchtet, dass wir alle sterben müssten, aber dann sind wir doch nicht gestorben. Es ist auf jeden Fall das unbekömmlichste Sägemehl gewesen, das ich je gesehen habe. Tom hat das auch gesagt. Aber wie ich schon gesagt hab, jetzt waren wir schließlich mit der Arbeit fertig und wir waren auch alle ganz schön kaputt, besonders Jim.

Der alte Mann hatte verschiedene Male an die Plantage bei Orleans geschrieben, man solle doch kommen und den entsprungenen Nigger abholen, aber er hatte keine Antwort erhalten, weil die Plantage ja überhaupt nicht existierte. Schließlich hat er verkündet, er wolle jetzt eine Anzeige in den Zeitungen von St. Louis und New Orleans aufgeben; und als er die von St. Louis erwähnte, da ist es mir kalt den Rücken runtergelaufen; und ich hab begriffen, dass wir keine Zeit mehr zu verlieren hatten. Deshalb hat Tom gesagt, jetzt ist es Zeit für die nonümen Briefe.

»Was ist denn das?«, frag ich.

»Da warnt man die Leute, dass was im Gange ist. Das wird manchmal so und manchmal so gemacht. Aber auf jeden Fall spioniert immer einer rum, der dann den Gouverneur vom Schloss benachrichtigt. Als Luis XVI. aus den Tuhlerien ausbüxen wollte, da hat es seine Kammerzofe gemacht. Das ist ne ganz gute Methode, und nonüme Briefe auch. Ich glaub, wir werden beides anwenden. Und es ist auch üblich, dass die Mutter des Gefangenen die Kleider mit ihm tauscht und sie bleibt drin und er verdrückt sich in ihren Kleidern. Das könnten wir auch machen.«

»Aber hör mal, Tom, wieso müssen wir denn jemanden warnen, dass was los ist? Lass sie doch selber drauf kommen, es ist doch ihre Sache!«

»Ja, ich weiß, aber auf die kann man sich ja nicht verlassen. So ist das ja von Anfang an gelaufen, die ganze Arbeit haben wir machen müssen. Sie sind so vertrauensselig und belämmert, dass sie von nichts was merken. Wenn wir ihnen also keine Nachricht schicken, dann würde uns niemand und nichts in die Quere kommen und diese Flucht geht nach all unserer harten Arbeit und Mühe ganz glatt und unbemerkt vonstatten: läuft auf nichts raus. Das hat auch keinen Wert.«

»Na, was mich betrifft, Tom, so hab ich's eigentlich gerne.«

»Quatsch«, sagt er und schaut mich ganz angeekelt an.

Deshalb sage ich: »Aber ich will mich ja gar nicht beklagen. Was dir gefällt, das gefällt auch mir. Wie willst du das denn mit der Kammerzofe machen?«

»Das musst du sein. Du schleichst dich rein, mitten in der Nacht und klaust dir ein Kleid von dem Mulattenmädchen.«

»Aber Tom, das gibt am nächsten Morgen doch Ärger, denn sie hat doch sicher nur das eine.«

»Ich weiß, aber du brauchst es doch nur eine Viertelstunde lang, du bringst nur den nonümen Brief und schiebst ihn unter der Haustür durch.«

»Na, dann ist es gut, dann mach ich's auch. Aber ich könnte den Brief genauso gut in meinen eigenen Sachen abgeben.«

»Aber dann würdest du doch nicht wie eine Kammerzofe aussehen, oder?«

»Nein, aber es wär ja auch niemand da, der sehen könnte, wie ich ausseh.«

»Das hat doch damit gar nichts zu tun. Es ist für uns wichtig, es ist einfach unsere Pflicht, wir haben uns nicht drum zu kümmern, ob es jemand sieht oder nicht. Hast du denn überhaupt keine Grundsätze?«

»Schon gut, schon gut, ich sag ja nichts; ich bin das Dienstmädchen. Wer ist denn die Mutter von Jim?«

»Ich bin seine Mutter. Ich klau mir ein Kleid von Tante Sally.«

»Ja, aber – du musst doch in der Hütte bleiben, wenn ich und Jim fliehen.«

»Nicht unbedingt. Ich stopf die Sachen von Jim mit Stroh aus und leg sie auf sein Bett, damit sie wie seine verkleidete Mutter aussehen, und Jim nimmt die Sachen von Tante Sally von dir und zieht sie an, und dann entweichen wir alle miteinander. Wenn ein Gefangener von Rang entflieht, dann heißt es nämlich entweichen. Das sagt man zum Beispiel immer, wenn ein König türmt. Und beim Königssohn ist es genauso, dabei spielt es dann keine Rolle, ob es ein natürlicher oder ein unnatürlicher Sohn ist.«

Dann schrieb Tom den nonümen Brief, ich stibitzte in der Nacht das Kleid von dem Mulattenmädchen, zog es an und schob den Brief unter der Haustür durch, genauso, wie es Tom mir befohlen hatte. Der Brief lautete:

Hütet euch. Unheil braut sich zusammen. Haltet die Augen offen.

Ein unbekannter Freund

Am nächsten Tag befestigten wir an der Haustür ein Blatt Papier, auf dem Tom mit Blut einen Schädel und gekreuzte Knochen gemalt hatte; in der folgenden Nacht kam das Bild von einem Sarg auf die Hintertür. Ich hab noch nie ne Familie so viel Angst ausstehen sehen. Sie hätten sich nicht schlimmer fürchten können, wenn das ganze Haus voll von Schreckgespenstern gewesen wäre, die ihnen überall aufgelauert und unter den Betten gelegen hätten und durch die Luft geschwirrt wären. Wenn eine Tür zuknallte, fuhr Tante Sally zusammen und schrie: »Huch!« Und wenn was hinfiel, fuhr sie auch zusammen und rief ebenfalls: »Huch!«
Die Sache funktionierte also ausgezeichnet, wie Tom sagte, und er erklärte, er hätte es noch nie erlebt, dass ein Plan so befriedigend abliefe. Das wäre der Beweis dafür, dass alles richtig gehandhabt worden wär. Und deshalb hat er gesagt, jetzt kommt der großartige Höhepunkt; gleich am nächsten Morgen haben wir beim ersten Dämmerlicht einen zweiten Brief fertig gemacht und uns überlegt, was wir damit wohl am besten anfingen, denn wir hatten sie beim Abendessen sagen hören, sie wollten die ganze Nacht vor jeder Tür einen Nigger Wache halten lassen. Tom ist den Blitzableiter runtergerutscht, um alles auszukundschaften; der Nigger vor der Haustür war eingeschlafen und er hat ihm den Brief hinten in den Kragen gesteckt und ist zurückgekommen. Dieser Brief lautete:

Verratet mich nicht, ich wünsche euer Freund zu sein. Eine verwegene Bande von Halsabschneidern aus dem Indianerreservat will heute Nacht euern entsprungenen Nigger stehlen und sie haben schon versucht euch Angst einzujagen, damit ihr im Hause bleibt und sie nicht stört. Ich gehöre zu der Bande, aber ich habe Religion und will die Bande verlassen und wieder ein ehrliches Leben führen und den höllischen Plan verraten. Sie werden sich genau um Mitternacht vom Norden am Zaun entlang heranschleichen und werden mit einem Nachschlüssel zur Hütte des Niggers gehen, um ihn sich zu holen. Ich soll ein Stück davon entfernt bleiben und Alarm blasen, sobald ich eine Gefahr erblicke; ich will jedoch wie ein Schaf blöken, sobald sie sich auf den Hof schleichen, und überhaupt nicht blasen; während sie dann seine Ketten lockern, schlüpft ihr herbei und sperrt sie ein und könnt sie nach Belieben töten. Unternehmt nichts, macht es nur so, wie ich euch rate, sonst werden sie Verdacht schöpfen und Unheil anstellen. Ich verlange keine Belohnung, sondern will nur wissen, dass ich das Rechte getan habe.

Ein unbekannter Freund

28. Kapitel

Nach dem Frühstück fühlten wir uns ausgezeichnet, nahmen mein Kanu und paddelten über den Fluss zum Fischen. Das Mittagessen hatten wir mit und wir genossen den Tag, warfen einen Blick auf das Floß und stellten fest, dass alles in bester Ordnung war. Wir kamen zu spät zum Abendbrot und fanden sie in solcher Angst und Aufregung vor, dass sie gar nicht mehr wussten, wo ihnen der Kopf stand. Sie schickten uns sofort nach dem Abendbrot ins Bett und wollten uns gar nicht erzählen, worum der ganze Aufruhr ging, ließen auch kein Wort über den neuen Brief fallen, aber das war auch gar nicht nötig, denn wir wussten genauso viel wie sie, und sobald sie uns den Rücken gedreht hatten, schlichen wir zum Kellerregal, packten uns ein anständiges Mittagessen zusammen, schleppten es in unser Zimmer und gingen ins Bett.

Ungefähr um halb zwölf standen wir wieder auf, Tom zog sich Tante Sallys Kleid an, das er geklaut hatte, und wollte schon mit dem Essen runter, fragt aber noch: »Wo ist die Butter?«

»Ich hab ein Stück rausgelegt«, sag ich, »auf ein Stück Maisbrot.«

»Na, dann hast du's auch da liegen lassen – hier ist es nicht.«

»Wir können auch ohne auskommen«, sag ich.
»Aber mit noch viel besser«, sagt er, »lauf rasch in den Keller und hol's. Und dann rutsch den Blitzableiter runter und komm mir nach. Ich geh jetzt und stopf das Stroh in Jims Kleider, damit es wie seine verkleidete Mutter aussieht, und dann fang ich an wie ein Schaf zu blöken und verdrück mich, sowie du da bist.«
Er lief hinaus und ich wieder in den Keller. Das Stück Butter, groß wie ein Kinderkopf, lag noch da, wo ich's vergessen hatte, ich hab es also samt dem Maisbrot aufgehoben, hab die Kerze ausgeblasen und bin wieder klammheimlich die Treppe raufgeschlichen. Ich bin auch gut bis zum Hauptflur gekommen, aber da rauscht Tante Sally mit einer Kerze heran, ich steck die Butter rasch in meinen Hut und stülp mir den Hut auf den Kopf und im nächsten Augenblick sieht sie mich. Sie sagt: »Bist du unten im Keller gewesen?«
»Ja, Madam.«
»Was hast du denn da unten getan?«
»Nichts.«
»Aber was ist denn dann in dich gefahren, dass du mitten in der Nacht nach unten gehst?«
»Ich weiß nicht, Madam.«
»Das weißt du nicht? So eine dumme Antwort will ich nicht hören, Tom. Ich will wissen, was du da unten getan hast!«
»Ich hab gar nichts getan, Tante Sally, Gott bewahr mich, wenn ich was getan habe.«
Ich dachte schon, sie würde mich jetzt laufen lassen, wie sie's eigentlich immer getan hatte, aber ich nehme an, weil

so viele seltsame Dinge passiert waren, hat sie sich über jede geringste Kleinigkeit aufgeregt, die ihr nicht ganz geheuer war. Deshalb hat sie ganz streng gesagt: »Jetzt marsch ins Wohnzimmer und dageblieben, bis ich hinkomme! Du hast deine Nase in irgendwas gesteckt, was dich nichts angeht, und ich mache jede Wette, dass ich es rauskriege, ehe ich fertig bin!«

Sie lief fort, während ich die Tür aufmachte und ins Wohnzimmer trat. Du liebe Güte, was war da für eine Menschenmenge drin! Fünfzehn Farmer und jeder mit einer Flinte bewaffnet. Mir wurde ganz fürchterlich schlecht, ich wankte zu einem Stuhl und ließ mich nieder. Sie saßen herum, einige von ihnen unterhielten sich mit leiser Stimme und sie waren alle nervös und beklommen, versuchten aber so auszusehen, als ob sie's gar nicht wären. Ich wusste aber genau, dass sie's doch waren, denn sie nahmen sich immer den Hut ab und setzten ihn wieder auf, kratzten sich am Kopf, rutschten auf dem Stuhl hin und her und fummelten an ihren Knöpfen. Ich fühlte mich auch nicht gerade behaglich, aber meinen Hut hab ich trotzdem nicht abgenommen.

Ich wünschte wirklich, Tante Sally käme zurück, würde die Sache mit mir erledigen und mich meinetwegen übers Knie legen, damit ich weglaufen und Tom erzählen konnte, dass wir die Geschichte überdreht hätten und in was für ein Hornissennest wir uns da gesetzt hätten, und dann konnten wir noch sofort mit dem Unsinn aufhören und uns mit Jim verdrücken, bevor diese Burschen die Geduld verloren und hinter uns hersetzten.

Schließlich ist sie gekommen und hat angefangen mich mit lauter Fragen zu löchern, aber ich konnte sie einfach nicht richtig beantworten, ich wusste selber nicht, wo mir der Kopf stand; denn diese Männer waren jetzt so aufgeregt, dass ein paar am liebsten sofort aufgebrochen wären und den Räubern aufgelauert hätten, sie sagten die ganze Zeit, es seien ja nur noch ein paar Minuten bis Mitternacht. Die andern haben versucht sie zurückzuhalten und auf das Schafblöken zu warten; und unterdessen hackte die Tante mit ihren Fragen auf mir rum und ich hab am ganzen Leibe gezittert und wär fast umgefallen, so eine Angst hab ich gehabt. Und in der Stube ist es immer heißer geworden und die Butter fing an zu schmelzen und rann mir den Nacken und hinter den Ohren herunter. Und kurz darauf, als einer von ihnen sagt: »Ich bin dafür, dass wir aufbrechen und zuallererst zu der Hütte gehen, jetzt auf der Stelle, damit wir sie abfangen, wenn sie kommen!«, da wär ich fast ohnmächtig geworden; und die Butter tropft mir über die Stirn und Tante Sally, die sieht das, wird schneeweiß und ruft: »Um Gottes willen, was ist nur mit dem Kind los! Er muss das Gehirnfieber haben, so wahr ich lebe, es sickert ihm ja schon alles raus.«

Alle stürzen auf mich zu und sie reißt mir den Hut vom Kopf, da purzelt das Brot heraus und das, was von der Butter übrig ist, und sie packt mich und umarmt mich und sagt: »Mein Gott, was du mir wieder für einen Schreck eingejagt hast! Was bin ich froh und dankbar, dass es nichts Schlimmeres ist; denn wir haben wirklich eine Pechsträhne, und wie ich das hab rinnen sehen, da hab ich gedacht, jetzt verlieren wir dich, denn ich hab's an der Farbe erkannt, es hat genauso ausgesehen, wie dein Gehirn aussehen würde, wenn – ach, mein lieber Schatz, warum hast du mir denn bloß nicht gesagt, dass du deshalb unten gewesen bist? Das wär doch gar nicht schlimm gewesen. Jetzt aber ab ins Bett und bis morgen früh will ich nichts mehr von dir sehen!«

Ich war in einer Sekunde oben und in der nächsten bin ich den Blitzableiter hinuntergerutscht und durch die Dunkelheit zum Schuppen gerast. Ich konnte kaum ein Wort rauskriegen, so eine Angst hab ich gehabt; aber ich hab Tom so schnell wie möglich gesagt, dass wir uns jetzt beeilen müssten und dass wir keine Minute zu verlieren hätten, das ganze Haus da drüben sei voll von Männern mit Flinten!

Da haben seine Augen geblitzt und er hat gesagt: »Nein! Stimmt das wirklich? Ist das nicht fabelhaft? Hör mal, Huck, wenn wir das noch mal machen müssten, dann will ich wetten, dass ich zweihundert zusammenkriegte! Wenn wir das nun aufschieben, bis –«

»Beeil dich doch! Schnell!«, sag ich. »Wo ist Jim?«

»Direkt neben deinem Ellbogen; wenn du den Arm ausstreckst, kannst du ihn anfassen. Er ist angezogen und alles ist fertig. Jetzt schlüpfen wir raus und geben das Schafszeichen.«

Aber da hörten wir die Männer antrappeln, zur Tür kommen und wir hörten, wie sie an dem Vorhängeschloss herumrissen, und hörten einen Mann sagen: »Ich hab euch doch gleich gesagt, dass wir zu früh kommen! Sie sind noch nicht da, die Tür ist noch versperrt. Hier, ich schließ ein paar von euch in der Hütte ein und ihr lauert ihnen in der Dunkelheit auf und schießt sie nieder, wenn sie kommen. Und der Rest verteilt sich etwas auf dem Grundstück und horcht, ob er sie kommen hört.«

Sie kamen also rein, konnten uns aber in der Dunkelheit nicht sehen und sie traten uns fast auf die Füße, während wir uns beeilten unters Bett zu kommen. Es gelang uns aber ohne Schwierigkeit und wir krabbelten schnell, aber lautlos durch das Loch, Jim zuerst, dann ich und Tom als Letzter, wie es Tom befohlen hatte. Jetzt standen wir im Schuppen und hörten sie draußen herumtrappeln. Wir schlichen bis zur Tür, Tom ließ uns dort anhalten und spähte durch die Ritze, er konnte aber nichts erkennen, weil es so dunkel war; er flüsterte uns also zu, er wollte aufpassen, bis sich die Schritte entfernten, und wenn er uns einen Stoß gebe, sollte Jim zuerst rausschlüpfen und er wieder als Letzter. Er presste sein Ohr an den Spalt und horchte und horchte. Draußen schlurften die ganze Zeit die Schritte herum. Aber schließlich stieß er uns an und wir schlüpften hinaus, bückten uns, hielten den Atem an, machten nicht das leiseste Geräusch und schlichen im Gänsemarsch lautlos zum Zaun. Ich und Jim kamen auch glücklich rüber, aber Toms Hose blieb an einem Splitter von der obersten Stange hängen, und weil er Schritte kommen hört, muss er sich losreißen, und der Splitter knackt und macht ein Geräusch; und als er hinter uns herlief, ruft jemand: »Wer da? Antwort oder ich schieße!«

Wir haben aber keine Antwort gegeben, wir haben nur unsere Beine in Bewegung gesetzt und sind abgezischt. Dann brach ein Sturm los und peng, peng, peng! pfiffen uns die Kugeln nur so um die Ohren. Wir hörten sie rufen: »Hier sind sie! Sie laufen zum Fluss! Ihnen nach, Jungs! Macht die Hunde los!«

Sie kamen im vollen Lauf hinter uns her. Wir konnten sie genau hören, sie trugen Stiefel und schrien, wir waren aber barfuß und gaben keinen Ton von uns. Wir liefen den Pfad zur Mühle entlang, und als sie uns fast erreicht hatten, schlugen wir uns seitwärts in die Büsche und ließen sie vorbeipoltern, dann marschierten wir hinter ihnen her. Sie hatten alle Hunde eingesperrt, damit sie die Räuber nicht vertrieben, aber unterdessen musste sie jemand losgemacht haben, denn sie kamen angewetzt und veranstalteten einen Lärm, der für eine Million gereicht hätte. Es waren aber unsere Hunde. Wir blieben also stehen, bis sie uns eingeholt hatten; und als sie kapiert hatten, dass nur wir es waren und dass wir ihnen nichts Aufregendes zu bieten hatten, da begrüßten sie uns nur und jagten dann weiter hinter den rufenden und polternden Männern her. Wir drehten jetzt wieder Dampf auf und sprinteten hinterher, bis wir die Mühle fast erreicht hatten, dann schoben wir uns durch das Gebüsch zu der Stelle, wo mein Kanu angebunden lag, sprangen hinein, paddelten um Tod und Leben zur Mitte vom Fluss, wobei wir aber nicht mehr Lärm machten als notwendig. Dann stießen wir ohne viele Schwierigkeiten auf die Insel, wo mein Floß lag; wir konnten sie das Ufer rauf und runter rennen hören, wie sie einander zuriefen, wie die Hunde bellten, bis wir so weit entfernt waren, dass die Geräusche immer schwächer wurden und schließlich verklangen. Und als wir das Floß betraten, da hab ich gesagt: »Jetzt bist du wieder ein freier Mann, alter Jim, und ich wette, dass du niemals wieder ein Sklave wirst.«

»Das ist aber auch eine mächtig gute Sache gewesen, Huck. Es war wunderbar geplant und es war wunderbar ausgeführt; und es gibt wirklich niemanden, der sich einen Plan ausdenken kann, der so verwickelt und so großartig wie dieser ist.«

Wir waren alle heilfroh, aber Tom am meisten, weil er eine Kugel in der Wade stecken hatte.

Als Jim und ich das gehört haben, da waren wir gar nicht mehr so übermütig wie davor. Es hat ihm ganz schön weh getan und geblutet hat es auch; wir haben ihn also in den Wigwam gelegt und eins von den Hemden vom Herzog in Streifen gerissen, um ihn zu verbinden, aber er hat gesagt: »Gebt mir die Lappen, das kann ich schon selber tun. Lasst euch jetzt nicht aufhalten, trödelt hier nicht rum, wo wir bis jetzt so schön entwichen sind; ein Mann ans Ruder und dann los damit!«

Aber ich und Jim berieten und überlegten. Und nachdem wir einen Augenblick nachgedacht hatten, sag ich: »Sag du's ihm, Jim.«

Da hat er gesagt: »Na gut, ich seh die Sache also so, Huck. Wenn er's gewesen wär, der befreit worden ist, und wenn einer von den Jungs angeschossen worden wär, würd er dann sagen: Los weiter und rettet mich, kümmert euch nicht um einen Doktor, der den da retten soll! Tät das Massa Tom Sawyer ähnlich sehen? Würde er so was sagen? Da kannst du ne Wette machen, das würd er nie! Also – wird's dann der Jim

sagen? Nein, Sir – ich mach keinen Schritt von dieser Stelle, nicht ohne Doktor, und wenn es vierzig Jahre dauern muss.«
Ich hab immer gewusst, dass Jim innen drin weiß ist, und ich hab gewusst, dass er so und nicht anders sprechen würde. Deshalb war jetzt alles in Ordnung und ich hab Tom gesagt, dass ich einen Doktor holen ginge. Er hat deshalb ein ziemliches Spektakel gemacht, aber ich und Jim sind dabei geblieben und haben nicht nachgegeben. Da wollte er rauskrabbeln und das Floß selber flottmachen; aber wir haben das nicht zugelassen. Dann hat er uns seine Meinung gesagt – aber das hat auch nichts geholfen.
Als er dann gesehen hat, dass ich mein Kanu fertig mache, da sagt er: »Na gut, wenn du unbedingt gehen willst, dann will ich dir wenigstens sagen, wie du es machen musst, wenn du in den Ort kommst. Schließ die Tür hinter dir zu, leg dem Arzt ganz schnell und fest eine Binde um die Augen, lass ihn schwören wie ein Grab zu schweigen und drück ihm eine Börse voll Gold in die Hand, dann nimm ihn bei der Hand und führ ihn immer durch Seitengassen und halt dich immer im Dunkeln und dann bring ihn im Kanu her, möglichst auf einem Umweg durch die Inseln, durchsuch ihn und nimm ihm seine Kreide weg. Die gibst du ihm erst wieder, wenn du ihn in den Ort zurückbringst, sonst kann er hier am Floß ein Kreidezeichen machen, damit er's wieder findet. So machen es alle.«
Ich hab gesagt, ich würd es so machen, und bin fortgefahren, Jim sollte sich im Wald verstecken, wenn er den Doktor kommen sah, bis dieser wieder fort wäre.

29. Kapitel

Der Doktor war ein alter Mann; ein sehr netter, freundlicher, alter Mann, das merkte ich, als ich ihn aufgeweckt hatte. Ich erzählte ihm, ich und mein Bruder hätten gestern Nachmittag auf der Spanischen Insel gejagt, nachher auf einem Stück von einem Floß, das wir dort entdeckt hätten, unser Lager aufgeschlagen und ungefähr um Mitternacht müsste er im Schlaf an seine Flinte gestoßen sein, denn sie wär losgegangen und hätte ihn ins Bein getroffen, und jetzt bäten wir ihn zu uns rüberzukommen und die Wunde zu versorgen, er solle aber bitte nichts darüber sagen und es keinen Menschen wissen lassen, denn wir wollten heute Abend wieder heim und unsere Leute überraschen.

»Wer ist das denn?«, fragt er.

»Die Phelpsens, weiter unten.«

»Aha«, sagt er und nach einer Minute setzt er hinzu: »Wie ist doch der Schuss losgegangen?«

»Er hat nen Traum gehabt«, antworte ich, »der hat ihn angeschossen.«

»Merkwürdiger Traum«, sagt er.

Er zündete aber die Laterne an, holte seine Satteltaschen und wir brachen auf. Als wir jedoch das Kanu sahen, gefiel ihm das gar nicht, er hat gesagt, für einen wär das groß genug, aber für zwei säh es nicht so recht sicher aus. Ich hab gesagt: »Oh, Sie brauchen keine Angst zu haben, Sir, wir haben sogar zu dritt ganz bequem drin gesessen.«

»Welche drei denn?«

»Ach, ich und Sid und – und – und die Flinten, das hab ich gemeint.«

»Aha«, sagt er.

Er trat aber mit dem Fuß an den Bootsrand, ließ das Kanu schaukeln und schüttelte den Kopf. Dann hat er gesagt, er schaute sich lieber nach einem größeren Boot um. Sie waren aber alle fest angekettet, deshalb nahm er mein Kanu und befahl mir zu warten, bis er zurückkäme, sonst könnt ich mich nach einem andern Arzt umschauen oder vielleicht lieber nach Hause laufen und die Familie auf die Überraschung vorbereiten. Das wollte ich aber nicht und deshalb hab ich ihm genau erklärt, wie er das Floß finden könne, und er ist aufgebrochen. Da hatte ich plötzlich eine Idee. Ich hab mir gesagt, falls er das Bein nun nicht im Handumdrehen, wie man so sagt, in Ordnung kriegt? Nehmen wir mal an, er braucht drei oder vier Tage dazu? Was sollen wir dann machen? Hier herumliegen, bis er die Katze aus dem Sack lässt? Nein, Sir, ich weiß was viel Besseres. Ich werd mich hier auf die Lauer legen, bis er zurückkommt. Wenn er dann sagt, dass er noch mal rüber muss, dann geh ich auch rüber, und wenn ich schwimmen muss; dann nehmen wir ihn fest und binden ihn und behalten ihn bei uns und fahren den Fluss runter; und wenn er mit der Behandlung von Tom fertig ist, geben wir ihm das, was die Sache wert ist, oder meinetwegen auch alles, was wir besitzen, und setzen ihn wieder an Land.

Ich bin also in einen Holzhaufen gekrochen, um ein bisschen Schlaf zu kriegen; und als Nächstes bin ich aufgewacht und die Sonne hat mir direkt über dem Schädel gestanden. Ich bin in die Höhe gesaust und zum Haus vom Doktor gerannt, aber sie haben mir gesagt, er sei irgendwann in der Nacht fortgegangen und noch nicht zurückgekommen. Na, denk ich, das sieht für Tom ja ziemlich schlimm aus und ich will lieber so schnell wie möglich auf die Insel rüber. Ich schob also ab, bog um die Ecke und hätte fast mit meinem Schädel den Bauch von Onkel Silas gerammt.

Er hat gesagt: »Hallo, Tom! Wo hast du denn die ganze Zeit gesteckt, du Halunke?«

»Ach, nirgends«, sag ich, »wir sind nur hinter dem entsprungenen Nigger her – ich und Sid.«

»Ja, aber wo seid ihr denn bloß gewesen?«, sagt er. »Deine Tante hat sich mächtig Sorgen gemacht.«

»Das wär gar nicht nötig gewesen«, sag ich, »weil, uns ist ja gar nichts passiert. Wir sind hinter den Männern und den Hunden hergelaufen, aber sie sind zu schnell gerannt und wir haben sie verloren; aber dann haben wir gedacht, wir hören sie auf dem Wasser und deshalb haben wir ein Kanu genommen und sind hinter ihnen her und sind auch rübergepaddelt, aber dann konnten wir sie nirgends finden; deshalb sind wir ein Stück weiter oben noch etwas hin und her gefahren, bis wir ganz müde und kaputt gewesen sind, dann haben wir das Kanu festgemacht und haben uns schlafen gelegt und sind erst vor ner Stunde wieder aufgewacht und dann sind wir rübergepaddelt, um zu hören, was los ist, und Sid ist zur Post und will sehen, ob er was erfahren kann, und ich mach nen Abstecher, um irgendwas zu essen für uns aufzutreiben, und dann wollen wir nach Hause.«

Daraufhin sind wir zur Post marschiert, um Sid abzuholen, aber wie ich es schon geahnt hatte, er war nicht da; der alte Mann hat sich am Schalter einen Brief abgeholt und dann haben wir noch ein Weilchen auf Sid gewartet, aber er kam nicht; deshalb hat der alte Mann gesagt, komm mit, Sid kann zu Fuß nach Hause gehen oder mit dem Kanu fahren, wenn er sich genug herumgetrieben hat, aber wir wollen jetzt losfahren. Ich konnte ihn nicht dazu überreden, mich da und auf Sid warten zu lassen; denn er hat gemeint, das hätte doch keinen Zweck, ich müsste mitkommen und Tante Sally davon überzeugen, dass alles in Ordnung wär.

Als wir nach Hause kamen, war Tante Sally so froh, dass sie gleichzeitig lachte und weinte, mich umarmte und mir eine von ihren Abreibungen gegeben hat, die gar nicht weh tun, und zum Schluss hat sie gesagt, wenn Sid nach Hause käme, dann würd er genauso was abkriegen.

Das Haus war gerammelt voll von Farmern und ihren Frauen, die zum Essen eingeladen worden waren; und so ein Geschnatter habt ihr bestimmt noch nicht gehört. Die alte Mrs Hotchkiss war die Schlimmste, ihr Mund stand auch nicht einen Augenblick still. Sie hat gesagt: »Also, Schwester Phelps, ich hab die Hütte da drüben ganz gründlich untersucht und ich glaub, der Nigger, der ist verrückt gewesen. Wie ich schon zu Schwester Damrell gesagt hab – hab ich das nicht gesagt, Schwester Damrell? –, also ich hab gesagt, der muss komplett verrückt sein. Schaut euch doch nur den Schleifstein an, hab ich gesagt, es kann mir doch kein Mensch einreden, dass ein Kerl noch bei Trost ist, der so'n Quatsch auf nen Schleifstein kritzelt, hab ich gesagt. Hier ist dem sowieso das Herz gebrochen. Hier hat der und der siebenunddreißig Jahre lang geschmachtet und lauter so'n Quatsch – der Nigger ist verrückt – so verrückt wie Nebukadnezar, das muss ich wirklich sagen.«

»Und dann schau dir doch bloß diese Strickleiter an, aus lauter Lumpen, Schwester Hotchkiss«, sagt die alte Mrs Damrell, »was um des Himmels willen hat er denn wohl damit anfangen wollen –«

»Genau das Gleiche hab ich vor einer Minute zu Schwester Utterback gesagt, das kann Sie Ihnen gerne bestätigen. Tz tz, schauen Sie sich doch diese Lumpenkleider an, tz tz; was hat er wohl damit anfangen wollen?, hab ich gesagt. Tz tz, Schwester Hotchkiss, tz tz tz tz –«

»Aber wie haben sie bloß in aller Welt diesen Schleifstein da reingebracht? Und wer mag bloß dieses Loch gegraben haben? Und wer –«

»Meine Worte, Bruder Benrod! Ich hab gesagt – ach, würden Sie mir bitte die Schüssel mit Sirup reichen? –, also ich hab zu Schwester Dunlap gesagt, gerade vor einer Minute, wie haben sie bloß diesen Schleifstein da reingebracht? Das hab ich gesagt. Und ohne Hilfe, das müssen Sie sich einmal vorstellen! Ohne Hilfe! Das ist es doch grade. Aber das können Sie mir ja nicht einreden, da ist natürlich Hilfe gewesen, hab ich gesagt, dem Nigger müssen mindestens ein Dutzend geholfen haben, und wenn ich es wäre, also – und wenn ich jedem einzelnen Nigger hier auf dem Hof das Fell über die Ohren ziehen müsste, ich würd rauskriegen, wer das gewesen ist, hab ich gesagt; und außerdem hab ich noch gesagt –«

»Ein Dutzend, sagen Sie! Vierzig hätten das nicht alles geschafft, was da angestellt worden ist. Denken Sie doch an die Sägen aus den Küchenmessern und den anderen Kram, wie viel Mühe steckt darin und schaut euch den Bettpfosten an, der damit durchgesägt worden ist, dazu brauchen ja sechs Männer eine ganze Woche; und dann schaut euch den Nigger aus Stroh an, der auf dem Bett liegt, und denkt an –«

»Ja, also, verflixt noch mal, da muss mindestens vier Wochen lang eine ganze Horde Nigger Nacht für Nacht drin gesteckt haben, um mit allem fertig zu werden, Schwester Phelps. Schaut euch doch nur das Hemd an, jedes Fitzelchen mit afrikanischer Geheimschrift bedeckt – und alles mit Blut! Da muss doch fast die ganze Zeit ein ganzer Haufen davon dran gearbeitet haben. Wirklich, ich würd zwei Dollar zahlen, wenn mir das wer vorliest; und was die Nigger anbelangt, die das geschrieben haben, also, ich glaub, die würd ich verprügeln, bis –«

»Leute, die ihm geholfen haben, Bruder Marpless? Na, das will ich wohl meinen, das würden Sie wohl selber glauben, wenn Sie hier in diesem Haus ne Zeit lang gelebt hätten. Na, die haben doch alles geklaut, was sie in die Finger kriegen konnten, obwohl wir die ganze Zeit wie die Schießhunde aufgepasst haben, wo denken Sie denn hin! Sie haben das Hemd direkt von der Wäscheleine runtergestohlen! Und dann das Laken, aus dem sie die Stoffleiter gemacht haben, also, ich kann Ihnen gar nicht sagen, wie oft sie mir das gestohlen haben. Und dann Mehl und Kerzen und Kerzenleuchter und Löffel und ne alte Wärmpfanne und tausend andere Sachen, an die ich mich jetzt gar nicht mehr erinnern kann, und dann auch noch mein neues Baumwollkleid und ich hab ja schon gesagt, dabei haben ich und Silas und mein Sid und Tom die ganze Zeit auf der Lauer gelegen, aber kein Einziger von uns hat was gehört und gesehen. Und im letzten Augenblick schleichen sie sich doch wahr und wahrhaftig direkt hinter unserer Nase heran und halten uns zum Narren und nicht nur uns, sondern auch die Räuber aus dem Indianerreservat, und sie entwischen tatsächlich ganz heil und gesund mit diesem Nigger und das, obwohl ihnen sechzehn Mann und zweiundzwanzig Hunde direkt auf den Fersen sind! Ich kann euch sagen, das stellt wirklich alles in den Schatten, wovon ich jemals gehört hab. Ja, wahrhaftig, Gespenster hätten das nicht besser und geschickter machen können. Ich glaube wirklich fast, dass das Gespenster gewesen sind, denn ihr wisst ja, wie unsere Hunde sind, es gibt keine schärferen; ja, und diese Hunde haben nicht einmal ihre Spur gefunden. Das möchte ich gerne erklärt haben, wenn ihr dazu im Stande seid! Egal, wer.«

»Tja, wenn das nicht alles –«

»Du liebe Güte! Ich hätte ja nie –«

»Die hätten euch ja genauso gut das Haus unterm Hintern wegstehlen können –«

»Jesus, Maria und Josef, ich hätte ja eine Todesangst, in so einem –«

»Eine Todesangst? Ha, ich bin schon so zitterig gewesen, dass ich mich nicht mal mehr getraut hab ins Bett zu gehen oder aufzustehen oder mich hinzulegen oder mich niederzulassen, Schwester Ridgeway. Beim Allmächtigen, ich hab ja schon Angst gehabt, dass sie uns jemanden von der Familie stehlen würden! So weit bin ich schon gewesen, ich konnte keinen vernünftigen Gedanken mehr fassen. Jetzt, bei Tageslicht hört sich das natürlich lächerlich an, aber ich hab mir gesagt, da schlafen nun meine beiden armen Jungens da oben ganz allein in der einsamen Stube, und ich schwör bei Gott, mir ist so ängstlich zu Mute gewesen, dass ich raufgeschlichen bin und sie eingeschlossen hab. Ihr wisst ja, wenn man so verängstigt ist und wenn die Angst immerzu immer noch schlimmer wird, dann gerät einem der Verstand völlig durcheinander und man fängt an die abenteuerlichsten Sachen zu machen und dann denkt man sich schließlich: Nehmen wir mal an, ich wär so ein Junge und ich läg da oben mutterseelenallein und die Tür ist nicht versperrt und –« Sie hielt inne, sah ganz verwundert aus, drehte langsam den Kopf, und als ihr Blick auf mich fiel, da stand ich auf und ging spazieren.

Ich hab mir nämlich gedacht, ich kann viel besser erklären, wieso wir an dem Morgen nicht in unserer Stube gewesen sind, wenn ich ein bisschen nach draußen wandere und mir die Geschichte durch den Kopf gehen lasse. Und als der Tag zur Neige ging, da sind alle Leute weggegangen und ich bin wieder reingegangen und hab ihr erklärt, dass uns der Lärm und die Knallerei aufgeweckt hätten und dass die Tür verschlossen gewesen wäre, dass wir aber nichts haben verpassen wollen und dass wir deshalb am Blitzableiter runtergerutscht wären. Wir hätten uns beide ein bisschen verletzt und das würden wir deshalb keinesfalls wieder tun. Und dann bin ich fortgefahren und hab ihr all das erzählt, was ich Onkel Silas vorhin schon erzählt hatte; und dann hat sie gesagt, dass sie uns verzeihen wollte, denn wahrscheinlich könnte man von zwei Jungen gar nichts anderes erwarten, denn so weit sie das beurteilen könne, seien alle Buben solche Springinsfelde; und weil ja auch niemand dabei zu Schaden gekommen wär, sei sie dankbar, dass wir heil und gesund sind und dass sie uns immer noch hätte. Dann hat sie mich wieder geküsst, hat mir den Kopf getätschelt und ist in tiefe Gedanken versunken; kurz darauf springt sie auf und sagt: »Aber um Gottes willen, jetzt ist es schon fast Nacht und Sid ist noch immer nicht zu Hause! Was ist denn bloß mit dem Jungen passiert?«

Das, hab ich gedacht, ist eine günstige Gelegenheit, und ich spring auf und sag: »Ich lauf schnell in die Stadt und hol ihn.«

»Nein, das tust du nicht«, sagt sie, »du bleibst hübsch, wo du bist. Es reicht mir, wenn immer nur einer von euch auf einmal verloren geht. Wenn er bis zum Abendbrot nicht da ist, dann geht euer Onkel nachschauen.«

Na, er war natürlich zum Abendessen nicht da; deshalb ist der Onkel direkt nach dem Abendbrot aufgebrochen.

Gegen zehn ist er zurückgekommen und sah etwas beunruhigt aus; er hatte nirgendwo eine Spur von Tom gefunden.

Tante Sally war viel mehr beunruhigt als er, aber Onkel Silas, der hat gemeint, dazu gäb's gar keinen Grund. Jungens sind eben Jungens, hat er gesagt, und du wirst schon sehen, dieser taucht auch morgen früh heil und gesund wieder auf. Sie hat aber trotzdem gesagt, sie wolle noch ein Weilchen aufbleiben und auf ihn warten und auf jeden Fall ein Licht brennen lassen, damit er es sehen könne. Als ich dann oben ins Bett gehen wollte, da ist sie mit mir raufgegangen, nahm ihre Kerze mit, deckte mich gut zu und bemutterte mich so, dass ich mir richtig gemein vorgekommen bin, ich konnte ihr kaum ins Gesicht sehen; und dann hat sie sich ans Bett gesetzt und hat sich lange mit mir unterhalten und hat gesagt, was Sid für ein prächtiger Junge wäre; sie hat mich immer wieder gefragt, ob ich nicht auch glaubte, dass er sich verirrt oder verletzt hätte, dass er vielleicht ertrunken wäre und dass er gerade vielleicht in diesem Augenblick irgendwo läge, krank oder tot, ohne dass sie bei ihm sein und ihm helfen könne, dabei sind ihr die Tränen ganz lautlos vom Kinn getropft und ich hab ihr immer wieder beteuert, dass es Sid gut geht und dass er ganz bestimmt morgen zu Hause sein würde; und dann hat sie jedes Mal meine Hand gequetscht, hat mich wohl auch geküsst und hat mich gebeten es noch mal und immer wieder zu sagen, weil es ihr so gut täte und weil sie sich so schreckliche Sorgen machte. Als sie sich schließlich anschickte zu gehen, da hat sie mir noch einmal in die Augen geschaut, so fest und gütig, und hat gesagt: »Die Tür wird nicht abgesperrt, Tom; und da ist's Fenster und der Blitzableiter; aber du wirst doch brav sein, nicht wahr? Du wirst doch nicht ausbüxen? Mir zuliebe?«

Der Himmel weiß, wie liebend gern ich ausgerissen wäre, um mich um Tom zu kümmern, und dass ich das auch beabsichtigt hatte; aber danach hätt ich nicht gehen können, nicht für alle Schätze der Welt.

Aber sie ging mir durch den Kopf und Tom ging mir auch durch den Kopf; deshalb hab ich sehr unruhig geschlafen. Zweimal bin ich den Blitzableiter hinuntergerutscht und bin in der Dunkelheit nach vorne rumgelaufen, da hab ich sie neben ihrer Kerze am Fenster sitzen sehen, die Tränen haben ihr in den Augen gestanden und sie hat zur Landstraße geblickt; wie gerne hätt ich was für sie getan, aber das konnte ich nicht, ich konnte nur schwören nie wieder etwas anzustellen, was ihr Kummer bereiten konnte. Und als ich das dritte Mal aufwachte, in der Morgendämmerung, da bin ich runtergerutscht, sie saß immer noch da, die Kerze war fast niedergebrannt und sie war eingeschlafen.

30. Kapitel

Der alte Mann war schon vorm Frühstück wieder in die Stadt gegangen, aber er konnte immer noch keine Spur von Tom finden; dann saßen die beiden in tiefe Gedanken versunken und sagten kein Wort, sie sahen nur kummervoll aus und ihr Kaffee ist ganz kalt geworden und sie haben nicht gegessen. Nach einer Weile sagt der alte Mann: »Hab ich dir den Brief gegeben?«

»Was für einen Brief?«

»Den ich gestern von der Post geholt habe.«

»Nein, einen Brief hast du mir nicht gegeben.«

»Ach, dann muss ich das ganz und gar vergessen haben.«

Er kramte also in seinen Taschen herum, ging dann irgendwohin, wo er ihn hingelegt hatte, holte ihn und gab ihn ihr.

Sie sagt: »Nanu? Der kommt ja aus St. Petersburg, von meiner Schwester.«

Da dacht ich, dass jetzt eigentlich wieder ein Spaziergang fällig wäre, aber ich konnte mich nicht rühren. Doch eh sie ihn aufreißen konnte, ließ sie ihn fallen und stürzte davon, denn sie hat was gesehen. Ich hab auch was gesehen, und zwar Tom Sawyer auf einer Matratze; dazu den alten Doktor und Jim, in ihrem Baumwollkleid mit auf dem Rücken gefesselten

Händen, und lauter Leute. Ich versteckte den Brief geschwind hinter dem ersten besten Gegenstand, der mir in den Weg kam, und rannte hinterher.

Sie warf sich auf Tom und schluchzte und rief: »Oh, er ist tot, er ist tot, ich weiß, er ist tot!«

Tom drehte den Kopf ein wenig und murmelte etwas, woraus hervorging, dass er nicht richtig bei Sinnen war, denn sie warf die Hände in die Höhe und rief: »Er lebt, Gott sei Dank! Das ist schon genug!«

Damit gab sie ihm einen Kuss, eilte ins Haus, um ihm das Bett zurechtzumachen, und ließ nach rechts und links auf die Nigger und alle andern bei jedem Satz Befehle niederprasseln, so rasch es ihre Zunge nur erlaubte.

Ich folgte den Männern, weil ich sehen wollte, was sie mit Jim anfangen würden; und der alte Doktor und Onkel Silas folgten Tom ins Haus. Die Männer waren gehörig aufgeregt und ein paar von ihnen verlangten, dass Jim aufgehängt würde, als warnendes Beispiel für alle andern Nigger hier in der Gegend, damit die nicht auch fortzurennen versuchten, so wie es Jim getan hatte, und nicht so einen Aufruhr versuchten und eine ganze Familie tage- und nächtelang zu Tode ängstigten. Andere meinten jedoch, lasst das lieber, er ist nicht unser Nigger und dann taucht nur sein Besitzer auf und wir müssen ihn womöglich noch bezahlen. Das hat sie ein bisschen abgekühlt, denn die Leute, die immer gleich schreien, dass man einen Nigger aufhängen soll, wenn der mal was falsch gemacht hat, das sind die Gleichen, die dann nicht daran denken, für die

Kosten aufzukommen, nachdem sie ihr Mütchen gekühlt haben.

Sie haben Jim stattdessen nach Herzenslust beschimpft, haben ihm ein oder zwei Knüffe und Stöße gegeben, einen an den Kopf, aber Jim hat keinen Ton gesagt und hat auch nicht verraten, dass er mich kennt. Sie haben ihn wieder in seine Hütte geführt, haben ihm seine alten Kleider angezogen, ihm die Kette wieder angelegt, aber diesmal nicht am Bettpfosten festgemacht, sondern an einem Bolzen, den sie in den untersten Balken geschlagen haben. Er wurde auch an den Händen und an beiden Füßen gefesselt und sie haben ihm erklärt, dass er nach dieser Geschichte nichts als Brot und Wasser bekäme, bis sich sein Besitzer meldete oder bis er bei der nächsten Versteigerung verkauft würde, falls der Besitzer nicht bis zu einem bestimmten Zeitpunkt auftauchte.

Dann schütteten sie unser Loch zu und sagten, ein paar Farmer müssten jede Nacht mit ihren Flinten um die Hütte herum Wache stehen und tagsüber sollte eine Bulldogge an der Tür festgebunden werden. Dann wollten sie mit ein paar allgemeinen Abschiedsflüchen davonstapfen, da kommt der alte Arzt und sagt: »Springt nicht härter mit ihm um, als es nötig ist, er ist nämlich kein schlechter Nigger. Als ich dahin kam, wo ich den Jungen gefunden hab, da seh ich, dass ich die Kugel ohne Hilfe nicht rausbekomme, und er war in einem so schlechten Zustand, dass ich ihn nicht verlassen konnte, um Hilfe zu holen; es ist immer ein bisschen schlimmer geworden und er wollte mich auch nicht mehr an sich rankommen lassen, sondern hat gesagt: Wenn ich ein Kreidezeichen an sein Floß mache, dann wird er mich erschlagen, und lauter ähnlich blühenden Unsinn und ich hab eingesehen, dass ich gar nichts für ihn tun konnte, und dann hab ich wohl gemurmelt, ich müsste aber irgendwoher Hilfe holen, und gerade in diesem Augenblick, in dem ich das sage, kommt dieser Nigger hier einfach aus dem Blauen angekrochen und bietet mir seine Hilfe an, und er hat mir auch wirklich geholfen, und zwar ganz ausgezeichnet. Ich hab mir natürlich gleich gedacht, das muss der geflohene Nigger sein, aber ich saß ja fest! Und ich musste auch dableiben, den ganzen Tag und auch noch die ganze Nacht. Das war vielleicht eine Klemme, das kann ich euch sagen! Ich hab ein paar Patienten mit schweren Erkältungen und ich wär natürlich gerne rüber in die Stadt gefahren und hätte sie versorgt, aber das hab ich nicht gewagt, denn der Nigger hätte ausreißen können und dann wär ich dran schuld gewesen; aber es ist kein Schiff so nahe herangekommen, dass ich hätte rufen können. Ich musste deshalb wohl oder übel bis heute zum Tagesanbruch bleiben und ich hab noch nie einen Nigger gesehen, der ein so guter und treuer Krankenpfleger gewesen wäre. Und dabei hat er seine Freiheit dafür riskiert und er war außerdem noch vollkommen erschöpft, ich hab deutlich gemerkt, dass er in der letzten Zeit schwer geschuftet haben muss. Ich hab deshalb eine Zuneigung zu diesem Nigger gefasst und ich muss euch sagen, Gentlemen, so ein Nigger ist tausend Dollar wert und er verdient außerdem eine gute und freundliche Behandlung. Ich hab durch ihn alles gehabt, was ich brauchte, und der Junge war so gut versorgt, als ob er zu

Hause wäre. In der Morgendämmerung sind dann ein paar Männer in einem Kanu vorbeigekommen, und wie das Glück es haben wollte, der Nigger saß neben dem Strohsack, hatte den Kopf auf den Knien und war fest eingeschlafen; ich hab sie also leise herangewinkt, sie sind herangeglitten, haben ihn gepackt und gefesselt, eh er wusste, was los war, und wir haben gar keinen Ärger gehabt. Und mit dem Jungen auch nicht, weil er gerade in einem leichten Fieberschlaf lag. Wir umwickelten also die Riemen, banden das Floß hinten an und schleppten es ganz sanft und friedlich ans andere Ufer, und der Nigger hat von Anfang an nicht den geringsten Lärm gemacht und hat auch kein Wort gesagt. Das ist wirklich kein schlechter Nigger, Gentlemen, das ist wenigstens meine Meinung über ihn.«

Jemand hat gesagt: »Nun, das klingt ja sehr gut, Doktor, das muss ich schon sagen.« Die anderen waren auch etwas besänftigt und ich war dem alten Doktor ungeheuer dankbar, dass er so zu Jims Gunsten gesprochen hatte; und ich freute mich auch, dass ich ihn richtig beurteilt hatte, denn er schien mir auf den ersten Blick ein gutes Herz zu haben und ein guter Mensch zu sein. Die andern Männer stimmten auch darüber ein, dass sich Jim sehr anständig benommen hatte und es wohl verdiente, dass man das berücksichtigte und belohnte. Daraufhin versprachen sie alle miteinander offen und ehrlich, dass sie ihn nicht mehr beschimpfen wollten.

Dann kamen sie raus und sperrten Jim ein. Ich hatte gehofft, sie würden beschließen, dass man eine oder zwei von den Ketten abnehmen könne, weil sie wirklich verdammt schwer waren, oder dass er zu seinem Wasser und Brot ein bisschen Fleisch und Gemüse bekommen könnte, aber daran haben sie gar nicht gedacht und es war wahrscheinlich das Beste, dass ich mich nicht einmischte, doch ich plante, sobald ich mich durch die Brandung, die jetzt vor mir lag, durchgearbeitet hatte, Tante Sally irgendwie die Geschichte vom Doktor beizubringen. Mit der Brandung meine ich die Erklärung, wieso ich vergessen hatte zu berichten, dass Sid angeschossen worden war, als ich erzählt hab, wie er und ich in dieser verfluchten Nacht mit dem Boot dem entsprungenen Nigger nachgejagt sind. Ich hatte aber massenhaft Zeit. Tante Sally blieb den ganzen Tag und die ganze Nacht im Krankenzimmer sitzen und jedes Mal, wenn ich Onkel Silas durch die Gegend geistern sah, bin ich ihm ausgewichen.

Am nächsten Morgen hatt ich gehört, dass es Tom schon viel besser ging, und sie haben gesagt, dass Tante Sally ein Nickerchen machen wollte. Ich schlüpfe also ins Krankenzimmer, und wenn ich Tom wach angetroffen hätte, dann hätten wir uns wohl eine Geschichte für die Familie zurechtgesponnen, die sich gewaschen hätte. Er hat aber geschlafen und noch dazu ganz friedlich; er sah ganz blass aus, nicht mehr so glühend rot, wie er ausgesehen hatte, als sie ihn gebracht hatten. Ich setzte mich also hin und wollte warten, bis er aufwachte. Nach etwa einer halben Stunde huscht Tante Sally herein und da hab ich wieder auf dem Proppen gesessen! Sie hat mir ein Zeichen gemacht, dass ich still sein soll, hat sich neben mich gesetzt und hat zu flüstern angefangen. Sie hat gesagt, wir könnten froh sein, denn alle Krankheitssymptome seien erstklassig und so wie jetzt hätte er schon eine ganze Zeit lang geschlafen und sehe immer besser und friedlicher aus, und man könnte zehn zu eins wetten, dass er ganz klar und munter aufwachen würde.

Wir saßen also da und beobachteten ihn und nach einer Weile hat er sich ein wenig bewegt, hat die Augen ganz normal aufgeschlagen, schaut sich um und sagt: »Hallo! Ich bin ja zu Hause! Wie ist denn das gekommen? Wo ist das Floß?«

»Das ist alles in Ordnung«, sag ich.

»Und Jim?«

»Der auch«, sag ich, aber das klang nicht sehr überzeugend.

Er hat aber nichts gemerkt, sondern hat gesagt: »Gut! Ausgezeichnet! Jetzt ist alles in Ordnung und wir sind in Sicherheit! Hast du's schon Tante erzählt?«

Ich wollte schon sagen, Ja; aber da hat sie mich unterbrochen und hat gefragt: »Was denn, Sid?«

»Na, wie die ganze Geschichte gemacht worden ist.«

»Was für eine ganze Geschichte?«

»Na, eben die Geschichte. Ne andre gibt's ja gar nicht; wie wir den fortgelaufenen Nigger befreit haben, ich und Tom.«

»Gütiger Himmel! Den fortgelaufenen Nigger – was redet das Kind bloß wieder! Ach, du liebe Güte, er ist schon wieder von Sinnen!«

»Nein, ich bin nicht im Geringsten von Sinnen; ich weiß ganz genau, von was ich rede. Wir haben ihn befreit, ich und Tom. Wir haben den ganzen Plan gemacht und wir haben ihn ausgeführt. Und noch dazu höchst elegant.«

Er war richtig in Schwung gekommen und sie hat ihn gar

nicht unterbrochen, hat nur dagesessen und ihn angestarrt und weiterschwatzen lassen und ich hab gleich begriffen, es hätte gar keinen Zweck gehabt, wenn ich mich eingemischt hätte. »Aber Tantchen, das ist doch eine Wahnsinnsarbeit gewesen – Wochen und Wochen und Stunden und Stunden, jede Nacht, während ihr geschlafen habt. Und wir mussten ganz einfach die Kerzen stehlen und das Bettlaken und das Hemd und dein Kleid und die Löffel und die Blechteller und die Küchenmesser und die Wärmpfanne und den Schleifstein und das Mehl und weiß der Himmel was sonst noch, und du kannst dir nicht vorstellen, was wir für ne Mühe mit der Säge und den Federn und den Inschriften gehabt haben und mit allen möglichen anderen Sachen auch, aber du kannst dir auch ganz bestimmt nicht vorstellen, was das für ein Spaß war. Wir mussten uns doch alles ausdenken, die Bilder von dem Sarg und dem anderen Zeugs und die nonümen Briefe von den Räubern und dann mussten wir den Blitzableiter immer rauf und runter, mussten das Loch in der Hütte graben und die Strickleiter machen und sie ihm in ner Pastete schicken und die Löffel und das Werkzeug mussten wir ihm auch schicken, in deiner Schürzentasche –«

»Grundgütiger Himmel!«

»– und dann mussten wir die Hütte mit Ratten und Schlangen und anderem Viehzeug voll stopfen, denn Jim hat doch Gesellschaft gebraucht; und dann hast du Tom hier so lange mit der Butter unter dem Hut aufgehalten, dass du uns fast die ganze Geschichte verdorben hättest, denn die Männer sind angekommen, eh wir aus der Hütte raus waren, und wir mussten so rennen und deshalb haben sie uns gehört und sind hinter uns her, und da hab ich was abgekriegt und dann haben wir den Weg verlassen und haben sie vorbeitrampeln lassen, und als die Hunde kamen, da sind sie gar nicht an uns interessiert gewesen, sondern sind hinter dem anderen Krach her und wir haben unser Kanu geholt und sind zum Floß rüber, und da sind wir alle in Sicherheit gewesen und Jim war wieder ein freier Mann und wir haben das alles ganz alleine geschafft. Ist das nicht großartig gewesen, Tantchen?«

»Nein, so was hab ich in meinem ganzen Leben noch nicht mitgemacht! Ihr seid es also gewesen, ihr kleinen Halunken, ihr habt diesen ganzen Aufruhr gemacht und uns alle um unseren Verstand gebracht und uns zu Tode erschreckt. Ich hätte wirklich Lust es euch jetzt auf der Stelle zu zeigen! Nein, wenn ich mir vorstelle, dass ich hier gewesen bin, Nacht für Nacht – na, warte nur, wenn du wieder auf den Beinen bist, du junger Strolch, ich glaub, dann gerb ich euch beiden gehörig das Fell!«

Aber Tom, der platzte fast vor Stolz und Freude, er konnte es einfach nicht an sich halten und seine Zunge stand nicht einen Augenblick still, und sie unterbrach ihn immer wieder, spuckte Feuer und dann gingen sie aufeinander los wie zwei Katzen; dann hat sie gesagt: »Na gut, du hast die Geschichte jetzt nach Herzenslust genossen, aber das will ich dir sagen, wenn ich dich noch mal erwische, wie du dich mit ihm einlässt, dann –«

»Mit wem einlassen?«, fragt Tom. Sein Lächeln ist verschwunden und er sieht ganz verblüfft aus.

»Mit wem? Wieso, natürlich mit dem entsprungenen Nigger. Wen soll ich denn sonst meinen?«
Tom wirft mir einen Grabesblick zu und fragt: »Tom, hast du mir nicht gesagt, dass es ihm gut geht? Ist er nicht entkommen?«
»Er?«, fragt Tante Sally. »Der ausgerissene Nigger? Aber natürlich nicht. Sie haben ihn zurückgeschleppt, heil und gesund, und er steckt wieder in seiner Hütte, bei Brot und Wasser, er liegt in Ketten, bis er abgeholt oder verkauft wird!«
Tom richtete sich im Bett auf, seine Augen blitzten und seine Nasenflügel gingen wie Kiemen auf und zu und er ruft mir zu: »Sie haben kein Recht ihn einzusperren! Los, beweg dich! Mach ihn frei! Er ist kein Sklave, er ist genauso frei wie jede andere Kreatur, die über diese Erde läuft!«
»Was meint das Kind denn bloß?«
»Ich mein es genauso, wie ich es sage, Tante Sally, und wenn niemand geht, dann werde ich gehen. Ich hab ihn mein ganzes Leben lang gekannt und Tom hier auch. Die alte Miss Watson ist vor zwei Monaten gestorben und sie hat sich geschämt, dass sie ihn hat flussabwärts verkaufen wollen, und das hat sie auch gesagt; in ihrem Testament steht, dass sie ihn freilässt.«
»Aber warum hast du ihn dann um des Himmels willen befreit, obgleich er schon frei gewesen ist?«
»Das ist eine gute Frage, das muss ich sagen; typisch Frau! Ich hab doch das Abenteuer erleben wollen und ich wär bis zu dem Hals im Blut gewatet, um – du liebe Zeit, Tante Polly!«
Und wahrhaftig, da stand sie, mitten in der Tür, und sie sah

so süß und zufrieden aus wie ein Engel, der sich grade an einer Pastete satt gegessen hat.

Tante Sally ist auf sie zugesprungen, hat sie so fest umarmt, dass sie ihr fast den Kopf abgerissen hätte, und hat an ihrem Hals geweint und ich hab mir ein gutes Plätzchen unter dem Bett gesucht, denn mir kam's für uns beide allmählich etwas schwül vor. Von da aus spähte ich nach draußen und nach einer Weile hat sich Toms Tante Polly befreit, stand da und sah über ihre Brillengläser hinweg zu Tom, als wollte sie ihn in Grund und Boden bohren, ihr wisst schon.

Und dann hat sie gesagt: »Ja, ja, dreh du nur lieber den Kopf weg – das würd ich auch tun, wenn ich du wäre, lieber Tom.«

»Ach du liebe Zeit«, jammert Tante Sally, »hat er sich denn so verändert? Aber das ist doch gar nicht Tom, das ist Sid – Tom ist – Tom ist – nanu, wo ist denn Tom? Eben ist er doch noch da gewesen.«

»Du meinst wohl, wo ist Huck Finn? Das meinst du wahrscheinlich! Ich bilde mir wirklich ein, wenn ich so einen Taugenichts wie meinen Tom all die Jahre großgezogen habe, dann werd ich ihn wohl noch erkennen, wenn ich ihn vor mir sehe. Das wär ja wohl noch schöner. Komm sofort unter dem Bett hervor, Huck Finn!«

Das hab ich getan, aber besonders übermütig hab ich mich nicht dabei gefühlt.

Tante Sally war der durcheinandrigste Mensch, den ich je gesehen habe, vielleicht außer einem, und das ist Onkel Silas gewesen, als er nämlich reinkam und sie ihm alles erzählt haben. Das hat ihn sozusagen richtig betrunken gemacht, er war den ganzen restlichen Tag noch völlig durcheinander und er hat an diesem Abend vor seiner Gemeinde eine Predigt gehalten, die ihm ein dolles Ansehn eingebracht hat, weil sie nämlich auch der älteste Mann auf der Welt nicht verstanden hätte. Dann hat also Toms Tante Polly, die hat dann ausgepackt, wer und was ich war; und ich musste dann aufstehen und erklären, wieso ich hier so in die Klemme geraten war, dass ich, als mich Tante Sally für Tom Sawyer gehalten hat, dabei bleiben musste, es gab einfach keine andere Möglichkeit und ich wusste ja, dass er nichts dagegen haben würde, weil ihm nämlich ein Geheimnis immer Spaß macht und weil er alles in ein Abenteuer verwandeln und richtig zufrieden damit sein würde. So ist es denn auch gekommen und er hat Sid gespielt und hat mir die Sache so leicht gemacht, wie er nur konnte.

Und seine Tante Polly, die hat bestätigt, dass Tom mit der alten Miss Watson Recht gehabt hat, dass sie Jim in ihrem Testament wirklich freigelassen hat; und da ist der Tom Sawyer doch wahrhaftig hingegangen und hat sich die ganze Mühe und Arbeit gemacht, um nen freien Nigger zu befreien!

Na, Tante Polly hat noch erzählt, als ihr Tante Sally geschrieben hat, dass Tom und Sid heil und gesund angekommen seien, da hätte sie sich gedacht: Nun schau sich das einer an! Das hätt ich mir ja denken können, wo ich ihn einfach so losreisen lasse, ohne jemanden, der auf ihn aufpasst. Jetzt muss ich also auch los und muss die ganze Strecke flussabwärts trapsen, elfhundert Meilen, denn ich muss doch rauskriegen, was dieser Halunke jetzt wieder ausgeheckt hat, da ich ja von dir überhaupt keine Auskunft darüber zu kriegen schien.

»Aber ich hab doch gar nichts von dir gehört«, sagt Tante Sally.
»Das wundert mich aber sehr! Ich hab dir doch zweimal geschrieben, ich hab dich gefragt, was du damit meinst, dass Sid bei dir wäre.«
»Die hab ich aber nicht bekommen, Schwester.«
Da dreht sich Tante Polly ganz langsam und drohend um und sagt: »Du, Tom!«
»Ja, was?«, fragt er ganz verdrießlich.
»Hör auf mit dem Ja-was! Du unverschämter Lümmel! Gib die Briefe her!«
»Was für Briefe?«
»Die Briefe. Auf mein Wort, wenn ich dich erst am Kanthaken kriegen muss –«
»Sie sind im Koffer. Da hast du's. Und sie sind noch genauso, wie sie waren, als ich sie von der Post geholt habe. Ich hab nicht reingeschaut, ich hab sie nicht angerührt. Aber ich hab gewusst, dass sie Ärger bringen, und da hab ich mir gedacht, wenn's dir nicht so brandeilig wär, dann –«
»Mein Himmel, du hast dir aber eine tüchtige Tracht Prügel verdient, da brauchen wir wohl gar nicht drüber zu reden. Und ich hab noch einen Brief geschrieben, da hab ich angekündigt, dass ich komme; und ich glaube, dieser Brief –«
»Nein, der ist gestern gekommen; ich hab ihn noch nicht gelesen, aber da ist alles in Ordnung, den hab ich.«
Ich hätte gern zwei Dollar gewettet, dass sie ihn nicht hatte, aber ich hielt es für ungefährlicher, wenn ich es bleiben ließ. Ich hab deshalb kein Wort gesagt.

Das letzte Kapitel

Sowie ich Tom das erste Mal allein erwischen konnte, hab ich ihn gefragt, wie das mit der Flucht hätte weitergehen sollen. Wie wär sein Plan gewesen, wenn die Flucht geklappt und er wirklich einen Nigger befreit hätte, der schon vorher frei gewesen war? Und er hat geantwortet, er hätte sich die ganze Geschichte von Anfang an so gedacht, dass wir, wenn wir Jim sicher rausgebracht hätten, mit ihm auf dem Floß flussabwärts gefahren wären und bis zur Flussmündung ein Abenteuer nach dem andern erlebt hätten. Dann wollte er ihm enthüllen, dass er frei war, und ihn ganz elegant in einem Dampfer nach Hause bringen, er wollte ihm für die verlorene Zeit Geld zahlen und rechtzeitig nach Hause schreiben, damit sich alle Nigger aus der Gegend versammelten, und dann wollte er ihn mit einem Fackelzug und mit einer Blaskapelle im Triumph in die Stadt führen und dann hätte Jim als Held dagestanden und wir auch. Aber ich fand, so, wie es sich jetzt entwickelt hatte, war es mindestens genauso gut.

Sie hatten Jim im Nu von seinen Ketten befreit, und als Tante Polly und Onkel Silas und Tante Sally erfuhren, wie gut er dem Doktor geholfen hatte Tom zu pflegen, da machten sie wieder den üblichen Wirbel und statteten ihn erstklassig aus

und gaben ihm so viel zu essen, wie er nur wollte, und er hatte es richtig gut und brauchte nichts zu tun. Und wir holten ihn zu uns ins Krankenzimmer rauf und haben ganz entsetzlich viel zu reden gehabt. Tom hat Jim vierzig Dollar gegeben, weil er uns zuliebe so ein geduldiger Gefangener gewesen ist und seine Sache so gut gemacht hat, und Jim platzte fast vor Freude und hat gesagt: »Da siehste, Huck, was hab ich dir gesagt? Was hab ich dir auf der Jackson-Insel erzählt? Ich hab dir ja gesagt, ich hab ne haarige Brust und was das für ein Zeichen ist; und ich hab dir erzählt, dass ich mal reich gewesen bin und dass ich später wieder reich werde; und das ist wahr geworden, hier ist das Geld! Siehst du, da, jetzt! Da kannst du sagen, was du willst – Vorzeichen sind Vorzeichen und ich habe ganz genau gewusst, ich werde wieder reich, so reich wie jetzt in dieser Minute!«
Und dann fing Tom wieder an zu reden und hat geredet und geredet und hat gesagt, lasst uns doch in einer von den nächsten Nächten zu dritt heimlich von hier fortschleichen und dann beschaffen wir uns ne Ausrüstung und ziehen los und erleben ein paar Wochen lang ganz dolle Abenteuer mit den Indianern im Reservat, und ich sag, na gut, das tät mir schon gefallen, aber ich hab kein Geld, um die Ausrüstung zu kaufen, und ich glaub, von zu Hause kann ich mir auch keins beschaffen, denn wahrscheinlich ist mein Alter unterdessen wieder aufgetaucht und hat es sich vom Richter Thatcher beschafft und sich damit die Nase begossen. »Nein, das hat er nicht getan«, sagt Tom, »das ganze Geld ist noch da, sechstausend Dollar und mehr und dein Alter ist nicht wieder zu-

rückgekommen. Zumindest so lange nicht, wie ich noch da war.«

Da sagt Jim ganz ernst: »Er wird nie mehr wieder kommen, Huck.«

Ich sag: »Wieso denn, Jim?«

»Ach jemine, warum wohl, Huck, er kommt bestimmt nicht wieder.«

Ich ließ aber nicht locker und deshalb hat er zum Schluss gesagt: »Kannst du dich an das Haus erinnern, das den Fluss runtergetrieben worden ist, und da hat ein Mann drin gelegen, der ist zugedeckt gewesen und ich bin hingegangen und hab ihn aufgedeckt und hab nicht gewollt, dass du reinkommst? Na ja, du kannst dir dein Geld holen, wann du's haben willst; weil, das war er.«

Tom geht es jetzt wieder gut und er trägt seine Kugel an einer Uhrkette als Uhr um den Hals und schaut immer nach, wie viel Uhr es ist, und deshalb gibt's nichts mehr, worüber ich noch schreiben müsste, und ich bin auch verdammt froh drüber, denn wenn ich gewusst hätte, was für ne Arbeit das ist, ein Buch zu machen, dann hätt ich mich gar nicht erst drauf eingelassen und noch eins schreib ich auf keinen Fall. Aber ich fürchte, ich muss vor den anderen im Indianerreservat verschwinden, denn Tante Sally will mich adoptieren und sifilisieren und das halt ich nicht aus. Das hab ich schon mal durchgemacht.

Das ist das Ende. Mit freundlichen Grüßen,

Euer Huck Finn

Nachwort

Der Roman *Huckleberry Finns Abenteuer* ist »die Geschichte eines Jungen, der von zu Hause davonläuft und ein Floß den Mississippi hinabsteuert, aber er ist mehr als das. Die Menschen, denen der Junge begegnet, decken das gesamte Spektrum der Menschheit ab und seine Reise stromabwärts wird zu einer Metapher für die Reise durch das Leben . . . Man spricht von *Huckleberry Finn* als dem größten Roman der amerikanischen Literatur.« So heißt es in einem Merkblatt des Informationsbüros der USA von 1986. Andererseits gibt es Bestrebungen dieses Buch aus amerikanischen Schülerbibliotheken zu verbannen. Wie soll man sich diesen Widerspruch erklären?

Der Autor des Romans wurde am 30. November 1835 als Samuel Longhorne Clemens im Staate Missouri geboren und wuchs mit fünf älteren Geschwistern im Städtchen Hannibal am breiten Mississippi-Strom auf. Als er zwölf Jahre alt war, starb sein Vater. Samuel konnte jetzt nicht weiter die Schule besuchen, sondern machte eine Lehre als Schriftsetzer. Schon bald schrieb er auch erste Artikel für eine kleine Lokalzeitung, die seinem Bruder gehörte. Mit 18 Jahren verließ er seine Heimatstadt und versuchte sein Glück in verschiedenen Berufen. Drei Jahre lang war er Lotse auf dem Mississippi. Immer wieder hörte er dabei den Ruf »Mark Twain«, wenn die Lotung eine Stromtiefe bis zur »zweiten Markierung« ergab. Diesen Ruf wählte Samuel Clemens später als Autorennamen für seine schriftstellerische Tätigkeit.

Als Mark Twain wurde er zunächst beim erwachsenen Publikum in Amerika, dann aber – er war seit 1871 verheiratet und hatte drei Töchter – 1876 bei Kindern in der ganzen Welt bekannt. In diesem Jahr erschienen *Die Abenteuer Tom Sawyers,* die sofort in viele Sprachen, auch ins Deutsche, übersetzt wurden. Schon im Nachwort dieses Buches erklärte Mark Twain, dass es sich vielleicht eines Tages lohnen könne, die Schicksale der jugendlichen Helden des Buches weiterzuverfolgen. Aber zunächst erschien 1881 mit *Der Prinz und der Bettelknabe* ein weiteres erfolgreiches Jugendbuch des Autors, ehe er dann 1884 *Huckleberry Finn* seine Erlebnisse erzählen ließ.

Anders als bei *Tom Sawyer* mussten deutsche Kinder sechs Jahre lang warten, bevor sie 1890 das Buch auch in ihrer Sprache lesen konnten. Das liegt vielleicht daran, dass es wesentlich schwerer zu übersetzen ist, da Mark Twain – in dieser Deutlichkeit wohl als Erster – die einzelnen Figuren sehr stark durch ihre unterschiedliche Sprechweise charakterisiert hat. Vielleicht glaubten die Verleger aber auch, dass das Buch zu sehr die besonderen Verhältnisse in Amerika beschrieb.

Zu diesen Besonderheiten gehörte im frühen 19. Jahrhundert die Sklaverei. Huck Finn ahnt im Innern zwar, dass der Sklave Jim ein Mensch ist wie er selbst, aber dennoch hält er es für seine Pflicht ihm den Weg in die Freiheit zu verwehren, um sich dann doch wieder für seine Befreiung einzusetzen. (Er ist in dieser Hinsicht viel sympathischer als Tom Sawyer, der allein um des Abenteuers willen geheim hält, dass Jim längst freigelassen ist.) Man kann und sollte das Buch als einen Appell gegen die Sklaverei und die Missachtung der Schwarzen lesen. Gleichwohl meinen manche Kritiker, dass diese Botschaft zu sehr versteckt ist und dass vielleicht nicht erkannt wird, wie der Autor an vielen Stellen ironisch mit den Augen zwinkert oder auch in sarkastischer Form die verbohrten Vorurteile mancher Zeitgenossen aufs Korn nimmt. Es wird auch kritisiert, dass der Sklave Jim in diesem Buch zu wenig selbstbewusst auftritt und dass die Überlegenheit der Weißen als gegeben angenommen wird. Diese Kritik mag aus heutiger Sicht gerechtfertigt sein. Es wäre aber ungerecht, wenn man Mark Twain Vorwürfe machte wegen eines Denkens, das für seine Zeit durchaus fortschrittlich war. Glücklicherweise haben die Kritiker auch keine Chance dem Ruf des Romans ernsthaft zu schaden. Seine Qualität ist unbestreitbar. Wie *Tom Sawyer* spricht uns auch *Huckleberry Finn* durch die pralle Beschreibung des Lebens, durch Humor, Spannung und Mitgefühl an. Leider ist der Roman in seiner ursprünglichen Fassung sehr umfangreich. Er wird hier in einer gekürzten Fassung geboten, in der unter anderem eine Reihe der zahlreichen köstlichen und zugleich bösartigen Gaunereien des »Herzogs« und des »Königs« nur angedeutet werden konnte. Sybil Gräfin Schönfeldt hat in ihrer Übersetzung den Versuch unternommen die Charakterisierung der Figuren durch ihre Sprache nachzuzeichnen. Eine bisweilen unkonventionelle Rechtschreibung ist also kein Versehen. Wer die ursprüngliche und ungekürzte Fassung des Romans lesen will, sei hingewiesen auf die Ausgabe in der »Bibliothek der Abenteuer« im Arena Verlag.

Auch in der gekürzten Fassung wird deutlich, wieso *Huckleberry Finn* fast immer in einem Atemzug mit *Tom Sawyer* genannt wird. Beide, Huck Finn, der sich nach dem freien Leben, und Tom, der sich nach Abenteuern sehnt, verkörpern Wunschträume, die wohl jeder Junge und auch jedes Mädchen einmal träumt. Man muss allerdings zugeben, dass es Mädchen in dem Roman *Huckleberry Finn* noch etwas schwerer haben sich wieder zu finden, als im *Tom Sawyer.* Aber da die angesprochenen Probleme nicht männlicher, sondern menschlicher Art sind, ist *Huckleberry Finn* auch ein Buch für Mädchen. Es ist ein Buch für Jugendliche und Erwachsene, in der Tat ein großer Roman der Weltliteratur, und wer den Verdacht äußert durch dieses Buch könnten Vorurteile gegen Menschen nichtweißer Hautfarbe verfestigt werden, unterschätzt die Intelligenz der Leserinnen und Leser.

Es gehört nicht viel Phantasie dazu, sich vorzustellen, dass Huckleberry Finn und sein Freund Tom Sawyer auch in Zukunft vielen Kindern auf der Welt vertraute Helden sein werden. Warten wir doch einfach den 21. April 2010, den 100. Todestag ihres Autors ab, um zu sehen, ob diese Prophezeiung sich bewahrheitet.

Dr. Freya Stephan-Kühn